NF文庫
ノンフィクション

海軍航空隊

橋本敏男ほか

JN131496

潮書房光人新社

海軍航空隊——目次

写真提供／各関係者・遺家族・「丸」編集部・米国立公文書館

海軍航空隊

三四三空新選組「紫電改」敵機撃墜の極意

菅野直隊長ひきいる戦闘三〇一飛行隊の闘魂とB29撃墜戦法

当時 戦闘三〇一飛行隊搭乗員・海軍飛行兵曹長　堀　光雄

秘策秘術をつくす彼我攻防戦は、昭和二十年四月にいたって頂点に達してきた。日本にとってはまさに死力をつくす本土防衛であり、アメリカにとっては一挙に勝利の栄光をもぎとろうという、太平洋戦争の天下分け目だからである。

ことにアメリカの衆望と期待をになう戦略重爆B29の活躍は、こちらにとっては甚《はなは》だ心にくいことだが、さすがに強靱《きょうじん》な飛行機であった。B29ははじめ、本土都市破壊という戦略目的につかわれていたが、沖縄戦がタケナワになると、その怖るべき爆弾搭載能力を存分に発揮して、九州南部に姿をあらわすようになってきた。

最初の爆撃の日は私も宿舎にいたので、地軸をゆるがすものすごい衝撃と炸裂音に、すっかりびっくり仰天し、アワをくって戸外に飛び出すと、四、五千メートルの上空を、あのジ

堀光雄飛曹長

ユラルミンの機体に陽光をキラキラと輝かせて悠々と去って行くところであった。そのときからわれわれに、邀撃という任務が課せられた。

私にはラバウル時代（台南空をへて五八二空搭乗員）、零戦によってB17を三機撃墜するという経験があるが、そのときは数機の味方機の協力によるものであった。

B17の邀撃には、はじめ各機が死角をねらって、つぎつぎと攻撃をかけて行くという方法をとっていたが、それでは敵機が死角をはずそうとして急旋回をするとおしまいである。B17の死角は斜め前下方にあり、反対に後部の火力が大きかった。

その後まもなく、つぎのような戦法がとられた。すなわち七、八機の零戦が二つの単縦陣にわかれてB17を追撃し、その二列の間の中央にはさみこむ。B17と戦闘機列との距離は約一千メートルにひらいて、射程距離外にあるようにしておく。すると、両側の前方から後方まで敵戦闘機列をみるB17は、どちらにも旋回逃避ができず、直進を余儀なくされてしまう。

そこがツケ目で、前にでた両側の戦闘機二機が、ほとんど同時か二、三秒の間合いをとって、それぞれB17の斜め前下方からつき上げる。一撃後は高速直進して敵の銃火にさらされる時間をなるべく少なくしながら、反対側の戦闘機列の最後尾についた。かくしてつぎつぎと前にでた戦闘機から攻撃をくわえられると、「空の要塞」もたまったものではない。それくらいB17はよく墜ちてくれたものだ。

だがB29となるとそうは問屋《とんや》がおろしてくれない。第一、速力は零戦なみに出るし、くわえてB17のような死角がないのだ。

九州方面進出のため松山基地で発進準備中の紫電改。手前は戦闘301飛行隊長・菅野直大尉機

また、その防弾タンクの優秀さもさることながら、防禦砲火のすさまじさには、まったく恐れいるばかりであった。それは、まるで火の矢というより、火のカベが押し寄せてくるといっていいほどであった。そして三段過給器装備の利点をいかして、高々度で進入してくるから、邀撃戦法ははじめからやりなおしであった。

もしエンジン好調なりせば

あと十日で准士官に昇進する四月二十一日の午前のことであった。B29八機が高々度で来襲した。国分基地からは十数機の紫電改がおっとり刀で飛び出したが、この日はB29より高い高度をとることができず、歯ぎしりして帰隊した。

私はこの日の紫電改の邀撃に加わり、心に期するものがあった。すなわち、直上垂直攻撃をかけることである。

これはB29の来襲方向を見こして、その前方上空に先まわりして待ちかまえ、反航姿勢でB29に近接し、上方で背面にして機首を下げ、垂直に襲うという攻撃法であった。

これは一撃しかかけられないが、速力が出る紫電改では、燃料がゆるせば二撃くわえることも不可能ではない。ただしこの場合、二撃目はB29に追いつくのにずいぶん時間を要するだろう。

私は最後尾の一機にサッと一撃をくわえ、敵機の尾翼すれすれに位置した。B29の翼に二○ミリ弾が炸裂し、胴体にもそうとう吸いこまれて行くのがよくわかるが、それでもB29は火を噴《ふ》かなかった。しかし、悠々と飛んでいるように見えても、翼をひらめかせ、火を吐いて迫る日本戦闘機が、まるで電光か流星のように見えたはずだし、内部の搭乗員たちはさぞかし身をちぢませて私の機に目を見はっていたにちがいない。

この直後、私のエンジンの調子がくるい、私は攻撃をあきらめて、出水基地に不時着した。この日の戦果は、菅野直大尉がB29一機、林喜重大尉が一機で計二機を撃墜している。ただ林大尉はそのために被弾し、そのまま阿久根《あくね》沖（鹿児島県）に墜落していった。

F4Fをひねりつぶせ

国分では敵の来襲する警報から二、三分の後に、敵機の姿が基地のかなたに見えるということが多かった。それではカケガエのない紫電改の戦力を消耗するというので、四月末、大村基地に移った。いつものことだが、基地移動にあたっては、先任搭乗員の私が新選組の看板を機体内にはこび、基地に降りるや真っ先にこの看板を、三四三空にわりあてられた場所にひっかける。これでわれわれの屯所ができるわけである。

大村では戦闘指揮所がちかくの山中につくられた。司令、副長、飛行長ら指揮の中枢がここですべてを指令するわけである。ここは飛行場一面が、地質のかたい草原であるため、広い場所をつかって四十八機が一挙に編隊離陸することが可能だった。ハデ好きなわれわれは、しばしばそれを行なって大いに気勢をあげたものである。着陸はたいてい四機編隊のままだった。とにかくいろいろな面で大村は、われわれの気に入った基地だったといえよう。

そして六月十九日をむかえた。

「敵編隊ラシキモノ五島南方ヲ北上中」との電探情報である。そこで鴛淵孝大尉が指揮官となり、三十数機の紫電改が、いっせいに編隊離陸をして発進した。

敵をもとめて南西方に進む。高度が四千メートルに達したとき、なに気なくひょいと下を見ると、海面上に異様な黒い斑点《はんてん》があった。私は注視した。そして眼をむいた。コンソリデーテッドPB2Y飛行艇と、F4F二機がそこにいるではないか。敵の高度は五百メートルだ。

「アラワシ、アラワシ、堀一番敵発見」ただちに全機に通報する。操縦桿の送話ボタンから指をはなすと同時に、「敵ハドコナリヤ、ドコナリヤ、ワレ菅野一番」とたずねてきた。

青空に、迷彩をほどこした敵機は、少しでも目をそらすと、海面とまったく識別しにくくなってしまう。それかといって、隊長に手先でしめすわけにはいかない。

「ワレ、イマヨリ接敵開始」と答えて、私は三機をひきい急降下にうつった。すると三機の敵が高度を下げた。明らかにわれわれ編隊に気づいたのだ。小さなヒダが無数にきざまれたように見える海面上を、這うようにして依然、敵は五島列島にむかって北上をつづける。これを見るとどうやら彼らは洋上に不時着した搭乗員を救助するために、戦闘機二機護衛のもとに派遣されたらしい。

ところでこちらは、なにしろ高度が五千メートルである。気ははやっても、一挙に飛びかかれぬ距離である。そこで、敵の頭に蛇行しながらしだいに高度を下げていった。敵の戦闘

紫電改(紫電二一型)。中翼の紫電を改設計、低翼とした

機二機にたいしてこちらは四機である。しかも絶対優位の高度だ。

そう安心して、そろそろ料理にとりかかろうかと思っているとき、思いがけなく飛行艇だけが南へ旋回し、戦闘機と分離しはじめたではないか。しまった！　完全にウラをかかれたのである。こうなれば早くF4Fをかたづけて、逃げる飛行艇を追いかける必要がある。だが、わが機はまだ二千メートルの上空にあるのだ。きょうにかぎって優位な高度がもどかしさをくわえてくる。

念のために後ろをふりかえると、二番機田中上飛曹、三番機笹本一飛曹、四番機仲一飛曹が私を見て、それぞれ合図する。私はすばやく計算した。私がまずF4F一機にかかる。すると、田中機がもう一機をかたづけるにちがいない。あとは手持ち無沙汰になった仲と笹本のうち、一人がPB2Yへ行くだろう。

私はなおも操縦桿をいっぱいに押したおした。

わが身をすて僚機を守った敵機

そのとき、F4Fが上昇しはじめた。足手まといの飛行艇を脱出させ、反撃に入ろうとするのである。まさに敵も、この場にいたっては死物ぐるいなのだ。

敵は後上方につかれるのを避けるために、左に旋回しはじめた。

そのとき私の高度は、ようやく一千メートルに下がった。このままに敵に突っ込めば、過速になって舵の修正がきかなくなる。それのみならず、勢いあまって、こちらが海中に突っ込んでしまう。それでは文字どおり水のアワとなってしまう。

そこで機首を敵機よりすこし右にそらして降下し、敵と同高度になったあたりで機をひき上げて、二百メートルほどの優位から敵へむかって行くことにした。

海面はグングンと私の顔にのし上がるように迫ってくる。敵と同高度、降下の優速をつかって、機をぐっと引き起こした。

機が上昇しきった頂点から機首を敵へむけた。しかし敵一番機も、旋回しながら機首を上げはじめた。

敵は後ろに迫ったわれわれの動きに気をとられすぎて、ずいぶん無理な操作をしているようだ。「そのままじゃ失速するぜ」と声をかけたくなる。この失速時に照準すればそれで終わりとなる。私は後上方四百メートルに位置した。

果たせるかな、敵一番機のスピードが落ちた。つぎの瞬間、機首がぐっと下がった。私は照準線に敵機を乗せる。

機銃の把柄をしっかりとにぎりしめた。まるでそれは無声映画の一コマのように、敵機の胴体に、翼に、操縦席に、大きくポカポカと穴があいていった。

敵機の姿勢がくずれた。錐揉みになって一番機は落ちていった。残り一機は田中機が予定どおり撃墜した。

「堀区隊、敵戦闘機二機撃墜」と報告した。これと同時に、すぐ返事がきた。「飛行艇一機南下中、スグ追跡セヨ」

しかし、高度を下げるのに手間どっていたので、すでに飛行艇のカゲは見えなかった。私は帰投針路に入った。胸の中では、F４Fが完全に飛行艇を守ったことに感動をおぼえていた。

戦闘四〇七飛行隊「紫電」渡り鳥放浪記

勝手しらぬ新鋭機 紫電に惑いながらも腕を上げ戦局と共に紫電改へ

当時 戦闘四〇七飛行隊分隊長・海軍大尉　市村吾郎

私が戦闘四〇七飛行隊分隊長を命ぜられ、九州笠ノ原基地に着任したのは、戦局もようやく急を告げる昭和十九年十二月の初旬であった。それまでは当時厚木にあった第三〇二航空隊にいて、戦闘機雷電の搭乗員として約半年、その間に多数の殉職者を出しながらもいちおう雷電を乗りこなしていた。十一月初旬より本土上空に来襲するB29の単機偵察飛行に対し、敢然と迎撃に飛び立っていたその厚木基地も、一片の転勤命令とともに訣別となったのである。

市村吾郎大尉

その日、厚木基地を飛び立つ双発輸送機の中には、フィリピン戦線に馳せ参じる同期の池田大尉（後にフィリピンで戦死）をはじめ、転属する多数の航空機搭乗員が感慨無量といった表情で、濃緑の松林とベージュ色の畠地にかこまれた特長ある飛行基地の鉄亜鈴を細長くしたように見える、巨大な白いコンクリートの滑走路に見入っていた。

私もなぜかこの時、一年半前のラバウルを飛び立って内地に帰るときのことを思い出していた。滑走路こそコンクリート舗装ではなかったが、細長い飛行場がラバウルの上の飛行場にとてもよく似ていたのである。

このような感傷にひたる間もなく、輸送機は九州の鹿屋基地に着陸し、ここで戦場での再会を誓いあって各自それぞれの便をもとめ、ある者は航空機でフィリピンへ、ある者はまた汽車便で任地に向かった。私は笠ノ原基地が鹿屋の近くだったので、自動車で基地入りしたのである。

しかし基地入りして真っ先におどろいたのは、隊員が二十人も揃っていないことだった。もちろん戦闘四〇七飛行隊にとっては、笠ノ原はまだ仮りの基地であり、居候《いそうろう》のような存在であったが、おんぼろの零戦四、五機を使用して、さかんに訓練にはげんでいるところへ着任の挨拶に行ったときは、いままでの厚木基地の三〇二航空隊にくらべ、少し情けない気がしないでもなかった。

しかし指揮所で隊長の林喜重大尉と、私よりも半年早くグラマンの洗礼をうけた同期の嶋幸三大尉に会い、この隊がフィリピン戦線で大奮戦のあとの隊員補充と再訓練に内地に帰還したこと、そして将来、当時憧れのまとであった紫電改だけによる戦闘飛行隊になること、そんなことなどを聞き大いに希望を燃やしたものである。

しかし何といっても笠ノ原基地は、真四角な小さい飛行場であり、零戦の離着陸だけでも精一杯、まして居候の身では思うように飛行訓練の時間もとれず、より高性能の紫電の離着陸はとても無理なので、それで鹿児島北部の出水《いずみ》基地に訓練基地を変えることとなり、笠ノ原で席あたためる間もなく出水基地へ隊ごと移動したのは、昭和十九年十二月の中旬ごろであった。

それまで他人の隊の士官室で、身を小さくしてぶつぶつ言いながら食事をしていた私も、やっとわが家を得たような気持になって、若き隊長・林喜重大尉のもとで、零戦による編隊訓練にはげむこととなったのである。

訓練を遅らせるナベズル

そうこうするうちに、毎日のように新隊員が着任して来る。なかには厚木でいっしょに雷電搭乗員として生死をともにした旧部下の飛曹、飛長がにこにこ顔で挨拶にくる。

飛行場には、新鋭の紫電が数機空輸されてきて、一日一日と隊の戦力は充実されてきた。そして十二月下旬のある日、はじめて紫電による訓練が開始されたのである。

午前中に紫電を空輸してきた搭乗員から、新型機にたいする簡単な説明があり、そして隊長よりつぎつぎと機上の人となり、実際に地上を滑走して新型機を操縦し、とくに零戦にない空戦フラップを地上を走りながら出したり入れたり、また他の戦闘機にくらべて効きのするどいブレーキを実際に使用して機の地上での運動性をたしかめるなどの地上訓練を終え、その日の午後には、いよいよ隊長より飛行離着陸訓練を開始したのである。

紫電。機首に気化器用と滑油冷却用の空気取入口、機銃は翼内の乙型

私もはじめはちょっとこわい気がしないでもなかったが、厚木基地ではじめて雷電に乗り、地上を離れたときほど息もあがらず、紫電の機体が地上を離れたときも大した感慨もわかず、二、三回離着陸を繰り返して、つぎの訓練者と交代した。そして指揮所に帰ると、さきに鹿屋基地でわかれた同期の池田大尉が、童顔をほころばせてにこにこしながら私の方に近づき「また会ったなあ」と手を差しのべた。

そしてこのときが彼と会った最後となった。このときの池田大尉の話によれば、彼の着任する隊はフィリピンにあり、すでに紫電部隊となっているので、出水でごく短期間の新型機紫電の訓練をしてフィリピンに出撃するとのことで、私の隊がこれから内地で十分に新型機紫電の訓練を終えてから実戦にのぞむのとくらべ、彼のそのときの言動に一種の悲壮感があるのはいなめなかった。

かくして日一日と零戦による編隊訓練と、紫電による空戦訓練とが併行しておこなわれ、部隊の戦力は充実していき、やがて迎えた正月には十数機の編隊を組んで、付近の神社に低空より初詣としゃれこむほどになった。

ただ出水基地で訓練中に困ったことは、九州東岸にくらべ天候が悪いこと、とくに時季的に降雪が多く、訓練の中断される日がかさなるようになったことである。それからときどき飛行機に衝突する有名なナベヅルの群れである。そのたびに飛行機は墜落こそしないまでも、整備に時間をとられ、思うように訓練計画もすすまず、林隊長もこれにはそうとう気を使っていたようであった。

私も出水基地にいたおかげで、ナベヅルの生態を観察する機会を得ることができた。降雪の飛行場の一隅に群れをなして降りたったナベヅルの一群は、数匹の見張りをおいて無心に餌をもとめて散策する。そこには戦争のおもかげはなく、平和な一幅の絵でしかないが、数ヵ月後には、この上空の空戦で隊長が戦死するとは、当時だれが予想したであろうか。

またある日は、降雪のため訓練ができず、隊長以下同期の嶋大尉ともども士官室の全員（全員といっても乗用車一台に乗れる人数）で、水俣ちかくの海岸の温泉に静養に出かけたこともあった。そして温泉につかりながら、すぐ湯舟の外に波うつ海を眺めながら話し合ったのが、いまでも懐かしく思い出されるのである。

また出水基地では、銀河爆撃機を使用する艦爆隊の訓練が、ほかの隊でありながら印象ぶかく記憶に残っている。毎日、私の隊の指揮所より四～五百メートルはなれた銀河隊の指揮所めがけて、雲間より急降下、急上昇の訓練をする双発機特有のエンジンの爆音は、ともに日本の空を守りぬこうとする若人の共感があった。

ただ一度、急降下中に引き起こしがおくれ、飛行場近郊の畠地に墜落するという殉職事故のあったときには、他人事でなく心から殉職者の冥福を祈ってやまなかった。事実、私もこの数日前、このおなじ基地で死の寸前の経験をあじわっていたからである。

不時着して掩体壕に激突

それは正月も中頃のことであった。紫電の機数もだんだんと増えて、機の取り扱いにも、そして操縦、整備ともなれるにつれて、空輸されてくる機の基地でのテスト飛行も、私たち士官の手に移ったのである。

そしてある日、私も一機のテスト飛行に飛び立った。機は爆音も力強く急上昇をつづける。昇降計の指針は上昇一杯。高度計は刻々と指針がまわりつづける。

千、二千、三千、四千メートルと、指針が千メートルをしめすごとに、右腿《もも》にゴムバンドで固縛した飛行記録紙に、鉛筆で記入するエンジンの回転数、ブースト圧、シリンダー温度、油温、排気温度、油圧、燃圧と克明に記録しつづけ、高度八千メートル付近でいったん水平飛行にうつり、左右の垂直旋回も無事終了し、一巡ののち急降下にうつった。

速度計はピンと最高をしめし、地上の目標は刻々とその大きさを変えて目前にせまる。高度四千メートル。速度計が限界速度をしめしたので操縦桿を徐々に引き水平に引き起こす。身体はまだ過酷なGに抵抗して前傾姿勢のままである。

このとき、突然エンジンの爆音が不調になり、ブースト圧は上がり、エンジンは息をつくようになり、馬力は急激に低下しだした。さいわいなことに飛行場は真下に見える。

とっさのことに、前回の霞ヶ浦で不時着して負傷したときのことが脳裏にうかぶ（計器飛行訓練中で燃料ポンプの故障のため飛行場外に不時着し負傷）。応急用手動ポンプを数回つくがエンジン不調は変わらず、その他の応急操作にも依然エンジンは不気味な断続的爆発音をくりかえし、そして馬力はますます低下し、高度も急激に低下しはじめたのである。

それで回復にいろいろと努力したが、こうなってはどうしようもなく不時着を決意した。もちろん厚木基地でも数回、雷電のテスト飛行中にエンジン故障で飛行場内に不時着している。不時着には自信があったが、ただ紫電の操縦に変わってから、機そのものの特性をまだ十分つかんでいないのが心残りであった。

この特性が原因で不時着には失敗したのであるが、まず安全ベルト、肩ベルトをたしかめ、風防ガラスの緊急離脱装置を引いた一瞬、風防ガラスは上方へはずれ、はるか空中の彼方に飛散していく。

当時、不時着時は機が転覆しても、機外脱出および救助活動がしやすいように、かならず風防ガラスは後方に開いて飛散するようになっていたが、不時着時の衝撃で後方にひいた風防ガラスがふたたび前方に押し出され、このショックで頭部負傷、または水中での脱出困難などにより事故が続出したので、前述の緊急離脱装置が戦争なかばより機に装備されていたのである。

ともあれ風防ガラスがなくなると、いっそうエンジンの不調音が耳に入る。飛行場上空でこの音で飛んでいれば、基地でも不時着機の動向に注意してくれているだろうと思う。この間にも機は速度をたもち、失速を警戒するため高度がぐんぐんと下がる。この頃になるとすでにエンジンの不調挽回はあきらめ、飛行場に無事着陸することのみを考える。高度五百メートルぐらいで大きくバンクをくり返し、飛行場滑走路の進入予定路に入り、両脚を出して着陸態勢に入ったその瞬間、予期しないほど機の高度が下がりはじめた。

あわてて不調のエンジンを全開、そして脚を引っ込めたが高度は下がる一方で、ついに飛行場一隅にある爆撃遮蔽用の掩体の土手に、翼端より横すべりのようにして激突したのである。一瞬もうもうたる砂塵のなかで、生の確認をわれとわが身に問うたのである。

うそのような四囲の静寂、身のまわりの機体は座席の部分を残して、まったく原型をとどめないほどに大破している。不時着時に両眼を切ったのか、血が両眼に入り、なにも見えなくなる。ただサイレンを狂気のように鳴らして近づいてくる病院車のなかに運びこまれるとき、悪夢のような、いまの不時着の瞬間がふたたび思い出された。

目前にせまる屏風のような掩体の土手がよみがえり、また同時にこのまま両眼が失明するのではないか、と不安な気持で手術室にはこびこまれたのである。

はじめて経験した陸式航法

やがて負傷の処置を終わったところで、軍医に負傷のていどを聞くと、奇跡的に軽傷であり、両眼も五針ていどの傷であるが、失明の恐れはまったくないこと、そして一週間ぐらいで眼帯がとれるとのことを知り安心したのである。しかし、五日間ばかりはまったく看護人つきの暗黒のなかの生活であり、抜糸して両眼の見えたときには、目の見える有難さがつくづくわかり嬉しかった。

そして両眼まぶたに絆創膏をはったまま飛行場指揮所に行き、あらためて林隊長に未熟のため不時着に失敗したことをおわびすると、事故調査委員より、まったくめずらしいプロペラの逆ピッチ故障であり、エンジンを噴かせばふかすほど逆推力になるというまったく危険な事故であったとの報告が出され、五体満足で助かり、よかったと逆になぐさめられ、十分休養するようにいわれた。

しかし戦局の急ないま、じっと病室にいるのも気がかりだし、身体のふしぶしの痛みもとれたので、地上での指揮はできると、事故があった一週間後には指揮所に立ったのである。

そうこうするうちに紫電の機数も順調にふえ、まったく紫電のみで訓練できるようになったので、零戦を笠ノ原基地の訓練用に返却するため空輸することになり、まだ両眼上に絆創膏のままの私が空輸指揮官として、零戦四機と複葉複座の中間練習機二機とが笠ノ原基地に飛んだのである。すでに笠ノ原基地でも私の負傷は知っていたらしく、着陸と同時に、司令から見舞いの言葉をかけられたのには恐縮した。

試製紫電。水上戦闘機・強風の機体を流用のためズン胴、主翼は中翼配置

無事に零戦の空輸も終わり、複座の練習機に三人ずつむりやりに乗り、出水基地に向けて笠ノ原を出発したのは冬の明るい午後だったが、鹿児島湾を越え、鹿児島上空に達するころより天候は悪化し、空は薄暗く小雪がぱらつきはじめた。

私は二番機に戦闘隊形になるよう合図するとともに高度を下げ、九州西岸に一刻も早く出るように、山のあいだを右に左に縫いながら飛行しはじめた。ただ、機の速度が戦闘機に乗りなれたいまでは非常におそく感じられたが、二番機もベテランの搭乗員で必死に後を追ってくる。

ときどき雪で視界が五十メートルくらいになるが、かろうじて航続機の見える距離で飛びつづけた。風防につもる雪を手ではらいながら、ついに西海岸の上空に到達した。あとは海岸沿いに北上、見おぼえのある阿久根（雪で飛行訓練の中止のとき、ぬるい阿久根の塩湯温泉によく湯治に来た）上空より、鉄道線路に沿って出水基地に帰還したのである。

基地に着陸して考えてみると、すこし無理な飛行をしたようで、われながらすこし反省した。ただ当時、われわれが経験しなかった陸式航法で、鉄道と川をたよりに飛行したのであるが、トンネルの多い山のなかでは、鉄道が山で寸断されるのに閉口したのをおぼえている。

味方の対空砲を浴び憤然

こうして出水基地での訓練も順調にすすみ、訓練量の少ない当時の航空隊としては、垂涎のまとの八機対八機の編隊空戦を行なうまでになり、出水上空せましと飛行しつづけたのである。

しかし、一月下旬から二月上旬のある日、かねてより合同編成を予定されていた戦闘七〇一飛行隊、戦闘三〇一飛行隊と合同すべく、四国松山基地へ向け、戦闘四〇七飛行隊の紫電編隊は移動したのである。松山基地に降り立った私は、すぐ同期の松村、山田、松崎大尉などと挨拶をかわし、おたがいの武運長久を喜びあい、夜は夜で斗酒なお辞せず戦局を論じあったものである。

松山に移動後の私たちの隊は、いままでと異なり、なにをするにも他の二隊の目を意識して行動した。おたがいに他隊におくれをとるなと、いやが上にも士気は上がったのである。

そうこうしているうちにも、中翼の紫電はつぎつぎと低翼の紫電改と交代、三月中旬の敵機動部隊迎撃のころには三飛行隊の大半が、当時、海軍航空隊の期待の星であった紫電改の戦闘飛行隊となっていたのである。

松山基地の思い出としては、何といっても昭和二十年三月十九日の敵機動部隊迎撃戦が一番印象ぶかく、いまでも断片的ではあるが、上空支援隊としての未明の発進、空襲警報下で砂塵をもうもうとあげての全機いっせい発進、空戦後の洋上に浮かぶ撃墜敵機の識別色マークなど、まざまざと思い出される。

三月十九日の敵艦上機迎撃戦直後のある日、つぎのような事件が起こった。

味方の電探の情報から（あとですぐ誤報とわかったが）飛行隊は全機が緊急発進させられ、急遽、迎撃態勢に展開するため紫電改の大編隊は、松山基地北方の瀬戸内海を一五〇〇〜二千メートルの高度まで上昇、大きく左旋回していた。

下方の紺碧の海を見れば、数隻の大型艦艇とこれをとりまく駆逐艦が数隻、真っ白い航跡をのこして右に左に対敵運動をしている。数日前の呉軍港空襲のときの味方艦艇の苦労を思い、健闘をねぎらうように上空を通過したとき、海上の艦船群のなかの一隻より、とつぜん砲撃されたのである。

するとほかの数隻の艦からも一斉に高角砲の洗礼を受けた。こちらは大編隊のうえ、旋回中とくに左端を飛行中の編隊は、速力も運動性も減殺された最悪の状態になり、そのため、たちまち高角砲の至近弾のあおりで二機が失速して戦列をはなれた。幸いなことに海面に達するまでに機は安定をとりもどし事なきを得たが、味方同士の疑心暗鬼のため、危うく尊い人命を失うところであった。

またある日、迎撃のため基地を飛び立ったが、低空に雲が多くやっと雲上に出て編隊を組み終わったとき、エンジンのスロットルレバーが作動不良になり、エンジンはコントロール不能になった。やむなく僚機に合図ののち一機戦列をはなれ、基地に針路をとったのであるが、列機のなかの一機の「三番機」が安否を気づかって後ろより追尾してきた。そして急降下して雲下に出るまで見守ってくれたのには心から感謝した。

しかし雲下に出て、さて困ったことに高度は千メートルくらいの基地北方の瀬戸内海上で、こんどはスロットルレバーを引いた状態のまま効かなくなったのである。機は水平飛行になってもどんどん降下する一方である。

機首をあげ回転ガバナーを調整して回転数を落として、かろうじて機を水平にたもとうとするが、機の昇降計は相変わらず下降をしめしている。このまま海面まで降下して不時着するか、あるいはその前に基地にすべりこむことができるか、速度計と昇降計とを交互ににらみながら、一路南下する。

この時ばかりは地球に引力のあるのがうらめしく思われた。

幸いこのときは五十メートルくらいの高度の余裕を残して、基地にすべりこむことができ、ことなきを得たのである。

特攻基地だった大村に転任

この後一ヵ月たらずのうちに、九州の鹿屋、国分基地を転々とし、B29の爆撃を避けながら本土南方の作戦に従事し、三四三空最後の基地である大村に転進したときには、わが畏敬

海軍初2000馬力級エンジン搭載の紫電。フラップを一杯にさげた着陸態勢

する林隊長はすでに思い出の出水基地上空で散華、僚友の嶋大尉もいまはなく（三月十九日松山基地上空で散華）わが身の重責を強く感じていた。

これから終戦まで、大村基地がわが青春の思い出の地となったのである。大村基地はもちろん九州の長崎県にある大村湾に面した大村海軍航空隊の基地であり、三四三空が進出する前には、特攻隊の基地として毎日、練習機を使用して急降下の訓練をしていたらしい。

しかし、われわれが進出後、間もなく出撃あるいは他の基地に進出したのか、基地付属の建物関係をのぞき、基地の全部の使用はわれわれの手にゆだねられたのである。松山基地のときは離着陸は海側からか、反対の山側からで、離陸方向に山を見るときは非常にせまい感じであったが、ここ大村では、離着陸は海岸線に平行なため松山基地より楽なように思えたが、正確にはどちらが大きかったか今さだかではない。

ただ大村基地に移動後は搭乗員の練度も高くなっていたので、四機または八機の編隊離陸も気楽な気持でやっていたと記憶している。

また、われわれ四〇七飛行隊の指揮所は七〇一、三〇一飛行隊の指揮所よりはなれて海岸側にあったので、出撃予定がなく、また空襲もない寸暇を利用しては飛行場海岸の石垣に巣食うウナギを手製の穴釣り道具で釣ったり、網で小魚をすくったりして、わずかに戦争のストレス解消としゃれこんでいたのである。

しかし、三日に一度、週に一度と出撃するたびに僚友、部下が散って行くとき、よく最後まで精神的に健全でいられたと思うが、自分だけは死なないと信念を持っていたからであるが、あるいは散って行った戦友も死の瞬間まで、この気持は同じであったかもしれぬ。

大村基地ではこのほか諫早《いさはや》のウナギ屋の喰い旅行、長崎旅行、大村湾の水上特攻隊の訓練など、印象に残ることが多いが、終戦直前の長崎原爆の投下を二十キロはなれて直視した悪夢のような思い出は、永久に忘れられないだろう。

されど精鋭「紫電改」落日に涙するなかれ

精鋭たちの戦果を支えた三四三空整備長が見た大村基地最後の日々

当時三四三空整備主任・海軍大尉　古賀良一

真夏の太陽が容赦なく照りつける海軍大村基地の指揮所前に、三四三空の搭乗員および地上員のすべてが整列した。まもなく始まろうとしている玉音放送を前にして、みんなの顔はいやがうえにも緊張していた。流れおちる汗をぬぐおうともせず、灼熱の日の下で微動だにしなかった。指揮所の前には、白い布をかけられた机の上に一台のラジオが置かれていた。真上にある太陽は、ラジオの影もつくらず、暑苦しさはいっそう増幅された。

古賀良一大尉

「本日正午より、ラジオで陛下の重大放送があるので、全員、指揮所前にあつまるように」と、その日の朝、命令をうけた。このとき若い整備員らは、「きっと頑張るようにとの激励のお言葉をいただくんだろう」と、口ぐちに騒いでいた。重く停滞した空気のまま、正午は刻一刻と近づいてきた。

やがて正午となり、放送がはじまった。はじめて聞く陛下のお声は弱々しく、しかも雑音が多くて聞きとりにくかった。それでもみんなは頭をたれたまま、一語一句、聞きもらすまいと、聴覚だけをラジオに集中していた。しかし、

『停戦のやむなきにいたった……』

このひとことが、長く苦しかった三四三空の運命を決定づけた。わが三四三空にかぎらず、日本は昭和二十年八月十五日をもって連合国軍に無条件降伏した。まわりからは嗚咽《おえつ》がもれはじめた。みんな泣いていた。

私も泣きながら、そのあとの放送をきいた。だが、不思議とたいした感慨はわいてこなかった。「我なすこと万事おわれり」という気持だけが、いまでも妙に頭にこびりついている。

「やることはやったんだ」と思うと、悟りに似たものが体中をかけめぐった。

ただ、祖国の勝利だけを信じ、明日の戦闘のために黙々と紫電改の整備にはげんだ部下たち――ちにだけは、心から「ご苦労さん」と、ねぎらってやりたかった。また、散華した多くの地上員たちには、あらためて冥福を祈りたかった。

放送もおわり、時間がたつとともに〝敗戦〟の事実が実感としてわきあがり、茫然自失している隊員や、とりみだした部下の説得にあたった。まもなく源田実司令は〝敗戦〟が事実かどうかを確認するため、緊張したおももちで紫電改のコックピットに身をしずめ、横須賀へ飛んだ。このとき、

「陛下のご心意ならばおとなしく従うが、そうでなければあくまで徹底抗戦する」と言われ

た。さらに、

「いずれにしても私の指示があるまで、決して軽はずみな行動をとらないよう」と、力をいれて何度もくりかえされた。やがてもどってきた源田司令の口から出た言葉は、

「一切の戦闘行動を停止し、武器などをいずれ進駐してくる連合軍の手に渡すように……」というものであった。

やはり日本は、負けたのだ、そう思うと今後の不安よりも、よくやってくれた部下たちに申し訳ない気持のほうが先にたった。

誇りと意地に支えられた整備魂

おもえば、私は三四三空に着任する三ヵ月前、すなわち昭和十九年の十二月までは、攻防のもっとも激しかった硫黄島で地上整備員を指揮していた。そのあと相模野航空隊の教官を命ぜられ、近く米軍が上陸するのは必至の情勢となった硫黄島から、後ろ髪をひかれるおもいで神奈川県厚木へ転勤した。

硫黄島にいたときは、部下たちとともに玉砕を覚悟していた。しかし、突然の転勤命令で厚木へやってきたが、私が転勤したあとすぐ硫黄島に米軍が上陸し、部下をはじめ、そこにいた日本軍は玉砕したことを知った。それ以来「命あるかぎりなんとしても部下の仇討ちをする」と、ひそかに心に誓ったものであった。

そして三月一日付で三四三空へ転属が発令され、四日に松山に着任した。それ以来という

ものは、精強三四三空の名に恥じないように部下をはげまして、日夜、紫電改の整備にいそしんだ。といっても、整備関係の責任者であった私は直接には整備にたずさわらなかった。

だが、私には私の苦労がたえなかった。それというのも、一機でも多くの可動機を保有させるのがおもな任務である私は、ほとんど連日のように飛来する米艦上機の迎撃に出撃する搭乗員たちの乗機を、つねに最高の性能をもって出撃させるために、人しれず苦心したものであった。

いつしか部下たちも、私のこうした気持をわかってくれたのか、自発的に整備にあたってくれた。この頃になると、部下たちは機付長以下二、三名ずつが疎開して空家《あきや》となった近くの農家や、基地のすみにテントを張って寝泊まりするようになっていた。このため各機の機付員は、明日の空戦にそなえて暗闇のなかで懐中電灯の明かりだけをたよりに、夜どおし整備にあたったものであった。

また、整備員にとって分散作業は、ホネのおれる仕事であった。これは、敵機の銃爆撃から紫電改をまもるため掩体壕にいれたり、あるいは近くの大村公園のなかに秘匿するのである。だが、大村公園までの道は未舗装で、しかも道路の両側には電柱や木があるため、これを切りたおし、十数名で押していく。

夜になると、燃料おとし（飛行機からガソリンを抜きとること）をして大村公園まで押していき、翌早朝、ふたたび基地まで押してきて、ガソリンを入れるのが日課であった。この間に整備をおこなうため、まさに不眠不休の毎日であった。

紫電改。フラップは速度と加速度の変化に応じ自動で最良角度が得られた

そうまでして可動率をたかめようと懸命になっている部下の姿をみると、それ以上の無理はいえなかった。私としても、ただ戦うのみの気持であった。

プロペラなき悲しき敗残の群れ

六月にはいると、米軍は瞬発信管の爆弾をつかいはじめ、これ以後は、地上整備員をふくめた地上員の死傷者が増加した。この爆弾は接地すると同時に爆発し、こなごなになった十円玉ほどの鉄片が放射状にひろがる仕掛けになっていた。このため半径約三十メートル以内にいた人間は、体内に鉄片をうけて倒れた。

ある時など、たったいま声をかけて別れ、ふたたび先ほどのところへもどると、部下の一人は体中に無数の鉄片をうけて即死していたようなこともあった。それでもわれわれは、

戦い敗れ昭和20年９月14日、大村基地に米軍が進駐、囚われの身となった343空の紫電改。横須賀へ空輸のため試運転中の光景で、長距離飛行に備えて400リットル入り増槽を付けている

写真は上下とも昭和20年10月16日朝、大村から横須賀へ紫電改を空輸すべく発進準備中のもので、この日、飛行したのは志賀淑雄少佐、田中利男上飛曹、小野正盛上飛曹操縦の３機だった

まだ戦争に負けることなど予想さえしなかった。部下の一人ひとりも、最強の三四三空の整備員である、との自覚と誇りをもって志気は旺盛であった。

やがて梅雨もすぎ、夏をむかえた。八月九日の午後、私は部下とともにトラックで長崎・諫早《いさはや》に疎開していた補給処へ、紫電改のエンジンを取りにいった。そこで駅に入ってくる異様な人の群れと列車を見た。

なにしろすすけたように体中が真っ黒な人々が、すべてのガラス窓のこわれた列車の中にひしめいていたのである。

この日の正午前、長崎に米軍が新型爆弾を落としたという話をきいていた。しかし、その威力がどれほどのものかは知らなかった。だが、いま焼けこげたような沢山の人々と列車をみて、

「今朝の新型爆弾はこれでは？」と、思いあたるふしがあった。ここにいる人々が、米軍の新型爆弾にやられたとしたら、威力は大変なものだ、とおもった。

それ以来というものは、この大村基地にも新型爆弾が落とされるのではないか、とのあらたな不安が部隊をおそった。

だが、それをふせぐ方法はだれにもわからなかった。しかし、だれいうともなく、原子爆弾の熱を反射する白い布を飛行機にもかぶせれば、被害はふせげるのではないか、という噂がひろがったが、実行しないうちに八月十五日を迎えたのであった。

八月十五日以後の源田司令の指揮統率ぶりは、戦時にもましてみごとであった。つねに毅

然とした態度でことにあたり、われわれの信頼をいやがうえにも盛りあげていった。そのため、われわれは源田司令の言葉どおり行動するのみであった。

玉音放送から数日して源田司令から「保有機すべてのプロペラをはずし、燃料もぬきとって一ヵ所にあつめろ」という命令があった。

このためわれわれは司令の命令どおり、プロペラをはずし、燃料をぬくと、大村海軍工廠の焼けあとに紫電改をはじめ三個飛行隊分の飛行機をあつめた。このとき各飛行隊には二十機ずつくらいの飛行機を保有しており、合計六十機近くあったと記憶している。

われわれがこれまで苦労して整備した紫電改を、飛べなくするのは情けなく、いたたまれない気持であった。若い整備員のなかには、

「これらの飛行機を敵に渡すくらいなら、これに火をつけて私もその中に飛びこんで死にます。こんな豪勢な火葬は、億万長者でもできないでしょう」と、米軍に引き渡すことに反対し、いまにも火をつけそうになるのを、

「司令を困らせるんじゃない」と必死になって説得した。

「トラブルをさけて、円満に武器弾薬を米軍に引き渡せ」と、源田司令より命令をうけていたので、若い整備員が私の言葉をききわけてくれたときは、ホッと胸をなでおろした。

このあと『休暇』という名の復員がはじまり、逐次、若き青春を燃やしつくした隊員たちは基地を去っていった。九月に入ってまもなく、米軍が大村基地にも進駐してきた。そこで私は武器や弾薬、そして燃料などを分散して隠してあったので、その場所を書類にして手渡

し、かつ米軍をその場所まで案内した。

こうして米軍にこれらを引き渡し、すべての任務をおえた九月十五日、私もなつかしの家へもどった。三四三空の一員として、つねに可動率を気にして思い出したこともなかった生まれたばかりの長男や、家族の顔を見ると、急になつかしさがこみあげてきた。

いま考えてみると、終戦まで並みはずれた戦果があり、名実ともに精鋭の名をほしいままにした三四三空で、紫電改とともに最後を迎えた私は、つくづくしあわせだったと思っている。

松山三四三空で綴った私の百日メモ

精鋭紫電改の耳目となるべく松山に展開した偵四彩雲隊長の戦闘日誌

当時 偵察第四飛行隊長・海軍大尉 橋本敏男

昭和二十年二月、フィリピン、台湾方面の作戦から内地に呼びもどされた偵察第四飛行隊は、松山基地で再編成されることになった。松山基地は四国松山市の南西方にあって、瀬戸内海に面した滑走路のない芝生の飛行場であった。

この基地には源田実司令のひきいる第三四三航空隊がいた。三四三空の編成は戦闘三〇一、戦闘四〇七、戦闘七〇一の各飛行隊からなっており、当時の最新鋭戦闘機「紫電改」約九十機をもって連日、猛訓練にはげんでいた。そこへ新鋭偵察機「彩雲」を装備したわれらの偵察第四飛行隊が編入されたのである。

橋本敏男大尉

松山基地に着いてみると、内地では新しく飛行隊長や分隊長がすでに発令され、搭乗員や整備員もぞくぞくと集まりつつあった。また、私たち内地への帰還組は、航空艦隊司令部付に発令されていることを知った。

古くからの連中は私を隊長と呼び、新編成の搭乗員たちは西山大尉を隊長と呼んだりして、まことに奇妙なものであったが、そのころ私は源田司令に、ふたたび隊長となって偵察第四飛行隊（偵四）を編成することを指示され、その構想にもとづき偵四は再編成されたのである。

私はなぜ、戦闘機を主とした三四三空に偵察隊が一隊くわわったのか判断できなかったので、源田司令にたずねた。司令は次のように答えてくれた。

「退勢を挽回するためには、制空権を奪回しなければならぬ。そのためには、最新鋭の紫電改を集中使用する必要がある。また優勢な敵に対して、有利に航空撃滅戦を展開するためには、敵情をあらかじめ知っていて、敵のもっとも弱い点をつき、有利な態勢からわが戦力を集中する必要がある。だから彩雲は、適切な判断をくだす前提となる敵の情報を入手するための目であり耳である。できうるならば司令自ら彩雲に搭乗して、九十機の紫電改の総指揮官として空中で指揮をとりたい」と。

私は偵察機の新しい用法にたいする訓練方法や、責任の重大さに身のひきしまる思いがした。

意気高し三四三空

松山基地では司令以下一整備員にいたるまで、全員が必死の覚悟で、祖国の急を救うものは三四三空であると自負し、大いに意気軒昂たるものがあった。そして、司令以下、搭乗員全員が髪をきって番号をつけた木の小箱におさめ、戦死にそなえて遺髪の準備までしたのであった。

源田司令はつねに飛行服に身をつつみ、全身闘志のかたまりのような人だったし、副長の中島正中佐や飛行長志賀淑雄少佐も、作戦室や指揮所における真剣な討議をするだけでなく、飛行隊指揮所、列線整備現場にまで進出され、ときには部下を叱咤激励し、ときにはユーモアをまじえて部下を笑わしている姿が見られた。

三四三空は剣《つるぎ》部隊とよばれて、各飛行隊の指揮所には「新選組」(戦闘三〇一)「天誅組」(戦闘四〇七)「維新隊」(戦闘七〇一)「奇兵隊」(偵四)と大書した大幟を立てて、意気まことにさかんであった。

戦闘隊の各隊長は菅野直大尉、林喜重大尉、鴛淵孝大尉の三人で、みないずれおとらぬ剛勇の士であり、またすぐれた指揮官で、数々の武勲がそれを証明していた。搭乗員もまた名だたる歴戦の勇士がそろっていた。偵四の搭乗員たちもそれらの人々の気迫に負けじと、しだいに気力術力ともに充実の度を増していった。

敵機動部隊の跳梁がしだいにひどくなって、飛行訓練に精励するだけでなく、つねに敵情を注視して作戦にそなえねばならなかった。整備員は早朝から夜おそくまで、一機でも可動機をふやそうと、油にまみれながら黙々と整備にはげんだ。

戦闘隊は隊長みずから先頭にたって、編隊をひきいて出撃するが、偵察隊は地味で、しか

彩雲一一型。薄い層流翼内は８割が燃料槽であった

も各機ごとに任務があたえられて単機で出撃する。私は司令から命ぜられて、作戦室で幕僚勤務につくことになり、飛行隊の方は、仕事の大半は先任分隊長の渋沢義也大尉にまかせることになった。

司令の彩雲に搭乗しての空中総指揮官構想は、じっさいにはいつ戦闘隊を発進させるか、空中の戦闘隊に対していかなる情報指示をあたえるか、状況の変化にたいして偵察機にどういう指令をあたえるか、また戦闘をまじえて帰還した戦闘機の収容と再出撃など、地上においてなすべきことが沢山あるので、ついに断念されることになった。

司令は深夜でも、あるいは早朝でも、作戦室に姿を現わし、つねに敵情の推移を研究された。その読みの深い分析検討と適切な状況判断に感銘をおぼえるとともに、私はこの司令を補佐するためには自分の才能では睡眠時間をへらすしか方法がないと考えて、自分なりに努力した。

松山基地では、いろいろの創意工夫がなされたが、その一つにおとり機がある。

当時の紫電改にはまだ脚に問題点があって着陸のさいによく脚を折るという事故がおきた。その大破した紫電改をオトリ機として、海岸寄りに戦闘機の列線のように並べたのである。上級司令部の幕僚のなかには、修理すれば使用可能の紫電改をオトリ機に使うのは不賛成との意見もあったが、後日、敵機動部隊来襲のさいに、敵戦闘機がこのオトリ列線に対してさかんに銃撃を反覆していたのを見ても、このアイデアは大成功であった。

鬼神を泣かせる大活躍

昭和二十年二月、敵機動部隊は我が物顔に関東、東海、南西諸島に数次にわたって来襲してきた。しばらく中休みをして三月十八日には九州に来襲、十九日には早朝から内海西部に大挙して来襲した。

待ちかまえていた剣部隊は、全力をもってこれを迎え撃った。約三時間にわたる激戦の結果、戦果はF6F、F4Uなど約六十機を撃墜、わが方の被害は自爆など約二十機であった。それまで敗け戦さの連続であったわが軍としては、画期的な大戦果をあげたのである。連合艦隊司令長官から感状を賜ったことを記憶している。

この空戦において、紫電改の奮戦はまことに目ざましいものがあったが、彩雲にも壮烈鬼神を泣かせるような働きがあった。

高田満少尉の指揮する彩雲が敵機動部隊偵察に飛び立ち、室戸岬南方に敵機動部隊を発見するや、ただちにこれを報告し、触接をつづけた。しばらくしてエンジンが不調となったため、やむなく触接を断念して帰途についた。

四国山系の上空で敵の戦爆連合約一〇〇機に遭遇するやただちにこれを報告し、むらがる敵戦闘機と単機で交戦したが、被弾のため高田少尉は負傷し、電信員もまた傷ついた。もはや離脱することができなくなった同機は、白煙をひきながら猛然と敵の編隊の中に突入し、体当たりによって敵機二機を撃墜し、自らもまた壮烈な自爆をとげた。

この高田機の最期は、目撃した村人が感激して連絡してきたので判明した。ほかにも誰も見ていないところで、これに類した勇猛果敢な戦闘と壮烈な最期をとげた者があったものと信じている。

三月末から沖縄戦が熾烈となり、当時、九州鹿屋にいた偵察第一一飛行隊（偵一一）が勇戦奮闘をつづけていたが、相つぐ未帰還機のために戦力が低下してきたので、松山の偵四と木更津の偵一二（偵察第一二飛行隊）から二機、三機と鹿屋に進出して、偵一一に配属されて沖縄作戦に従軍した。そして進出した彩雲の未帰還の悲報が、ときどきわれわれの心を痛めたのであった。

敵機動部隊との戦闘をおえたある日、松山基地はB29数機の奇襲を受けた。当時、紫電改は鹿屋に進出して不在だったと記憶する。大した被害は受けなかったが、私は指揮所にいた。

B29が佐田岬方向から進入の情報がはいったまま、その後の情報はなかった。B29の佐田岬上空通過は毎日のことなので、大して注意を払わなかったのが悪かった。あとでとつぜん頭上で「シュシュシュ」と爆弾落下の音を聞いて、本能的に身を伏せた。気がついてみると、身を伏せたのは板の衝立のかげで、弾片を防げる代物ではなかった。胸に何かつかえているような感じで、顔面が蒼白になっていることは自分でもよくわかった。何度も何度も爆撃をうけた経験があるにもかかわらず、そのあわてぶりに、われながら情けないと深く反省したものであった。

四月のはじめ、三四三空の紫電改は鹿屋に進出し、ついで国分基地に移った。沖縄戦はますます熾烈となり、鹿屋基地の偵一一にたいし偵四や偵一二から彩雲を少しずつ増やすくらいでは間に合わなくなり、偵四は三四三空をはなれて全機鹿屋に進出し、偵一一とともに一七一空司令の指揮下にはいった。

私の松山基地における勤務は昭和二十年二月から四月末までの三ヵ月間の短い期間ではあったが、強烈な印象はいまも鮮明に残っている。

三〇二空「夜戦彩雲」の巨弾が炸裂するとき

木更津偵三飛行隊から厚木空夜戦隊に転じた彩雲搭乗ペアの戦闘秘録

当時三〇二空彩雲操縦員・海軍中尉　安田　博
当時三〇二空彩雲偵察員・海軍中尉　福田太朗

戦局も日ましに日本側に不利となり、もはや絶望的な様相をていしていた昭和二十年三月一日、私（安田）は木更津航空隊（偵察第三飛行隊）より帝都防衛の中心部隊である厚木基地に展開する海軍第三〇二航空隊の夜戦隊のパイロットとしての転勤命令をうけて着任した。

しかし驚いたことに、厚木基地のガンルームはまさに戦場といった熱気がこもった雰囲気であったように記憶している。それも無理からぬことで、このときはB29の大編隊が帝都の上空に侵入する直前であった。

関東方面の防空戦闘の軸となったのはこの三〇二空である。私の所属する第三飛行隊は、彗星夜戦二個分隊と彩雲が三機で

安田博中尉

福田太朗中尉

編成されていた。だが、彩雲の搭乗員は彗星との兼務となっており、しかも彩雲はこのころまだ試験飛行の段階を出ていなかったように記憶している。偵察第三飛行隊に転勤命令をうけて彩雲に搭乗していたわれわれは、そののち斜《なな》機銃を装備した夜戦の要員として着任したのであった。

小園安名司令の発想による斜銃《ななめじゅう》は、それまでにも夜間戦闘機である月光をはじめ零戦や銀河などにも装備され、かずかずの戦果をあげてきたが、B29の編隊が来襲する高度、速度、滞空時間などをみると、これらの飛行機では不十分となり、そこで彩雲のもつ高速度や大航続距離の性能が必要となった。そのためすでに装備していた二〇ミリ斜機銃を三〇ミリとして、彩雲に装備する計画などもこのころ話題となっていた。

斜機銃による攻撃方法は、かならず敵機より優位な高度をたもち、降下しながら敵機の進路に軸方向をあわせ、そして相対速度を零にして射撃をするか、あるいは高々度から敵機にむかって降下し、増速されたところで機首を水平に起こして敵機と交錯しながら射撃する方法があった。

しかし、残念ながら彩雲は偵察機であり、降下の姿勢から機首を引き揚げるときのGは三・五から三・七となる。このため勢いよく突っ込みすぎると、引き揚げるときに、空中分解がおこる可能性は大いにあった。まして中央部に三〇ミリ斜機銃を装備した場合は、その操作はますます困難となるわけで、しかもこの間に射撃をしなければならないのである。

このため訓練をはじめた最初の何日かは、いつ両翼がトンボの羽根のように機体の上で合わさるか、いや、飛びちるか、また胴体が折れ曲がるか、などと考えると、まったく生命がちぢまる思いであった。

こうして毎日くりかえされる訓練のなかで、私のペアである佐藤一郎丸少尉も、ウーンとうなる場面が何回かあった。しかし、戦争には勝たなければならない。そのためには一瞬のチャンスをどう摑むかが問題となってくる。その一瞬のチャンスを会得するため、私たちの訓練は払暁に、あるいは薄暮にと繰りかえされた。

雲間に見える魔鳥を追って

四月七日、B29の編隊がP51ムスタングをともなって帝都に侵入する、という情報が入ったため、彩雲はただちに発進して高度八千メートルで待機せよ、との出撃命令をうけた。そこでわれわれは急いで基地を出発した。だが酸素マスクの調子がわるく、一度は相模湾上空の八千メートルで待機したものの、酸素の状態は時間の経過とともに悪化する一方であった。そのため基地と連絡をとって高度を下げることになり、いよいよ機首を下げて降下をはじめたころに、「後方に小型機あり」と後部座席にいる偵察員から、伝声管によって連絡があった。

果たして敵機か味方機かとなおも確認したところ、「陸軍機である」との連絡があったので、張りつめていた気持もほぐれて胸をなでおろした。だが、この言葉が終わるか終わらないうちに右翼側に曳光弾を発見し、私はとっさにP51だと直感した。そして曳光弾をさけるために機を左にすべらせて降下の姿勢に入った。

しかし、曳光弾が右翼一杯のところまできたところで機を左にすべらせたので、機銃弾を避けられたと思ったとたん、燃料タンクはぶらさがり、燃料が霧のように噴出していた。

そのとき佐藤少尉の沈痛な声が伝声管をとおして聞こえてきた。さいわいに敵機の攻撃はさけられたものの、伝声管をとおして聞こえてくる呻《うめ》き声を耳にして、厚木基地へ着陸する準備に入った。しかし、右脚が完全に出たことをしめすランプが点灯しない。そのため私は、そのまま着陸をする覚悟をきめ、大きく基地の外周をまわりながら不時着の合図を送った。

まもなく送られてきた「オーケー」の信号を確認すると、脚揚降確認ランプが点灯しないまま着陸姿勢に入った。大地が刻々と近づいてきて、眼下をはやいスピードで後方にながれていった。まさに生か死の一瞬であった。

やがて脚がかすかな衝撃とともに地面にふれた。さいわい脚はたおれず、機は地面をすべるように走り、滑走路の端でとまった。そこで私は、ただちに指揮所へ信号を送った。まもなく救急車が機に横付けされ、傷を負った佐藤少尉は機外へと運びだされた。だが、佐藤少尉は意識もなく、頭もだらりとたれたままであった。また、飛行機のなかに残った血のかたまりが、彼の傷の深さをものがたっているようであった。

それを見た私は彼のぶじを祈り、指揮所にもどった。このときまでは自分のことは忘れていたが、ふ指揮所で右肩に負傷していると言われ、見ると、かすかな傷がついていた。

それから三、四時間がたった頃であったろうか、とつぜん佐藤少尉の戦死の報をうけた私

厚木302空の夜間戦闘機・彩雲。安田中尉と福田中尉の愛機で、20ミリ2門にかえて30ミリ斜銃（先端にカバー装着）装備。左向こうの機体は夜戦彗星

は、じっと冥福を祈るばかりであった。

俺の命は貴様にあずけたぞ

佐藤少尉が戦死したあと、同期の福田太朗少尉とペアを組むことになり、ふたたびわれわれは激しい訓練に明けくれた。そして五月のある日、それは雨雲の低くたれこめた日であった。

「敵大編隊が北上中」という情報をうけたが、これを確認するため私たちは八丈島から鳥島方面への哨戒飛行の命令をうけて、斜機銃をつけた二座の偵察機で雨雲のたちこめるなかへ飛び立った。伝声管で「福田、俺の命は貴様にあずけたぞ」と語り合いながら高度三千(?)で南下した。雨雲はいっこうに切れまがない。ときどき海面の波頭が、カモメでも飛んでいるかのようにかすかに見えた。

時刻はよく記憶していないが、第一目標から第二目標に方向を変える途中であったろうか、とつぜんB29の大編隊が真下を飛んでいるのを確認した。

「福田、B29の大編隊が北上している。ただちに基地に連絡をとれ」と、伝声管をとおして福田に指示すると同時に、私は機首を北上するB29とおなじ方向にむけた。

まだB29の編隊は雨雲に隠されたわれわれのことに気づいていないと思うと、このときばかりは雨雲に感謝したい気持であった。

「一発ブッ放すか」「B29の編隊のど真ん中を突きぬけてみるか」などと、私と福田少尉はいささか勝手なことを話し合いながら、ときどき雲間に見えるB29を追いながら飛行をつづけた。

まもなく「海面まで降下」と福田少尉に連絡して、私は降下をはじめた。訓練中の射撃にはいる姿勢である。ぐんぐんさがる高度計をにらみながら降下をつづけ、やがて水平飛行にうつった。ときどき機体がメリメリと不気味な音をたてるほどGがかかった。この間、敵の機数と掩護の小型機がいるかどうかを確認して基地に打電した。

こうして任務をおえたわれわれは、房総半島を経由して厚木へ帰着した。

B29に指向された三〇ミリ機銃

六月に入ってからだったろうか、かねてより計画中の三〇ミリ斜機銃を彩雲に装備することが決定し、私の愛機がその第一号にえらばれた。そのため私は、さっそく愛機を横須賀航空隊にはこんだ。

改装が完成した愛機をひさしぶりに見た私は、ウーンと唸《うな》ったような気がする。それというのも、細い彩雲の中央部の風防をやぶって、三〇ミリ機銃が中央にむけてニューと突きだしており、その基部は機内いっぱい（偵察員席）まで張り出して装備されていたからであった。（五三頁写真参照）

いよいよ試射の日がやってきた。飛行機は、そうでなくとも空中分解の折紙つきの彩雲で、しかも三〇ミリというとてつもない機銃を装備しているのである。まず、離着陸の確認を数回くりかえすことから実験がはじめられた。

離陸のあと、一気に高度を三千メートルにとった。やがて相模湾上空に到達し、ここで試射をおこなうことにした。

ボタンを押す指先も緊張していたが、思いきって三発を発射した。一瞬ではあったが、高度がさがったかと思われるほどの衝撃があった。しかし、伝声管をとおして「エンジン異常なし」「機体異常なし」と乾いた声がひびきわたったのに気をよくして、つづけて五、六発を射った。

このときどこかが軋《きし》むような音がして、一瞬、緊張したのをおぼえている。

こうして試射はぶじに終了し、その夜は福田中尉（六月に進級）と祝いの酒をくみかわし、きたるべき攻撃に熱い血を燃やした。

やがて梅雨もあけ、七月末か八月一日になったころ、敵の大編隊が来襲した。この日の日中は、かなりの雨が降り、半舷であったように記憶している。しかし、午後八時をすぎたころ「全員指揮所へ集合」との命令があって、私たちはただちに指揮所へいった。そこで出撃命令をうけ、急ぎ愛機のエンジンを始動するとともに発進して、高度九千メートル付近の上空で待機した。

サーチライトは、黄金の棒のように何本も地上から大空に照射されている。そのサーチライトに、ついに大編隊がうつしだされた。一度とらえた光芒は執拗にB29の大編隊を追った。

「きた、敵だ」と、私はとっさにサーチライトにつかまった大編隊のうちの一機をめがけて突っこんだ。このときはまさに無我夢中であった。高度差は約二千メートルくらいあったと思われたが、私は確実に後方からその下腹をめがけて突進した。

なおも機首をあげて、高度差約五十メートルくらい下にまで迫り、B29の後方六十度くらいのところから、「用意、テーッ」とばかりに気合いとともに三〇ミリ斜機銃をブッ放した。

このあと大きく右に旋回してB29の機銃有効範囲からのがれ、敵機を見あげたが、残念ながら戦果の確認はできなかった。

それから二週間のち、厚木航空隊に、そして日本にあの終戦という大きな変化がおこった。

いまひさしぶりに振りかえると、すべての出来事は苦しく、また悲しい思い出ばかりである。

雲海の富士と愛機とわが生命（福田太朗）

さて以下は、佐藤少尉が敵弾に斃れたあと、安田機のペア偵察員となった福田太朗中尉の体験である。

——昭和二十年四月七日、ヨD二九二号機（三〇ミリ機銃二門を積載）で佐藤一郎丸少尉が戦死したあとをうけて、私（福田）が安田中尉の後席に乗ることになった。三人とも偵察第三飛行隊出身で、昭和十九年末からすでに彩雲に乗っていた。

しかし、この年の五月二十五日、前橋で二九二号機が不時着大破してしまい、そのあと変わったヨD二九五号機に三〇ミリ機関砲を積み、敗戦まで専用機のようにして使ったものであった。

この頃になると、戦局は日本にとってますます不利となり、したがって彩雲は、小園司令の方針で昼間はB29にたいする索敵触接、夜間は邀撃を任務とした。索敵触接というのはサイパンを発進したB29を、硫黄島の電探がキャッチする。それを鳥島方面に迎え出て運よくぶつかったら同行し、機数や進路、高度、速力、推定位置、直衛戦闘機の有無などを基地に連絡するのである。

これは短時間しか活躍できない局地戦闘機の雷電や紫電などを誘導し、効率よく戦果をあげるための任務である。しかしレーダーもなく、無限のひろがりと一万メートルの高度差のある太平洋上の大空で、敵の編隊にうまく遭遇するというのは、まぐれもよいところで、まことにおおらかな任務だったと、いまさら思うのである。

それでも一度は五十機ずつ、三つの編隊の真ん中にはいって、かなり長く触接した。B29の機体の下で五十メートル以内に入っておれば機銃の死角となり、安全であった。そのとき至近距離で見つめあった米兵の金色のあごひげが、一本一本あざやかに見えたのも思い出のひとつである。

ともあれ、海軍航空隊の偵察員の第一の仕事は機位の確認である。どんな小さな島でも陸地と名のつくものがあれば、自分がどこを飛んでいるかはわかる。しかし、見わたすかぎり海ばかり（雲海ばかり）では見当のつけようがない。

そこで偏流を測定し、速力計のしめす速力に高度と気温による修正をくわえて実速をだし、風向風速をだす（古い話で順序がいささかあやしい）。それに飛行時間をかけて航空地図に記入する。それによって太平洋上のどこを飛んでいるかを確認する。これを航法といった。

理論上、そして訓練のときは確かにそうだったが、実戦となるとそうはいかない。厚木を出て大島、三宅島、八丈島から鳥島へむかうのに、見るたびに波の方向がちがった。とてもじゃないが、測りきれないという感じだった。

また離陸直後に雲に突っこみ、雲上に出たら五五〇〇メートル。しかし、どちらを見てもまわりは雲ばかりというときは、なんともならない。こういう場合は、ただカンに頼るのみである。進路と高度、そのあたりの平均的風向風速を頭において、実速と偏流を推定し、大体このあたりとやるのである。だが、迷いがでたら終わりである。高々度における流され方のものすごさは、常識では考えられないものである。

ヨD二九五号機にかわってのつぎの仕事は、偵察員席に機銃を積んだので電信員をかね、基地と無線連絡を保持することであった。

彩雲に積んだ二式空三号無線機は、性能もよく使いやすかった。あとは見張りである。肉眼では見えない敵機をカンで感知し、双眼鏡で確認するといったふうだった。

夜間の邀撃は、高々度性能のよさから、いつでも七千メートル以上にあげられた。気がつくと探照灯に捕捉されたB29がまわりにおり、敵味方の曳光弾が交錯するのを眺めながらも、しかし手出しはできない。これは空中衝突を避けるため、陸軍機と海軍機が五百メートル間隔で配備され、命ぜられた高度以外で行動することは許されないからである。

夜間の機位の確認は、月の光のもとに雲海の上に白銀色に輝いて浮かぶ富士山によってできた。まさに「頭を雲の上に出し」であった。富士山がなかったら、われわれも生きていられなかったであろう。またあるときなどは、空襲による火災で、雲海の底が赤く染まっているのを見つけ、これが頼みの綱ということもあった。

厚木三〇二航空隊と航空兵器

アイデアマン小園司令の発案になる斜銃など航空兵器の苦労ばなし

当時三〇二空兵器分隊士・海軍中尉　中黒　治

私が三〇二海軍航空隊の兵器分隊士として厚木基地に赴任したのは、昭和十九年八月末の暑い日だったことをおぼえている。私は予備学生出身で、昭和十八年九月、飛行科は十三期、整備科は七期、一般兵科は三期の予備学生として、それぞれ入隊したうちの一人である。

整備科の予備学生は理工系の大学、高等専門学校の卒業生ばかりであったが、そのなかでとくに兵器整備専修となった三五〇名のものは、館山の洲崎海軍航空隊に入隊し、十月一日付で七期の兵器整備予備学生を命ぜられ、航空機搭載兵器について徹底した教育をうけたのである。

航空兵器は「射爆」「魚雷」(航空魚雷)「光学」(照準器)「無線」(搭載無線機と電波探知機)「写真」(航空写真)の五部門にわかれており、予備学生はそれらを一通り履修したあと、さらにいずれか一つを専攻するのであるが、洲崎海軍航空隊における予備学生教育は、昭和十九年六月一日付で少尉に任官したあとも、七月十日まできびしくつづけられた。

私は「射爆専修」の七期兵器予備学生としての教育課程を修了したあと、しばらく洲崎航空隊付として勤務していたが、昭和十九年八月下旬のある日、とつぜん副長に呼ばれて出頭すると、

「神奈川県の厚木基地にいる第七十一航空戦隊所属の第三〇二海軍航空隊へ、兵器分隊士を二名派遣するよう指示がきたが、若手の兵器士官が不足しており、とても二名は無理なので人選の結果、貴官一名を赴任させることにした。三〇二空には新鋭戦闘機が多数あつめられているとのことであるが、大いに張りきって勤務するよう」と転出を申し渡された。

私は第一線実施部隊に勤務できることの嬉しさに心がはずんだ。これが私と三〇二空との出会いである。

こうして、私が洲崎海軍航空隊から厚木の第三〇二海軍航空隊に赴任していったのは昭和十九年八月末だった。当時、神中線（現相模鉄道）の大和駅は付近に農家が五、六軒バラバラとあるだけの、淋しい田舎の小さな駅であった。

隊本部の当直室で副直将校に転属してきたむねを告げ、司令室に案内され、小園《こぞの》安名大佐（当時中佐）に着任の申告をしたとき、飛行服姿の小園司令から、

「当航空隊では兵器分隊士の着任を心から待っていた。パイロットはいくらでもいるが、整備関係の士官が不足しており、とくに兵器の分隊士はわずかに准士官が二名いるだけで、心もとなく思っていた。今後の貴官の活躍を期待する」との訓示をうけた私は、すっかり感激したものだった。

しかし、飛行隊長の山田九七郎少佐（当時大尉）、整備主任吉野実少佐（当時大尉）、飛行隊長の藤田秀忠大尉、浜田大尉といった上司のかたがたへ着任の挨拶をしてまわるうちに、私はだんだんと自信がなくなってきた。

それというのも、海軍に入ってわずか一年たらずの経験しかない私が、いきなり実戦部隊、それも海軍きっての最強部隊の兵器先任分隊士をおおせつかったのである。うまく努まるかと、まったく自信を失ったのである。

そのうえ、当時、兵器分隊には専任の分隊長が欠員しており、パイロットの飛行分隊長が兼務していたので、先任分隊士の私には分隊長代理の仕事がさらにくわわって、ずいぶんと忙しい毎日を送ったものである。それでも、最初のうちは夢中で勤めたのだった。

兵器員泣かせの斜銃整備

さて、三〇二航空隊には、兵器分隊が三つあった。零戦と雷電隊の兵器整備を担当したのが四分隊、彗星と九九艦爆の兵器整備を九分隊、そして一四分隊が月光、銀河、彩雲の兵器整備をそれぞれ担当していた。

事務所や整備所は一ヵ所にまとめられていたので、約二百名の兵器員は、人数や器材をやりくりしながら仲よく仕事をやっていた。兵器員のほとんどが洲崎航空隊の高等科か普通科の出身者で、おたがいに気心もわかっており、よく団結していた。

三〇二空の特長は、小園大佐考案による斜銃《ななめじゅう》と試作兵器の採用であった。着任した日、飛行場にズラリとならぶ零戦や雷電、彗星、月光の兵装を見た私は、装備された機銃の数が予備学生時代に教えられたこととまったく違っているのにおどろかされた。それは増加装備として斜銃——飛行機の胴体に一～二梃の二〇ミリ機銃が斜めに取り付けられていたのである。

斜銃は飛行機の胴体に中心軸線にたいして三十度上向き、十五度右斜め（月光では下向きに装備されたものもあった）に取り付けられるのであるが、狭いきゅうくつな胴体にもぐりこんで、機銃をとりつけ整備する作業は大変なものであった。

当時はまだベルト式給弾の二〇ミリ四型機銃は開発されておらず、弾倉による給弾方法がとられていたので、一〇〇発入り弾倉になると、五十キロもあり、それを抱きかかえて機体にもぐりこみ、機銃に装塡するのであるから、斜銃の弾倉交換の仕事は兵器員泣かせであった。

昭和十九年末ごろ、ベルト式給弾になったときは本当にありがたかった。しかし、こんどはリンク不良による給弾故障が続出し、パイロットからずいぶん小言をいわれたものだった。

補給廠から補給される飛行機には、正規の兵装しかほどこされていないので、斜銃を装備するためのその改造や二〇ミリ機銃の調達は、すべて三〇二空でやらなければならない。したがって、その掌にあたった隊員の仕事は大変なものだった。当時の掌飛行長は柳瀬整曹長だったが、彼は兵器分隊士を兼務しており、員数外の二〇ミリ機銃を入手するのにずいぶんと苦労していた。

斜銃のつぎに私をおどろかせたのは、三〇ミリ機銃だった。最初、零戦に搭載された九九

厚木302空の彩雲と向こう２機は彗星。いずれも斜銃を装備した

式二〇ミリ機銃は一号型だったが、昭和十九年にそれが二号型に改良された。B29を撃墜するためには、より強力な大口径の機銃を必要としたので、三〇ミリ機銃の試作がおこなわれていることは聞いていたが、その実物を厚木基地でお目にかかったのである。

第一飛行隊の零戦と雷電のなかに斜銃を装備し、さらに主翼のなかに取りつけられた二〇ミリ機銃（二梃）を三〇ミリ機銃（二梃）にとりかえて装備されているものが、十数機もあったのである。二〇ミリ、三〇ミリとも機銃弾の頭部には信管がついており、敵機に命中すれば弾丸が炸裂して大きな破壊孔をあけ、その威力は一三ミリと比較にならないものであった。

三〇ミリの威力は、地上試験では二

〇ミリにくらべ格段の差があり、三〇ミリ機銃を装備した零戦や雷電の活躍を大いに期待したものだった。

時間との戦いに耐えた日々

爆音で明け爆音で暮れる厚木の飛行基地は、昭和十九年十月末ごろまでは毎日毎日、訓練飛行作業と、吹流しをつけた機による射撃訓練飛行の連続であった。

十一月にはいりB29の本土空襲がはじまると、零戦隊、雷電隊、彗星隊、月光隊とともに戦闘体制で二十四時間、昼夜の別なくエプロンに待機することになった。そしてB29の来襲があると、ただちに迎撃のため飛びあがっていった。

それで待機する飛行機の機銃にはつねに弾丸を装塡し、全弾装備の状態にしておき、発射ボタンを押せば、いつでも弾丸が飛びでるようになっていた。そのため地上における暴発事故がしばしば発生し、私は事故の責任者として、その処理にずいぶんと手を焼いたものである。

昭和二十年になると、B29の空襲が一段とはげしくなり、昼間は零戦と雷電隊を、夜間は月光と彗星隊を主体とする迎撃戦闘が連日くりかえされた。一月末の大雪のときも、休むことなく迎撃戦がおこなわれた。そのため兵器分隊も昼の整備作業、夜の当直と二つに区分しての戦闘体制をとり、いそがしい毎日をおくったのである。

B29は航続距離、飛行高度、武装ともに、敵ながらじつに優秀な飛行機であった。

斜銃と電探を装備した厚木空の月光。B29を一夜五機撃墜した倉本十三上飛曹と黒鳥四朗少尉の搭乗機

したがって、わが方の兵装も七・七ミリが一三ミリに、二〇ミリ機銃も初速と破壊力を増した二号型銃にとりかえられた。そのうえ給弾方法もベルト式となり、一梃あたり携行弾数が二倍に増えたりして強化されていったが、B29は容易に撃墜できないので、三〇ミリ機銃、ついでロケット弾搭載と進歩していった。

したがって、兵器分隊ではつぎつぎと出てくる新しい兵器の整備と弾薬の補給が大きな仕事であり、作業であった。

それもかぎられた時間までにやらねばならないのが戦争であり、私はそれらをまず自分の手でおぼえ、そして部下に教え指導していった。

それは苦しい毎日であったが、なんとか連日のB29にたいする迎撃戦闘に間に合わすべく、努力をつづけたのである。

B29が関東地方に近づくと、戦闘指揮所から「発進」の号令がかかり、轟音とともに飛行機が出動するが、整備員はぶじを祈りながらただ見守るばかりである。しかし迎撃戦が終わり、一機また一機と帰還してくると、兵器員はプロペラが止まるのを待って、風防をあけてパイロットが降りてくるのをつかまえ、機銃の調子と弾薬の射耗の状況を聞き、ただちに機銃の整備にかかるのである。

帰還した飛行機の機銃弾は全部新しいものと取りかえ、つぎの戦闘にそなえる。取りはずした弾薬は一発一発信管を調べ、異状のないことを確かめたうえ、弾丸と薬莢とのあいだに緩《ゆる》みがないことを確認してから再使用するのである。

だが、いま仮に三十機の零戦や雷電が戦闘飛行をしてきたとすると、三〇二空の飛行機には一機に五梃（斜銃をふくむ）の二〇ミリ機銃を搭載しているので、一五〇梃の機銃を整備せねばならない。一梃あたり二五〇発の弾丸を装填しているが、残弾を平均一〇〇発として、一万五千発の弾薬が要る。これをすばやく整備しなければならない兵器員の苦労は、じつに大変なものであった。

試作ロケット弾採用の悲劇

零戦や雷電の一部に搭載した三〇ミリ機銃は、九九式二〇ミリ機銃をそのまま三〇ミリとしただけで、さほど新兵器というほどのものではなかった。しかし、銀河と彩雲の胴体に斜銃として装備した二式三〇ミリ機銃となると、その性能はずばぬけて優秀なものだった。

エリコンとラインメタルの機銃を基として、海軍航空技術廠で設計された高性能の機銃で、じつにすばらしいものだった。性能の細部はもう忘れてしまったが、ふつうの四〇ミリ機関砲に匹敵する破壊力をもっていた。この二式三〇ミリ機銃の取扱いについて、航空技術廠から厚木航空隊に、海軍技師と三名の技手が説明にきたのは昭和二十年三月ごろだったと思う。

この卯西海軍技師は、少佐相当官とのことだったので、士官室で食事宿泊をしたのであるが、私といろいろ話をしているうちに問われた。

「中黒少尉は金沢の人ではないですか」

「ええ、そうですが、どうしてですか」というと、「あなたの言葉は金沢弁まるだしですよ。私も金沢です。金沢の機械工学科の卒業生ですよ」

そう名乗りをあげられ、恐縮した。卯西海軍技師は私の学校の先輩であった。航空技術廠から機銃の研究のためドイツに留学していたが、太平洋戦争がはじまったとき、最後の便である潜水艦に乗ってやっとのおもいで帰国したとのことであり、日本海軍における航空機銃の権威であった。この二式三〇ミリ機銃は卯西技師の設計によるものであった。

なお、卯西さんとの出合いはそれで終わったが、それから十六年後の昭和三十六年に、私が北海道旭川の陸上自衛隊第二師団司令部武器課長補佐官として勤務しているとき、「一〇六ミリ無反動砲の取扱説明に、日本製鋼から設計担当の技術者が挨拶にこられました」というので名刺を交換すると、技術部長卯西外次とあり、再会をなつかしむとともに、おたがいに戦争を生きのびたことを喜びあったものである。

ところで、銀河や彩雲に三〇ミリ機銃を斜銃にして搭載し、B29にたいする夜間の攻撃に使用したことを知っている人はあまりいないと思う。そして三〇ミリ機銃のつぎにロケット爆弾が考案され、これが零戦五二型に装備されたのは昭和二十年の六月ごろだった。これは二一号爆弾と呼称され、零戦の主翼の下面に左右五発ずつ、計十発が装着されて迎撃戦闘に使用された。

このロケット弾の取扱説明をうけるため、私と部下二名が厚木基地から九九艦爆で横須賀航空隊の実験部に出かけた。すでに零戦の主翼に発射用レールが十本とりつけられ、基地にロケット弾が送られてきた数日後のことだった。ロケット弾はまだ実用試験中であり、厚木において対敵試験を実施するとのことだった。

横須賀航空隊実験部での半日教育をうけた私たちは、基地に飛んで帰ると、ただちにロケット弾を整備し、零戦に装着して敵B29の来襲を待った。そしてその翌日、B29にたいしてわが国はじめてのロケット攻撃が敢行されたが、その結果はかんばしくなかった。零戦五二型四機に発射用レールがとりつけられ、その日の迎撃戦闘に参加したのは三機だったが、そのうちの一機がロケット弾を発射したあと墜落、パイロットは戦死してしまった。

機体回収作業には、兵器員がまず爆発物をとりのぞき、そのつぎに医務員が死体を引き揚げて落下傘でつつみ、それがすんでから機体の回収と事故原因探究がおこなわれるのである。この零戦は、ロケット弾十発全弾が発射されていたが、主翼の前面が穴だらけとなっていた。

技術廠から技術中佐を長とするロケット弾担当の一行が来隊し、機体を調べたり、生還したほかの二機の搭乗員について発射の状況や、反動、弾道曳光などについて質問し調査した。

厚木基地のエプロンに昼夜の別なく待機する零戦(前３列)と後方は月光

その結果、原因は発射のさい、ロケット弾の推進薬の燃焼カスが空中に飛散し、それが飛行機の主翼の前面に当たってジュラルミンを破り、そのため機体が空中分解をおこしたものと推定された。ロケット弾はとうぶん使用停止となった。

しかしその後、推進薬は改良され、ロケット弾も二七号爆弾と改称されて、終戦までB29の迎撃に使用されたのである。この零戦搭載のロケット弾については、実際にこれに関係した兵器員のほかは、あまり知っているものは少ないと思う。

最後の大爆装隊発進す

昭和二十年も七月になると、B29の来襲に小型艦上機がまじり、厚木基地も攻撃をうけるようになった。そこで、エプロンに待機していた飛行機も飛行場をはなれた南林間村のあたりまで分散疎開するようになった。そのぶん整備の仕事が一段と忙しくなった。

私は自転車で駆けまわるからまだしも、部下の兵器員は整備用器材と弾薬、それに昼食をリヤカーに積んで、飛行機を分散させて隠蔽してある地点までテクテクと歩いてゆかねばならなかった。そして、一機また一機と点検整備をしてゆくと、思わぬことで時間がかかり、夕食に遅れることもしばしばであった。それでも部下の兵器員は黙々と作業をつづけてくれた。

八月十三日早朝から、敵の艦上機P51がつぎつぎと厚木基地を攻撃してきた。その波状攻撃からして、敵機動部隊が近くにあることを思わせた。もちろん、わがほうの零戦、雷電隊も可動機のすべてが出動し、兵器員も機銃弾の補充搭載に走りまわっていた。

やがて、午前十一時にもなったころだった。「戦闘指揮所で司令がお呼びです」と、従兵が連絡にきたので駆けつけると、小園司令以下、飛行長、第一、二、三飛行隊長、整備長をはじめ主だった人たちと要務士が大きな地図を前にして、作戦会議をやっていた。

「兵器分隊士、月光、彗星、銀河に爆装して薄暮の攻撃にまに合わせることができるかな」

小園司令は、私の顔を見るなり大きな声で質問をした。

「月光、彗星ともに十機、銀河六機、九九艦爆二機、それに彩雲三機だが、どうだな」と、横から整備主任が可動機種と機数をいわれたので、私は三十機、爆弾五十発とだいたいの見当をつけ、「爆弾は通常爆弾、信管は瞬発、ただし大型爆弾には延時信管を使用し、一七〇〇（午後五時）までに爆装可能であります」

司令はウンウンとうなずきながらかさねて、「兵器分隊士、彗星と艦爆には二五〇キロ一発、銀河には八〇〇キロ一発、彩雲は六〇キロ二発、月光には二五〇キロ二発を搭載すると

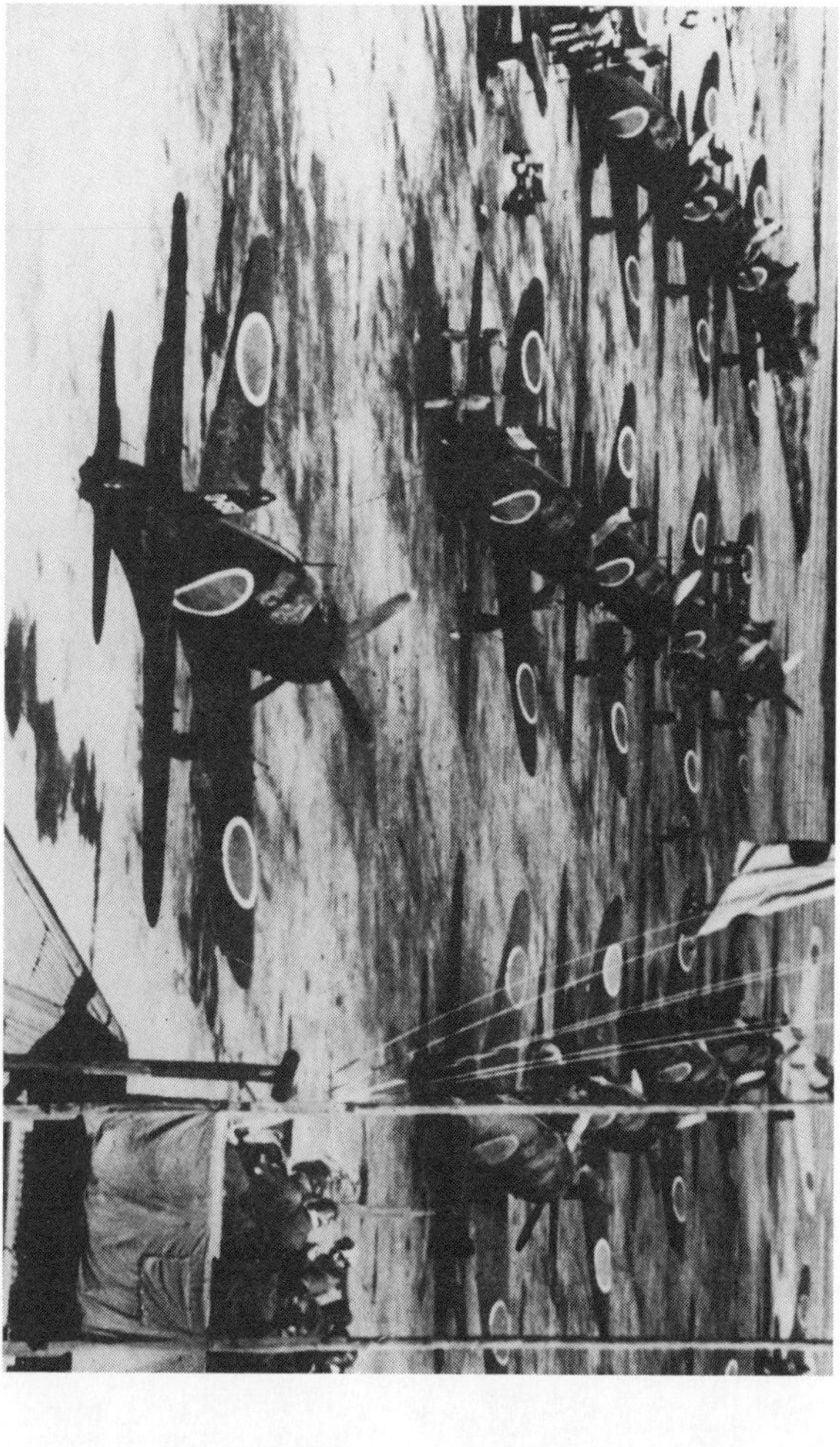

B29邀撃用の海軍初の本土防空専任部隊として厚木基地に配された302空の雷電。指揮所の上から撮影されたもの

して、爆弾はあるな」と問われたので、「はい、十分に準備してあります。それでは今からかかります」

そう答えて、戦闘指揮所をあとに兵器整備所に帰った私は、ただちに兵器員全員をあつめ、「爆装」を指示した。

私が厚木に着任して爆装を命令したのは、今度をふくめて二回だけであった。一回目は誤報で、爆弾を搭載しただけで飛行することはなかった。

だが、今回は敵機動部隊が八丈島西南を北上中であり、薄暮の攻撃を敢行するためには、どうしても午後五時までに爆弾の搭載を完了しなければならない。

しかし、三〇二空の飛行機はすこしでも軽くするために、機体から爆弾投下器をとりはずしてあるので、爆装ともなれば、まず投下器から取り付けなければならなかった。また、基地のはずれにある地下弾薬庫から八〇〇キロ、二五〇キロ、六〇キロの爆弾を引きだし、エプロンまで運ぶという大きな作業があった。

この当時、頼るものは人力しかなかったので、大型爆弾を搭載するとなると、なかなか思うように作業はすすまない。時間のたつのもはやく、気がイライラするばかりで、ずいぶんと部下を怒鳴りちらしたものだった。しかし、部下の兵器員の必死の努力により、なんとか予定時刻の午後五時までに作業は完了し、信管をとりつけ終わったところで、私は司令に報告した。

午後五時三十分、厚木基地からの最初にして最後であろう最大の出撃行が開始された。三十機の爆撃機は砂塵をまきあげ、爆音は基地を圧してつぎつぎと日本近海にいる米機動部隊をめざして飛び立っていった。

日の丸の鉢巻をしめ、祖国のためよろこび勇んで出撃していく同期の面々、皇国の興廃をただただ愛機と爆弾に賭けて、敵艦めがけて突入する機会にめぐまれた幸運に、出てゆくもの送るもの、ともに手を振り帽を振って、攻撃の成功を祈ったのであった。

午後八時ごろから爆撃機は一機また一機と帰還してきたが、いずれの飛行機にも搭載した爆弾がなかったのを見て、われわれ兵器員は涙の出るほど嬉しかったことをおぼえている。

戦後もつづく兵器人生

小園司令と厚木航空隊の終戦時の反乱については、多くの人が書いているので省略するが、私は脱出組の同期生の意図をくみ、飛行機からの兵器とりはずしを拒否して、全弾装備のまま厚木基地から脱出させたのである。

また機銃弾の在庫量の不足を心配し、八月十七日、武装した部下七、八名を引きつれて横須賀補給廠の弾薬庫に出かけ、トラック二台分の弾丸と爆弾を強奪してきたこともあった。これもいまから思えば、兵器分隊士としてのむなしい最後のあがきであったのである。

復員した私は、郷里金沢のある鉄工所で働いていたが、昭和二十八年三月、陸上自衛隊の幹部学校へ十六期特別幹部学生（階級一等陸尉）として入隊し、三週間の教育をうけたのち、土浦海軍航空隊跡にある武器学校に勤務することになり、ふたたび兵器関係の仕事にたずさわった。

爾来二十二年間、関西地区補給処弾薬部長を最後に、やっと自衛隊における武器関係の仕事から解放されたのである。

しかし、自衛隊停年後も私の「射爆」の夢はさめやらず、目下のところ大阪で自衛隊用の砲弾、ミサイルの弾頭と信管の製造にたずさわっている。昭和十八年九月、兵器整備予備学生にはじまった私の兵器の道に終止符がうたれるのはいつのことか。

名門三〇二空「雷電隊」が命運を賭けた日

精鋭部隊に着任したものの燃料不足で訓練もままならぬ焦燥の日々

当時三〇二空雷電隊搭乗員・海軍中尉　佐戸井長吉

昭和二十年二月二十八日、筑波航空隊第四十二期飛行学生戦闘機課程を卒業し、明くる三月一日、中尉に進級して第三〇二海軍航空隊付を命ぜられ、陸路、厚木基地にむかった。同期のもの六名とともに、飛行時間はわずか中練が約一〇〇時間、零戦が約一〇〇時間、計二〇〇時間あまりで技量はいたって未熟であったが、闘志だけは満々で希望にもえていた。

卒業する直前の二月中旬、米機動部隊による関東地方への空襲時には教官や教員による要撃戦の凄絶な実相を見てきたし、海軍に入隊して初の実施部隊勤務が帝都防空にその精鋭をうたわれた三〇二空とあってみれば、血わき肉おどるのも当然のことであった。

谷田部空の戦闘機から六名、百里空から操偵あわせて六名の彗星隊要員も到着して、その日のうちに海兵七十三期の同期生搭乗員が厚木三〇二空に着任し、同夜、司令の小園安名大佐に挨拶したのであった。初めてお会いした司令は、やや小ぶとりの体軀に、顎鬚《あごひげ》のよく似合う温顔が慈愛にみちて、いかにも親しみやすく頼もしい親爺の感じであった。

「待っていた」と歓迎してくれて、「時が時だけにうんと勉強して頑張ってくれ」と、激励されたのがつよく印象にのこった。そしてどこか厳しさを感じさせた。

三〇二空は雷電、零戦、彗星、月光、銀河などの精鋭機多数を擁し、前年の暮れからはげしくなったB29や艦上機の空襲をむかえ撃って、たびかさなる武勲に士気は甚だ旺盛であった。私たち戦闘機組は、第一飛行隊第一分隊（雷電）に配置された。飛行隊長は山田九七郎少佐。のちに森岡寛大尉（当初三分隊長、零戦、一月の空戦で左手を失い隻腕）。分隊長は寺村純郎大尉。空戦の宮本武蔵と称された赤松貞明中尉はじめ准士官、下士官の搭乗員には歴戦のつわものが当時としてはめずらしく揃っていた。

一日もはやく戦列にくわわりたく、翌朝からでもさっそく雷電による飛行訓練をと願ったが、認識があますぎた。分隊長をつうじて隊長に願い出たり、直接あるいは間接のあの手この手の陳情にも隊長の許可は出ない。しかも当時の燃料事情や飛行機の数および可動率はかなり逼迫しており、敵の空襲が日ましに激化する戦況にあって、戦力化に時間のかかる練成訓練はあとまわしにせざるをえなかったのであろう。

着任最初の任務は、翌朝未明からの飛行場除雪作業の指揮官であった。広い飛行場の滑走路やエプロンの凍りついた残雪をくだいて取り払うのである。

隣接の相模野空からの応援をくわえて数千人をかぞえる人海戦術で、壮観であった。あの年の二月下旬には関東平野にまれにみる大雪があり、昭和十一年の二・二六事件のとき以来といわれていたのを思いだす。残雪は三月中旬まで残っていた。

敵機来襲情報により整列、厚木302空雷電隊いざ出撃。雷電の垂直尾翼に撃墜マークが見える

強制冷却ファンの金属音を発しながら出撃する雷電。視界を補うため尾部を高めに上げている

私たちは搭乗配置のほかに、飛行士、飛行隊士、甲板士官、衛兵副司令などの職務を分担することになり、私は衛兵副司令を命ぜられた。任務は、衛兵司令の指揮監督をうけて航空隊全般の保全および軍規風紀の維持取締りが基本で、警備や儀仗も担当してけっこう忙しい毎日であった。衛兵司令は森岡大尉の兼務、先任衛兵伍長というごつい職名にふさわしい体軀容貌の橋本上等兵曹が、直接、私の補佐をしてくれた。

下士官兵約五十名ほどの衛兵隊が、朝昼晩と精勤して業務を遂行した。当時の三〇二空には通常の航空隊が有する飛行、整備、通信、内務、主計、衛生各科要員のほかに、小園司令の雄大な基地要塞化構想にもとづく、地下壕、地下飛行基地構築のための土木施設要員が各地から大勢あつめられて、内務長の西沢良晴大尉指揮のもと一般隊員の知らないあいだに、知らないところで活動していた。これらをふくめて三〇二空の総勢は三千名とも五千名ともいわれていた。

戦局が悪化し国の体制もきびしさをまして、召集されてくる兵員はしだいに高齢化し、質の低下はまぬがれなかったが、悪条件を克服して大部隊の軍紀を維持し、最後まで士気をおとさずにすんだのは、小園司令の人柄と、未熟とはいえ国難に馳せ参じた全隊員の忠誠心によるものであり、また橋本先任伍長以下の衛兵隊の活躍が大きな支えとなったと信じている。

衛兵隊員はかならずしも厳選されたものばかりではなかったが、概して責任感が旺盛で、ひとことでいえばやる気十分であった。先任はじめ下士官諸兄の協力をえて、基礎教育、基本教練からやりなおしてりっぱな衛兵隊にそだった。

教育は衛兵副司令の担任であり、飛行配置のかたてまではあったが若さと情熱をかけて、座学や野外教練と熱っぽくかけまわり、やりがいを感じて愉快であった。

それぞれの行事のさいには軍艦旗のあげおろしや、厳粛な海軍葬における儀仗隊の礼式すなわち捧《ささ》げ銃《つつ》や弔銃発射による敬礼なども、ドンピシャと決まっていたし、正門そのほかの哨所勤務も夜間巡察なども堂々たるものになった。

表芸たる飛行隊勤務が意のごとくならず、あせりや苛立ちでやりきれないとき、衛兵隊に出むいて彼らに接し、隊内や周辺を巡察して気をとりなおすことは精神衛生上、意外と有効であった。

飛べない苛立ちと初要撃行

Ｂ29および艦上機の来襲は、二月いっぱいで一応のくぎりがあり、私たちが着任した直後の三月上旬は空襲が遠のき、かつ夜間の焼夷弾攻撃に方針がかわったらしく、昼間要撃の雷電隊は出動の機会がへってきた。

三月九日の夜から十日未明にかけての東京大空襲には、彗星、月光、銀河などの夜戦隊が要撃したが、三〇〇機をこえるＢ29の長時間にわたる焼夷弾攻撃をとめることはできず、ついに江東区を焼きつくし、惨憺たる大被害となった。夜空を赤くそめて燃えさかる東京の空を見ながら悔やし涙にあけたのであった。

飛行機乗りは、飛ぶのが仕事であり生きがいであって、飛ばないまたは飛べない日が一週間もつづくと頭がおかしくなる。私たちは士官宿舎に一部屋六名（二段ベッドが三個に机と椅子）ずつの私室を二室隣りあわせて住んでいた。ふだんは静かに読書し、談笑し、音楽に興じ、和気あいあいとベッドも私物も共用で同期の桜の共同生活を楽しんでいるのだが、飛行のない日がつづくと欲求不満がつのってとげとげしくなる。

まして他部隊所属の期友が順調に練成飛行がすすんでいるなどとの情報がはいると、たまらなくなる。談笑が口論になり激論になり、とっ組み合いにすらなりかねない。俺たちは一体なんのために三〇二空にきたのだ。えらばれて雷電隊に列し、これから帝都防衛の一翼をになうつもりなのに、そして祖国の危機に身命をささげて戦う決意でいるのに。

「飛行長や隊長は一体なにを考えているんだ」と、意気まいてみたり転勤したいといいだしたり。結局、分隊長や隊長にはやく練成をと陳情するほかない。そこで寺村分隊長に〝直訴〟すると、分隊長は兵学校当時の一号生徒であったが、この日も私たち中尉をならべて「現在に徹せよ」などと、まるで生徒にかえったようなお説教をした。

飛行作業のほかにも、飛行隊の仕事はいろいろある。飛行機分散用の掩隊の構築作業や分散作業そのものである。分散作業は、一キロも二キロもはなれた飛行場外の林の中まで手押しで、あるいはエンジンをふかしての大仕事であった。それらを私たちは率先して実行した。海軍の一般業務については兵学校以来かなり年期のはいった訓練や体験があるだけに、予備学生や予科練出身の諸君に比較すればはるかに長じていた。そのために便利屋的に要務を処理させられた。

昭和20年春、B29邀撃に備えてエプロンに整列した厚木302空第一飛行隊第一分隊の雷電と搭乗員たち

山田隊長は七十三期パイロットの共同作業として、三式空一号搭載無線機のわかりやすい取扱説明書の作成と、隊員にたいする教育の実施を命じた。当時、海軍の防空作戦は、横須賀鎮守府の防空指揮センターにあつまるレーダーや監視船、監視所の敵情をもとに管制されており、三〇二空司令の小園大佐は横鎮参謀、七十一航戦参謀をかねてその指導者であったが、戦闘機の無線電話の活用が不十分としておられたらしい。

隊長は、この作業の成果がよければ雷電による飛行訓練を許可してもよいような素振りをにおわせた。目の前にエサをちらつかされて情けないとも思ったが、一日もはやく乗らねばとみんな一生懸命つくりあげた。教育も実施した。

そして三月の中旬ごろだろうか、零戦による慣熟飛行からはじまって、雷電の飛行作業となったのである。実施部隊では手とり足とりの教育はしてくれない。雷電の要目性能を主とする貧弱なプリントにより、自分で研究するしかない。整備分隊長の大沢大尉は、東大工学部出身の予備士官で、機体の特長と火星発動機のおいたちや性能について講義してくれたのがありがたかった。

歴戦のエース「松ちゃん」こと赤松中尉は、われわれと意気投合して、三月一日、同時に進級した仲だったので同期生だとなにかにつけて肝煎《きもい》りしてくれ、雷電の飛行特性、操縦上の注意事項など親切におしえてくれた。四月の初めころだったろうか、雷電の初飛行があったが、このときは全員がうまくいった。隊長も満足のようであった。

私たちの練成訓練は、雷電や零戦で空襲のあいまをぬって、途切《とぎ》れがちながらつづいた。

燃料がたりないので、ときにはエプロンで自転車を駆って編隊空戦の模擬運動などもやった。よいと思うことはなんでもやれの考えだった。

　敵は硫黄島基地をつかいはじめ、四月に入るとB29にP51がついてくるようになった。味方の防空戦闘はさらにむずかしくなった。三十時間ほどの練成飛行を消化したころ、私たちも任務レベルの低い要撃戦にだしてもらった。B29の大編隊による空襲やP51が随伴するさいは上げてもらえないが、小規模来襲（主として写真偵察任務機）にそなえて輪番で待機についた。

　六月上旬ごろとおもう。私が一番機の四機編隊で二番機は同期のM中尉、三番機K飛曹長、四番機A一飛曹たちと出撃した。K飛曹長は、着任したばかりで雷電の飛行時間こそ少ないが、ほかの機種で三千時間におよぶベテランだ。

　この日は昼食後まもなく「発進」の下令があった。「B29二機編隊、〇〇上空、高度〇〇、針路〇〇」ということで、緊急離陸したのち編隊集合した。全機は順調にいっていた。ところが高度をあげるうちに無線機の感度が低下し、不安がはしった。

　やがて高度四千メートルくらいから三番機の風防に油が洩れて付着し、それが目立ってくる。合図をすると行けるという。指揮所に敵情を問うが応答はない。三番機の油洩れはますますひどくなり、また合図すると首をかしげる。そこで帰投を指示すると、三番機がはなれ降下していく。三機編隊となり、間合いをつめた。一度だけ敵情の無線交信があった。高度〇〇、視程はよくない。血マナコで敵機をさがすが発見できない。だいぶ時間がたった。ふたたび敵情を問うが応答はない。記憶があやしいが、約一時間あまりの会敵不能の要撃初陣であった。まったく恥ずかしいかぎりではある。

四月から五月ころにかけて寺村大尉以下の南九州・沖縄作戦派遣などがあったが、四～六月ごろ、隊長以下の精鋭正規要撃チームの戦士たちは、本格的な要撃戦をくりかえし、着実な戦果をあげていた。しかし戦死者があいつぎ、機数も搭乗員もしだいに消耗してきた。

戦死された英霊にたいしては、お通夜、海軍葬でほうむるのであるが、三個飛行隊あわせるとほとんど毎日になるので、合同お通夜、合同海軍葬になった。海軍葬における儀仗隊指揮官は、おおむね私が衛兵副司令としてつとめた。亡き戦友のみたま安かれと祈りながら、戦局の前途を憂えざるをえなかった。

語りつがれる厚木事件

三〇二空終戦時の事情については、いわゆる「厚木事件」として、幾篇かの著作があり世に知られている。

八月十五日早朝、敵艦上機の来襲があって、雷電と零戦が要撃した。雷電の蔵元善兼中尉(同期生)、零戦の田口光男大尉が戦死し、私は遺体捜索ならびに収容に出動して、正午の玉音放送は拝聴していない。しかし前日からその概要は知っていた。

夕方五時ごろ帰隊してみると、すでに三〇二空は小園司令のもと一致団結、徹底抗戦へと

迎撃戦闘の合間をぬってバレーボールに興じる厚木雷電隊の搭乗員たち

走りだしていた。そののちの概要は、細部の事実にはところどころ誤謬があるが、大筋は諸篇に記述されたとおりであろう。

私の関与したことでは、党与上官脅迫罪というのがある。

基地近くの高座海軍空技廠が雷電の生産を中止して、工員などを解散させつつあるとの情報と、善処要望が動員学徒から三〇二空本部によせられ、八月十六日午後、衛兵副司令たる私と赤松中尉、および同期のM中尉で空技廠本部に生産継続方交渉にいき、海軍大佐の総務部長に会った。

そのさい軍刀および拳銃で武装していたうえ、交渉がやや強圧的になったのであった。

復員後、茨城県の実家まで法務科の下士官がきて、軍法会議からの出頭命令をもって召喚された。党与上官脅迫罪首魁の被疑者として取り調べられ、巣鴨拘置所に拘留されて、約一ヵ月あまりの刑務所の独房生活を体験したのである。

結局、証拠不十分で不起訴処分になったが、貴重な体験であった。

「厚木事件」の本流たる、党与抗命罪の軍法会議裁判では、小園司令が無期禁錮、岩戸良晴中尉ほか海兵七十三期および予備学生十三期の中尉諸兄が禁錮八年（岩戸）および四年の判決をうけ、各地刑務所をてんてんとして配所生活を体験したが、たびかさなる恩赦で、司令は昭和二十八年、中尉諸兄は昭和二十三年までに減刑釈放された。しかし小園司令は、昭和三十五年十一月、脳溢血の発作がもとで他界されいまはいない。

神奈川県大和市深見神社の境内に「靖国社」という神社がある。戦時中に司令が三〇二空の戦死者の英霊をまつった厚木空神社と、戦後地元の戦死者の英霊を合祀したお社で、司令のみたまも眠っておられる。そばに三〇二空の記念碑がある。「雄飛」と小園夫人の達筆な二字が刻してある。その夫人も数年前に故人となられた。

世はたえまなく移りかわる。元三〇二空の隊員たちはいまも毎年四月、桜花の日曜日に各地からあつまってきて地元奉讃会の人々とともに慰霊祭を催して戦友の霊をなぐさめている。世は移っても英霊はなお日本の国を、国民の幸せを黙々と見守ってくれている。

終戦か抗戦か厚木空事件の舞台裏

自ら陣頭に立って基地を設営し司令とも親密関係にあった内務長の回想

当時三〇二空内務長・海軍大尉　西沢良晴

昭和十九年一月、ニューギニア戦線から帰還した私は、横須賀海兵団に勤務していた。そこへ二月の初めに、三〇二航空隊に転勤の内命があった。しかし、三〇二空といっても、私にはそれがどこにあるのかわからない。人事部に問い合わせてみたところ、横須賀鎮守府（横鎮）でないとわからないという。そこでさっそく横鎮の副官にたずねたところ、ここでもラチがあかず、ついには横須賀航空隊（横空）に行くようにといわれたのであった。

西沢良晴大尉

ところが、その横空に行ってみると、まだ三〇二空は部隊の編成もされていなかったのである。そこで私はしばらく休養することにし、ときどき横空に足をはこんでいた。

そうこうするうちに、副官予定者の坂田氏が発令された。たまたま横空にこられた司令予定者の小園《こぞの》安名中佐（当時）が、「三〇二の職員の発令があったのなら、自分も発令してもらいたい」と上申して三月一日、ここに三〇二航空隊が設立されたのである。

当時の三〇二空の首脳部は、小園司令、坂田副官、西畑喜一郎飛行長、それと、山田九七郎、西沢良晴、その他数人であった。

三〇二空は帝都防空の夜戦隊（月光）が主体で、基地を横空において、さっそく猛訓練を開始することになった。ところが横空にはほかの部隊もいるので、飛行場の使用が困難をきわめ、訓練どころではなかった。

そんなある日、横鎮の大会議室に各航空隊の司令が集まり、長官列席のもとに会議がひらかれた。会議に出席した小園司令は、

「横空では各隊の編成があって、飛行訓練に非常に支障をきたしている。木更津基地を使わせてもらえないだろうか」と、相談をもちかけた。ところが、木更津空の司令は、

「当基地は破損がひどく、夜戦隊の基地にするのは困難である」というのである。

小園司令は激しく木更津空司令に反論したが、けっきょく木更津基地を使用することはできなかった。そして、いろいろ検討した結果、目下工事中の厚木航空基地を主基地にすることに決定したのだった。

難航した基地整備

そこで、さっそくわれわれは厚木基地を視察した。ところが滑走路はあるにはあったが、整地もろくにされてなくて、あちこちに土の山があり、すぐに使用することなどできる代物《しろもの》

厚木基地に待機する302空の精鋭たち。手前に夜戦月光、その後方に夜戦彗星、さらに銀河、中央に1機、夜戦彩雲

ではなかった。やむなくわれわれは早急に飛行場の整備に取りかからねばならなかった。

小園司令は先の横鎮での司令会議で「木更津空の整備は十日もあれば十分だ」と発言した手前、厚木基地の滑走路も十日でつくるように、と私に命じたのである。

そこで私は厚木周辺の業者に集まってもらい、参謀からこの工事に協力してくれるように話をしてもらった。また、当基地は内務省から派遣された末松、坂田両技師が設営をすすめていたので、両技師に滑走路二本を至急整備してくれるように頼んだ。しかし、両技師は口をそろえて資材不足、人員が少ないから、早急につくるのはとても無理だという。

近くに海軍の設営隊がいたので、しかたなくこれに掛けあったが、返事はまったく同じであった。万事休した私は、横鎮に事情を説明して、基地設営の協力をお願いした。すると間もなく、渡辺兵曹長以下二五〇名の補充兵が、三〇二空に編入されてきたのである。

内務省派遣の職員が設営隊の技術指導にあたり、長さ七百メートル、幅十五メートルの滑走路と、これにつながる誘導路の整備にとりかかった。しかし、整備に必要な資材はほとんどなく、遠くはなれた馬入川から砂利《じゃり》や砂を、またセメントは秩父から運ばなくてはならなかった。補充兵はコンクリートの配合の割合も知らず、作業は非常に困難であったが、予定の十日間で滑走路の整備はどうにか終わった。

ところが、三〇二空の搭乗員たちは「こんな滑走路では、とても飛び立つことはできない」と直接司令に申し出た。だまって聞いていた小園司令は、やおら立ちあがると機上の人となり、数回にわたって離着陸をこころみた。そして、

「わしにできることが、貴様たちにできないことはない。こんなところから飛べないとは何事か」と気合を入れた。そして、その日から猛訓練を開始した。やがて厚木基地には零戦、雷電がくわわり、本格的な局地戦闘体制にはいったのである。

徹底抗戦を決めた首脳陣

こうして激しい訓練や戦闘に明けくれる日がつづいたあと、昭和二十年八月十日がきた。この日、小園司令は何を思ったか、私を私室に呼び入れた。そこで私は意外なことを聞かされた。

「いよいよ軍上層部の連中が腰くだけになって降伏するようだが、わしはやるぞ。これは陛下の思《おぼ》し召《め》しではない。このまま敗戦になれば、国体護持はできない。わが皇室の存在もありえない」と、そっと囁《ささや》かれたのである。

そのころになると、敵の本土進攻にそなえて飛行機を温存するよう命令があり、搭乗員たちも来襲する敵機を見ても飛び立つこともできず、切歯扼腕していたのである。

八月十三日、ついに全機に総攻撃の命令が発せられた。各機は千葉県銚子沖の敵艦に攻撃をくわえ、休むまもなく燃料を補給し続々と出撃。これは十四、十五日とつづいた。そして、いよいよ八月十五日の正午がきた。われわれは思いもかけない〝降伏〟を告げる玉音放送を拝受したのだ。みなはただ呆然としてしまっていた。

ところが強気の厚木空の首脳陣は、あくまで抗戦しようと即決していたのである。このことは事前に首脳陣は承知していたから、主計科は司令の抗戦主文書を印刷し、これに手あきの者も合流し、一部の兵員は近傍各所にちらばり抗戦にかりたてて歩いた。一方、搭乗員は飛行機で北は北海道から南は九州までこれをまき散らし、基地内の士気はいよいよ盛んなものがあった。

とつぜん、五航艦の参謀が飛行機で厚木にやってきた。この参謀は九州大平山の御神託だといって、ぜったい抗戦でなくては国体護持は不可能である旨をあげ、士官室在住者一同はつつしんで拝承したのであった。

これより先、藤沢航空隊の飛行長相良《さがら》少佐が来隊して、「厚木空の士官がポスターを貼り歩きながら、わが藤沢空の隊員を脅迫しているそうだが、藤沢空に来隊しておられる久邇宮《くにのみや》朝融《あさあきら》王殿下がたいへん心痛しておられるから、是非やめてほしい」と申し入れたが、厚木空ではなかなか承知しなかった。

この時分に小園司令は、天皇に再放送をお願いするため、車の準備を命じていた。厚木周辺にあった戦車隊とともに、上京する考えのようであった。しかも司令は、中井中尉をともなって、数日にわたり各基地を歴訪され、抗戦の主旨と決起を説いてまわり、各方面の同意を得たのであった。司令は打つ手はぜんぶ打ったと、上機嫌で厚木基地に帰ってきた。

すべての手筈ができたので、司令は、「わしの命令があるまで、勝手な行動はつつしむように」と言いのこして私室に入っていった。しばらくすると司令は、神がかり的状態になり、「わしには神がついておるから、決して戦争には敗けない。弾丸も当たらないぞ」と、大声でわめきながら私室から出てきた。

この時限において、このような司令の行動は士気にも影響すると考え、大いそぎで私室につれもどしたのである。まもなく従兵が血相をかえてとんで来て、

「西沢大尉、司令がお呼びです。すぐ来てください」

私室にいってみると、私がいま司令を連行したことや、隊内の動きなどをはっきり質問されるし、とても精神分裂症とは思われなかった。しかし、それから後も、このような状態が二回ほどくりかえされたので、司令には私室で静養してもらうことにした。

またあるときは、「相模空の司令を連れてこい。たたき斬ってやる。はやく軍刀をもってこい」と荒れるしまつで、このようなことがたびたびあってはかなわないので、私は軍刀を取り上げ、保管することにした。


早く信州につれてゆけ！


ちょうどそのころ、相模空の隊内にも厚木空の動きに同調する者があり、相模空事件が起きたのである。そういう折に横鎮長官より見舞品がとどいた。毒入りだという噂がしきりにあるので、従兵にすてるように司令は言いつけた。

また、ラジオで東久邇宮の特別放送をきくと、すぐさま私を呼びつけ、「いまの放送は何か、こうなってはもはや駄目だ。今夜のうちにわしを信州に移してくれ、俺は信州に行って抗戦をつづけるんだ」という。こうなると私も処置によわってしまった。たとえ信州に司令

を移したところで、自活できる目処《めど》はまったくないし、ここにいたとしても、いずれは入院問題が私を悩ますことになるだろう。せっぱつまった私は、とりとめのない自問自答をくりかえすのみだった。

時間は刻々とすぎていく。藤森兵曹長に命じて、目立たぬように司令の身辺を警戒させたのだが、それがかえって司令の気持を刺戟したらしく、司令は「わしを狙っている者がおる。一刻も早く信州へ出発する。準備はまだか、早くせい」と再三の催促なので、当夜はこの処置のつかぬまま朝を迎えてしまった。

その日、高松宮殿下は厚木基地に御付武官を派遣された。御付武官は司令に面接して説得するよう命ぜられてきているので、強硬に面会を要望されたのである。司令は目下保養中で、他の者がいくと興奮されるし、なにか事が起きた場合も考えた私は、取り次ぎを躊躇していたのである。

すると御付武官は、子供の使いではない、と大へん立腹され、非常に残念がられた。しかし、御付武官には心から同情はするけれども、このような状態ではやむをえなかったのである。また厚木基地は現在、このような状態であるから、米軍の進駐地を木更津に変更してもらうように上申したが、それも聞き入れられなかった。

説得に乗り出した高松宮

これより先、寺岡長官（三航艦）が米内光政大将の命をうけて厚木にこられた。基地内で

飛翔する雷電。上昇力、加速力ともに申し分なしだが航続力が短かった

は小園司令を処分しにきたという噂が流れ、険悪な空気に満ちていた。もし、長官がこのような処置にでられる風があったら、司令を保護しなくてはならないから、警戒だけはおこたらなかった。そのとき長官は、新たに三〇二空司令に山本栄大佐を着任させるから、新司令の命に従うようにいわれたが、実行は困難であった。

横鎮では、いよいよ厚木基地が命令に従わなければ、討伐を行なう決意をしたようだった。しかし偵察にきた少佐も次室士官の士気に押され、意気投合して談笑するなどの一コマもあった。

八月十九日、高松宮より司令に電話がかかってきたが、司令が電話にでることは不可能なので、副長にかわってもらうように、隊内をさがしたが見当たらなかった。そこで山田九七郎飛行長にその旨を伝え、電話に出てもらったのである。

高松宮は山田飛行長に、「抗戦は無意味であるし、天皇はみなが考えているより以上に聖慮があられるのだから、思いとどまるように」という主旨のことを話された。司令は目下病気中で、電話口には出られないので、私がかわりに伺いましたと申しあげると、「お前ならば如何に処置するか」と聞かれた。

返事に窮した山田飛行長は、とぼけて「電話が遠くて聞こえません」といって、電話を切った。山田飛行長は、困った困ったと繰りかえし、どうすればいいかと私にいわれたが、私もその処置について返事はできなかった。

こんなことがあってまもなく、山田飛行長夫妻は自決して果てた。宮の電話のことや隊員の蹶起《けっき》などが原因と思われる。このことを知った高松宮からは、御付武官の派遣や電話による諮問などがあり、宮はかくべつに心痛されていることがわかった。そこでこちらからも、御殿に菅原英雄副長が吉野少佐をつれて伺候したのであったが、そのさい宮からはいろいろとお諭《さと》しのお言葉があった。

ついに終戦にふみきる

その夜、副長は帰隊して、さっそく科長、分隊長会議をひらき、高松宮の御意志を話され

終戦を迎えた厚木基地の雷電。大出力エンジンと強武装、高速力と上昇力を誇った防空専用戦闘機の悲しき最後

諸官の意見をもとめたが、司令がまだ在隊中なので、だれ一人発言するものがなかった。副長は司令と比較的密接な関係のあった私に、意見をもとめた。そこで私は、「ここ数日、陸軍の動き、海軍航空隊の動静、横鎮の強硬な動き、その他合流を約束した諸隊の情況を見ると、わが厚木は孤立しているように思う。わが厚木だけで戦闘し、日本人同士の戦闘になっては困る。もはや国体護持も皇室の安泰もべつな方法もあるだろう。このさい百八十度回転して終戦にふみきるべきである」と発言した。

「ただいまの内務長の意見に対し異議はないか」と副長はみなに諮《はか》られたが、異議をとなえる者はだれ一人いなかった。「それでは内務長のいう線にそって処理することにする」ということになって、会議はおわった。

さっそく准士官以上の少、中尉を集めてこの旨を伝えたところ、場内は騒然となってしまった。しかし副長は醇々と事態を説明し、科長会議の決定を話され諸官の同意をもとめたのであるが、全面的に賛成は得られなかった。

ただ、険悪な空気だけが場内にみなぎっていた。今晩はなにも起こらなければいいがと案じ、森兵曹長に命じ、士官室の入口や司令の身辺をいっそう厳重に警戒させたのである。つぎは兵員にも知らさなければならない。先任伍長室で橋本先任伍長に会い、「もはや耳に入っているだろうが、終戦の件だ。さっそく各部先任下士官を内務事務室にあつめてくれ」と命じた。

まもなく全員が集合した。副長はいままでの状況を説明し、「本日ただいまより厚木も終戦ときまった。こういう結果になったが、やむをえない。軽挙妄動のないように」と、善処を要望されたのである。日ごろ厚木部隊は必勝の信念にもえ、鍛えにきたえた隊員ばかりなので、名状しがたい感情と無念さでいっぱいになり、あるいは泣き、あるいは怒り、あるいは呆然とする者もあり、複雑異様な空気が流れていった。

厚木空が終戦にふみきると、二十二日には搭乗員を、二十三日には整備員を、そして同日には横鎮の整備隊が基地を受領に行くから、これと交代に整備隊を復員させ、二十四日午前中には全員厚木を去るように、と中央から強い要求が出されたのである。そして二十三日には、天皇聖旨伝達が行なわれ、御名代の高松宮が御来場、士官室でうやうやしく拝受したのである。

一方、厚木も終戦になったので、多量の物資を米軍に引き渡すのは面白くない。そこで基地整備の折に迷惑をかけた周辺の町村に無償で放出することにしたのである。関係町村役場に物資の所在を提示した。また、隊内にある物資もぜんぶ放出することにしたのである。ところが、約束の時間がきても、横鎮からの整備隊はなかなかやってこない。しびれをきらしていると、ようやく夕方になって受領部隊が到着した。私の任務もどうやら終わったのである。

涙の厚木基地の明け渡し

当時の世論は、小園司令を狂人あつかいにしていたが、私は賛成しない。なぜならば、あの時限においては、祖国の興亡、国体護持を深く考えると、あのようになるのが当然だろうし、これが真の愛国者の考えだと思う。司令は信念の人、信仰の人、国の繁栄、皇室の安泰を願うという面では、最高の人だった。

司令が私室に軟禁療養中も、寺岡謹平中将、山本栄大佐などがしきりに入院を強要されたが、私は賛成しなかったのである。

このままでは事態の収拾がつかぬと考えた上司が、私の留守中に強制的に入院をきめ、最後には注射まで打って、野比海軍病院に連れ去ってしまったのである。このとき私は飛行場におり、司令の入院を部下に知らされ、急いで行って見たが、すでに司令を乗せた車はエンジンをふかし、発車したあとだったのである。

＊

厚木基地は私が全生命をかけて最初から築いたものであるから、防空壕にかくれ米軍に一矢《いっし》をむくいることも可能であったし、最後の最後まで死守する覚悟であった。しかし、いまとなっては如何《いか》んともしがたい。いさぎよく明け渡すことにした。八月三十日、マッカーサー元帥を先頭に米軍が到着、ついに厚木は米軍の手に渡ったのである。

その後、厚木はいまでも米軍の航空基地として、当時とは変わって新鋭ジェット機が、轟音と噴煙をあとに飛び立っていく。

毎年四月に厚木基地の関係者が集まり、厚木空神社の例祭が行なわれる。私はこの地に立つとき、当時の混乱と喧騒が渦を巻いて身にせまり、感慨無量になるのである。

大空の決戦 海軍航空隊パイロットの真情

（座談会）緒戦から戦いぬいた老練搭乗員の告白

志賀淑雄　坂井三郎
岩下邦雄　石川清治
森　拾三　三上光雄
司会入江徳郎

入江　今日は戦闘機に乗られたお方が五人で、艦攻に乗られたお方が一人、緒戦から最後まで戦われた空のパイロットばかり。「日本海軍航空隊の運命」と申しますか「縮図」と申しますか、そうしたお話を聞かせて下さい。最初に志賀さん（三四三空飛行長）からハワイ空襲のころをひとつ。

志賀　今日は昔の戦友のみなさんとお会いして、大変なつかしいんで……。海軍の航空隊というところは、士官と下士官兵の結び付きというものが非常に緊密なところでしてね。それだけにお互いに懐かしいんですよ。この席では私より坂井さん（台南空搭乗員）の方が先輩ではないかナ？

坂井　いや、同じくらいでしょう。

評論家・入江徳郎

志賀　ハワイ空襲では我々戦闘機乗りは「戦闘機は決して出過ぎてはいけない、攻撃の主力はあくまでも雷撃機、その次が爆撃機だ、戦闘機はこれを推進、援護するにとどまる」ということを強く言われましたね。我々としては髀肉《ひにく》の嘆に絶えないところでした。だからハワイ空襲を話すとすれば、われわれ高見の見物組よりは、ここにいられる森さん（蒼龍艦攻隊操縦員）、すなわち雷撃であり、爆撃であるという人が語るべきですよ。（笑声）

入江　その「高見の見物」で見られたままをまず聞かせて下さい。

志賀　ハワイで戦闘機がやったことは、幸いにも敵機が出なかったので、地上砲火だけを避ければいいという程度で。こっちが攻撃で焼いたところで地上の米軍飛行機を焼くんですから、全然殺されることはなし、申し訳ないような楽な空襲ですよ。少なくとも戦闘機にとってはね。

入江　あの時ハワイにアメリカの航空母艦が一隻もいないということを知って、雷撃機、爆撃機の方はガッカリしたでしょう。

岩下邦雄大尉

坂井三郎少尉

志賀淑雄少佐

森　私どもの攻撃目標は戦艦もしくは航空母艦ですから、わが方の空母赤城、加賀、蒼龍、飛龍は、それぞれどこにどういう艦がつないであるからというので、雷撃隊はみな場所が決まったわけです。

私どもの蒼龍機の方は工廠側、この工廠側の岸壁には米軍は航空母艦を繋ぐことが多かった。それだものですから、これは敵空母をやれるぞと嬉しかったですね。ところが出発前の情報では航空母艦はいない、蒼龍のところには戦艦がいるらしいという情報だったんです。

志賀　いちばん落胆したのが急降下爆撃機ですよ。積んでる爆弾は戦艦には小さ過ぎる、母艦をやるにはちょうどいいんです。ミッドウェーの時こっちがやられたのが急降下爆撃でした。

これに火を付けていいのか

入江　あの真珠湾の朝の光景というのは見物だったでしょうね？

志賀　全く歴史が朝つくられるというか、そういう時のあ

三上光雄飛曹長

森拾三飛曹長

石川清治飛曹長

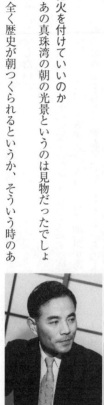

れだったんですよ。我々そのとき直感的に感じたことは、本当にこれに火を付けていいのか――という感じでしたね。

入江　なるほど。

志賀　日本人の性質として大抵なぐられてから叩き返す気性があるんですね。ところが全然寝ている……敵としては当然考えるべきところに油断があったんですが、我々が夢にも忘れなかった敵の艦隊がずらりと並んでおり、もうこっちのもンだという時、その間の数秒間の考え方の変移ですね、これは名状しがたいものがあった。

入江　その気持はわかりますよ。

森　水平爆撃隊、急降下爆撃隊、雷撃隊が――ちょうどハワイの西北端の方だったでしょうかね、とにかく西側をまわって進攻して行ったんです。私らはマリアナ山脈の山と山の間を高度を下げて突き込む。

それに雷撃隊の攻撃法というのは、前の飛行機と自分の飛行機との距離を約一千メートルずつ離さなければならないのです。それは目標から二〇〇メートルくらい手前で魚雷を発射すると、大体十三秒くらいかかって目標に達するんです。一千メートル離していると、魚雷が当たって爆発した後に次のやつが行けるので、一千メートル離すわけです。

ところで、私どもはこの山脈を見下ろすと物凄い――支那戦線式の塹壕がいっぱい掘ってある。敵サンずいぶん準備しているなと感じました。途端にホイラーの飛行場の上に飛び出した。ところが、なんとここにも二百機くらい。

志賀　あそこには陸軍の飛行場がある。

森　格納庫の前の、エプロンと言っているセメントで舗装した広場の上にずらっと並んでいるんですよ、その時はビックリした。（笑声）

入江　戦闘機ですか？

森　そうです。こいつらが離陸して来たら、こっちの雷撃機や急降下爆撃機というのはまたたくまにやられてしまう。これは大変だ。私の方は七・七ミリの旋回銃を持っていた、まあ子供だましみたいなものですが、それをうちの電信が先ず射ち出した。ハワイで第一弾を射ち出したのはうちの飛行機だったでしょうね。

坂井　森さんは二番機だったか？

森　ええ。で、電信員が張り切って地上を射ちまくった。低高度だったものですから、しまいには自分の機の方向舵なんかを射っちゃったですね。（笑声）私もビックリして敵に射たれたッと思い、後ろを振り向いたら電信員が頭をかいているでしょう。（笑）ところで、いよいよ雷撃にうつって、ちょうど魚雷発射寸前というところで前を見ると巡洋艦なんですよ、これは魚雷が勿体《もったい》ないと迷ううちに近づいて、目標を変えるひまがなくなった、折角ここまできていい加減に射ってはと思って私はやり直しました。

坂井　実にズウズウしい。（笑）

森　高度五十メートルくらいで、ユックリ廻っていたら、カリフォルニア（戦艦）というボンヤリしたのが一隻おった。その上をようやく飛び越えてですね、飛行場を突っ切り北側の方へ廻って、もう一回やった。そうして思い切って工廠側の方からひねり込んで入ったんですが、魚雷の当たったときの気持は何ともいえぬものです。魚雷を発射したあと、雷撃機は左旋回で避退するということになっていた。ところが私は無理な角度から入っているから、左旋回ができない。そこで仕方なく右旋回で逃げたんですが、赤城、加賀が雷撃に入ってくるのとすれ違ったんです。

増槽を落とすとソワソワする

入江　魚雷は一トン魚雷ですか？

志賀　いや八〇〇キロでした。

森　当たったときは嬉しかったですね、三人で万歳を叫びました。途端にあれは赤城か加賀の雷撃機だと思うんですが、火を噴いて突っ込んでゆくんです。手を出して搭乗員だけ引っ張って助けたかった。

入江　全く実感ですな。

森　その後がいけなかったですよ。ちょうど南側のドックに巡洋艦、駆逐艦がいた、それらが物凄く射っているんです。それで赤城、加賀はその上を通って雷撃するから一番被害がある。私も逆に入ったものですから、結局その上を通らなければならないわけですが、通った途端にガンガンガンときました。（笑声）燃料タンクとエンジンをはずれてましたが、偵察員のクッションは煙を吹き出す、座席の中がキナ臭くなる。電信員はちょうど後ろ向きで一生懸命に写真を撮っていたが、ちょうど襦袢と皮の間を一発バンと通ったらしくて、「アッチアッチ」なんて言っているんですよ。（笑声）

志賀　下から高射砲で射たれる気持はいやですね。そのために雷撃のコースを変えるわけにはいかんですからね。

森　私どもは結局、艦船攻撃一点張りの飛行機でしょう。それで彼らから〝ライター〟なんていう名をもらっていた。艦攻もすぐ火が付くんです。どこの攻撃に行くんでも戦闘機の護衛なしでは――ハッキリ言って恐ろしいですね。編隊を組んでいく場合、戦闘機は一六〇ノットですが、私らは一三〇ノットです。そこで一緒に行動したら必ず先に行ってしまうから、戦闘機はジクザク運動をしていてくれるんですが、そういう戦闘機を途中で見ると心強いですね。

志賀　しかし、それは気安めでね。（笑声）海軍の飛行機は燃料を積めるだけ積んで、爆弾も規定どおり積んで行くんですよ。それに雷撃（爆撃）進路に入ったら一直線に飛ぶから、これは一番射ちやすいし、当たると火を吹くのはわかっているんですが、攻撃機、爆撃機の連中は我々が上にいると大いに頼りにしてくれる。しかし、そうは行かないですよ。（笑声）

坂井　空中は広いし、立体的に動きますからね。

森　戦闘機が敵の上空でこれから空戦をやるというとき、五分前くらいに増槽を落とすでしょう。そうすると――。

坂井　そわそわする。（笑声）

森　ええ、そわそわしてくる。それまでは戦闘機が付いているから安心のつもりで鼻唄まじりで編隊に付いている。ところが、いよいよ敵の上空につくというと戦闘機が増槽を落として空戦態勢に入る。サア、来たぞと思いますね。
坂井　敵の戦闘機が出たなと感ずるわけだ。
志賀　あの増槽を落とすときの気持は、戦闘機乗りには何とも言えないモンですよ。急に機体が軽くなる。スピードがふえる。敵機が見る見る大きくなる。
棒で叩き落としてやりたい
入江　ところでミッドウェーに移りましょう。ミッドウェーの経験者は森さんだけか。
森　志賀さんも行かれたんです。ミッドウェーと言っても、私の話は空母蒼龍を主体にした話になりますが、私どもはミッドウェーの基地攻撃に行ったわけです。あそこの敵の飛行機を爆破して、飛行場に穴ボコをあけて、あそこの飛行場を使用不能にしようというので、八〇〇キロの陸用爆弾を持って行った。ところがですね、ちょうどミッドウェーに着く二十浬《かいり》くらいの手前、時間にして約十分くらいでしょうか——そこまでの隊形というのは艦爆が私どもの前にいて、その後に艦攻が付いていて、戦闘機が前後左右に護衛してくれていたんですが、一番先にいた僚機が火ダルマみたいになった。
入江　何がやられたんですか？
森　その時は艦爆がやられて火ダルマになって落ちたと思ったんですが、後でよく調べてみると、敵の飛行艇が私らの空襲部隊に接触してましてね。敵の戦闘機を誘導するために来た途端に落としたというのが本当らしいんですが、私どもは後ろの方から見ていると、こっちの艦爆が戦闘機にやられて火を吹いたと思った。その時には私たちを護衛していた戦闘機隊も増槽を落とし、後ろにいた連中は急に前に飛び出してくる。戦闘機隊がすぐ空戦に入ったらしい、向こうは数が多い。あの時うちの戦闘機は三十六機だったですか？

志賀　そのくらいだったね。

森　私どもの艦攻は一番後ろだったものですから、空戦にあぶれた向こうの戦闘機がみんな私らにかかってくるわけですよ。グラマンＦ４Ｆなんです、あれは一三ミリを何梃？

岩下　一三ミリ六梃です。

森　それが火を吹いて私らの艦攻に突き込んできたが、あの時は驚いたですね。（笑声）それまではうちの九機に対して、戦闘機が六機護衛していた。ところが戦闘機はどこへ行ったのか全然出てくれないんですよ。（笑声）戦闘機は何をまごまごしているんだろうと思って待っているときの気持は、いやなものですよ。（笑声）とにかく、敵は私らの編隊の下をくぐって左前上方に廻ってくる、その距離が二十メートルか三十メートルくらいですかね。それで向こうの搭乗員のマフラーや眼鏡が見えるんですよ、長い棒でもあったら〝この野郎〞と叩き落としてやりたいくらいでした。（笑声）

坂井　随分くやしかっただろうね。

燃料もなし弾丸もなし

入江 蒼龍の最後のときは甲板におられたですか。

森 攻撃を終わって母艦に帰ってきまして、その間に向こうの雷撃機が四十機くらい突っ込んできたんですよ。

志賀 沈むときは？

森 搭乗員室に入っておりましたが、そのうち加賀がやられたというので若い連中は待機室から甲板に上がって行ったが、これは大変な戦争になるんではないかという予感がしましてね——腹がへっては戦さができない。どっちにしても雷撃機でまた突き込まなければならないと、握り飯を食っていたわけですよ。そこへドカーンときたんです。

志賀 急降下爆撃でね。

森 艦は左に傾いた。これはやられたかも知れないぞ、そのショックを受けて、ものの十秒も経たないうちに火の玉が飛び込んでくるし、煙が入ってきた。私は飛行帽なんかモロにふっ飛んでしまうし、待機室の中に十人くらいいたわけなんですが、あのドアは四尺くらいありましょうか？

志賀 そう、一メートルくらいだね。

森 みんな飛び出そうとするので、ちょうど満員電車のように足は動かすことはできない。あの時の被害というのは非常にみじめだったですね。——それまでは非常にうまくいってたんですよ。空母をねらって敵の雷撃機が四十機もノコノコとくるその雷撃機隊に対して、こっちは零戦がたかっている。
私どもが雷撃機専門なものですから、よし敵の雷撃機の腕前を拝見しようというわけで見物していると、敵さんボロボロ落とされる。池に落葉が落ちるみたいに波紋をえがいて、中には火災になってワッと燃えるやつもあるし、あの落とすときは見事なものでした。ほとんど落としてしまった。
入江　いままでに出たミッドウェーの戦記を読みますと、加賀、赤城、飛龍、蒼龍、この航空母艦四隻がみんなあれ、魚雷を積んでみたり、爆弾を積んでみたり、命令が何遍も出るたびに一生懸命に積みかえる。そうして爆弾を積んだところへ向こうの急降下爆撃がやってきて、三隻がたちまち沈んだことになっていますね。航空母艦の飛行機がその爆弾、魚雷を搭載して甲板におるときは敵に対しては無防備なのに、戦闘機はどうして護衛してなかったんですか。
森　第一次の雷撃隊をみんな射ち落として、わが戦闘機隊は弾丸もないし、燃料も切れているわけなんです。ミッドウェーから帰ってきた戦闘機も燃料もないし、弾丸もない。
入江　ところが赤城、加賀の方が雷撃機十八機ずつ。二航戦の蒼龍、飛龍の方が急降下十八機。これが格納庫待機になっていたわけです。だからそれだけ出してしまっても、結局、裸の攻撃になり、戦闘機は全然つけなかったわけです。そこのところに何と言いますか、作戦の失敗があったんではないですか。

結局、指導者の誤り

入江　ミッドウェー作戦は、初めからだいたい米軍側に洩れておったということですが。

坂井　それが根本問題ではないですか。

志賀　あれだけの爆撃隊、戦闘機を持ちながら、全然、敵にそれを向けないで甲板の上で焼いてしまったんですからね。

坂井　結局、日本海軍が多年きたえたものがみな甲板の上で死んだわけですが、あの航空母艦四隻と熟練者搭乗員はかけ甲斐のないものですね。

志賀　我々若い士官に言わせれば……いや止めておこう。（笑声）

入江　いいじゃないですか、今となっては。（笑）

志賀　結局、指導者の誤り。油断してたんですね。油断しているがゆえに、豊後水道を出るときにはすでに洩れていた。

入江　ミッドウェーで戦線が下り坂になって、盛り返そうとしたのがガダルカナル、ラバウルというところでしょうが、ガダルカナルはどうでした？

坂井　私たちは最初、台湾から行きましてセレベス、ジャワと枯葉を巻くような勢いで、二月までの間、連戦連勝でやっていたけれども、何か大物がきはしないかという感じがしてなんとなく薄気味悪かった。そういう気持で私たちはラバウルに行き、そこで半分は内地へ帰った。それは東京防衛であるということだったが、実はミッドウェーの海戦に行ったんですよ。

まあ、とにかく「古いものから内地へ帰す」というから、私は支那事変以来でしょう、そこでこれは俺は一番だわいと思った。ところが「貴様は先任搭乗員で残ってもらわなければ困る」と言われ、私は遂にここで終わるかと思ったですよ。（笑声）石川さんは第四航空隊で岡本晴年大尉が指揮官だったわけですね？

石川　指揮官、分隊長を一切兼ねていました。

坂井　私どもはその石川さんたちのところへ、増援部隊で三月の末に行ったんです。

入江　昭和十七年の三月？

坂井　ええ、十七年です。行って見るとラバウルは実に淋しく、これはえらいところへ来

ラバウルからブカ飛行場を経由、ガ島攻撃に向かう零戦隊。ブカは前進基地や帰途の不時着基地として使用された

ちゃったと思った。行ったその日に僕らが乗っていった小牧丸というのが岸壁で爆撃喰いました。B25、B26、ロッキードと、こいつらが超低空で暴れまわり、実に勇敢なモンですよ。島流しになった台南航空隊の連中は、ここしばらく殆んど空戦らしい空戦はしてないもんだから、これはいいところへ来た、こいつは落とせるぞというわけです。ところが僕らは飛行機は持って行ってないし、一機もない。石川君の部隊に何機かありましたが、くたびれているし役に立たない。そこで大急ぎで勢力増強したんですが、それからというものは毎日、空戦の連続ですね。

零戦は実に強かった

入江　飛行機は零戦ですか?

坂井　零戦です。それに搭乗員は歴戦の強者ですから、来た敵機はバッタバッタと落とされて、それからガダルカナル戦の初期ごろまではラバウルには一発の爆弾も落とされませんでした。それからニューギニア北岸を前進基地にしまして、ポートモレスビーまで一五〇浬、その間、朝から晩まで夜が明けると叩き合い。とにかくいいところへ来たというわけで、撃墜競争をやった。(笑声)

入江　当時の零戦の性能はアメリカ空軍にくらべてどうだったですか?

坂井　戦闘機というものは大体どこの国のものもあまり大きさも変わりなく、同じような能力でした。日本の戦闘機は、とくに海軍の戦闘機は足を長くし、それと……。

バラレ基地を出撃する零戦。脚を収納中で滑走路脇に零戦と一式陸攻。バラレはブーゲンビル島ブイン沖の小島

志賀　足というのは航続距離です。

坂井　どっちかと言えば格闘戦に強かったですね。おまけにその零戦はきわめて足が長かった。僕は十二時間飛んだことがある。が、旋回戦闘に強いわりにスピードも出る、上昇力は敵よりよいと思った。それに世界で初めての二〇ミリ機銃、それともう一つは操縦が非常にやさしい。いい戦闘機でしたね。米軍の飛行機は非常に丈夫に造ってあるし、突き込んだらグンと離される。しかし空戦では強いなと思って格闘したことは私は一度もない。

志賀　要するに、そのころ陸軍の飛行場にP40があったので、それに乗ってみたが、実に上昇性能が悪い。性能的にいえば、零戦に乗っておれば怖いものはなかった。ただ弱点は華奢で、急降下の突っ込みに速度制限があるという点です。

坂井　先日、その当時アメリカの航空母艦の乗員だったジャクソンという人と会って、お互いにラバウルで戦った同士なのでいろいろ話しましたが、その時、「日本の零戦をどう思った」と質問したところ、「零戦は最初は怖かったけれども、後では大したことはなかった。何故ならば突き込んだら我々はすぐ離してしまうし、無理して追っかけて来れば壊れてしまうではないか。切りかえして急降下でのがれた」と言うんですよ。

そこで私は「冗談じゃない、それはあんたたちが若いチンピラとやったからで、大体ベテランはそういうことは見抜いている、あんたたちがひっくり返る前に下で待っていた」と言ってやりました。突き込まれると離されますから、早目に早めに下へもぐり、脇の下から槍を突っ込むように射ち込めと私は教えていた。

灰色の粉の降るラバウル

入江　搭乗員が歴戦の士であれば、零戦は文句なしに勝っていた頃がありましたね。

坂井　はじめの頃ラバウルを守っておった搭乗員は、それこそ早くやらないと自分の落とすやつがなくなる。（笑声）マゴマゴしているとパラパラ落ちる。十二機行って敵二十機くらいとやると、どんどん落ちるでしょう。それでこっちは大分やられたかなと思うんですが、空戦が終わってみると大てい全部いるんです。

しかしそれでも二、三回に一機くらいはやっぱりやられました。そういうさなかに、この三上さん（堀光雄。台南空をへて三四三空搭乗員）が来てくれた。三上君はあのクラスで現在一人しか生き残ってない人ですが、よく生き残ったものだと思う。その代わり鍛えられたね。

三上　（笑いながら）あれで最後からくらべたらそんなに弱輩ではなかったんですが……ラバウルに行ったときは飛行時間六〇〇時間というところですかな。戦闘機の六〇〇時間といえば、ある程度クチバシの黄色いのはとれていたんですが——（笑声）行ったところが、周囲がみんなベテラン揃いだったために、心ならずも弱輩扱いにされた。（笑）

入江　階級はなんだったんですか。

三上　その時は三等下士です。とにかくその頃でも五〇〇時間、六〇〇時間乗っていれば二番機に乗って、一人前で大きな顔していた頃ですが、ラバウルに行ったら周囲があまり強い人ばかりで、空襲につれて行ってくれないんですよ。不服で不服でしょうがなかった。
坂井　いや、僕もせがまれて随分困った。
三上　内地から行くときは、向こうは最前線だからというようなことで因果含められて、木更津から輸送機に便乗してラバウルに着いた。着いて第一番にたまげたのは、あそこにいると灰色の粉が降っているんですよ。（笑声）
坂井　それは僕も最初驚いた。日本名で花吹山と呼ばれていた二〇〇メートルくらいの活火山が、二、三分おきに大爆発して一日じゅう降灰がつづき、亜硫酸ガスのために軍刀とか、落下傘の金具が二、三日で錆びてしまうんです。
三上　張り切って出動を待ってるのに、搭乗割のなかに自分の名前がないんです。坂井さんのところへ行くと、「お前たちは今行ったら駄目だ」と押さえられた。こっちは空襲に行きたくてしょうがないが、空襲にはやってくれない。
　これは後になってわかったんですが、あのとき俺が行っておったら一も二もなく落とされて、とてもこうして生きちゃあいない。（笑）
　とにかく一日も早く戦場に行かしてもらえるように粘《ねば》らなくてはいかんということで、朝は飛行機をセッセと磨く。搭乗員が行くのに綺麗に下準備をやるわけです。帰ってきてから戦場の状況はどうでした、どういう風に敵機を落としたとか、粘りねばり情勢を聞く。また、そのほかに待機の飛行機が残っているんですが、それは搭乗割が決められてないし、早いものがちだった。それで敵機のサイレンが鳴ると、一生懸命駈けて行くわけです。

まあそういうことをやって実戦に馴れたわけですが、それを大分長くやらされました。（笑声）

坂井　最後はベテランになり、生き伸びたわけだ。

志賀　まったく坂井君のお蔭だよ。（爆笑）

加速度的に形成は逆転

入江　最初に敵の飛行機を撃墜した時は、どういう気持でした？

三上　その時はとにかく夢中ですよ。たまに連れて行ってもらって、敵の飛行機が十三機出てきても自分の眼に見えるのは……。（笑声）

坂井　（笑いながら）二、三機しか見えない。

三上　ええ、だからこっちが行くと坂井さんは苦労するわけですよ。（笑声）自分では二機、三機しか見てないんですから、古い人が見ると危なくてしょうがないんですよ。（笑声）

入江　ひどい目に遭ったことがありますか。

三上　最初の頃は古い人がかばってくれましたから、そんなにひどい目に遭ったことはないんですが、自信ができてから二、三回ほど落とされかかり、とうとう最後に一回P40に落とされました。（笑声）

志賀　支那事変の当時、樫村寛一という男がいましたが、私が生きているのも、この男のお蔭ですよ。敵機が三十四機出てきたとき、私は一機落として自分の後ろにいるのは知らなかったんですが、その私の後ろにいるのを四機落としてくれた。あれは坂井さんに匹敵する男だった。

三上　私が落とされたのは船団護衛の最中です。敵の飛行機がきても射ち落とすのではなくて、味方の船が沈められないようにするのが第一任務なんですね。あとしばらくで交替というときに、B17の編隊が超低空で突き込んできた。それを一番初めに私が見付けたんですが、低空できたために、知らせる暇がない。一直線に突き込んだ。ところがそのときP40がついていたのが見えなかった、真正面からB17に攻撃をかけ向こうへ抜けた。まさか敵の飛行機がくるとは思わずイキナリやられて、左の翼から火を吹いた。しかしそのときに限って運よく落下傘を付けていたんですよ。落下傘降下して駆逐艦に助けられました。

入江　形勢はだんだん悪くなり、しまいには硫黄島あたり、ずっと日本本土の近くまで押し込められる仕末になったわけですが、岩下さん（戦闘七〇一飛行隊長、のち横須賀航空隊戦闘機隊搭乗員）は硫黄島の方でしたね。

岩下　ええ、お話聞いていますと非常に勇ましい話ばかりですが、私の出る時分から形勢逆転、加速度的に悪くなりましたね。それで搭乗員の士気はだんだん衰え、アメリカの搭乗員は硫黄島から日本本土の上空まで戦闘機でやってきたが、こっちは硫黄島に進出するのになかなか行けない。敵国の上空まで硫黄島から戦闘機でやってくるということは、これは開戦当時の日本の戦闘機とアメリカの戦闘機と逆になった恰好ですね。ですから勇ましいお話が一つもなく、いまの話の逆のような話ばかりで、その一番ひどかったのはフィリピンですね。いちばん初め向こうがきたのはタクロバンでしたナ。

志賀　そうそう。

岩下　こっちは古い搭乗員はいなくなって、質は低下してるんです。初めに敗け戦さやると駄目ですね、新しい搭乗員がどんどん出てきますが、戦争知らないのをつれて行って敗け戦さやりますと、士気がまるで上がらないですよ。

みなさんみたいに支那事変から撃墜したような人ですと、最後まで強い。私が最後に沖縄の空襲やったときもラバウルから帰ってきた搭乗員は、実に勇敢で戦果も挙げますし、敗け戦さでも戦意を失わない。ところが初めからガンとやられて命からがら帰ってきて、夕食には半分もいないという空戦を経験しますと、あとがサッパリ振いません。

入江　フィリピンはひどかったようですね。

やらしてくれ、やらしてくれ

岩下　私どもは当時ラバウルで苦しんでいるのもB24のためだから、これを半分に落とせというようなことを言われて、そういう訓練をしまして、硫黄島に行った時はラバウルに行くつもりで行ったんです。ところが、それが硫黄島でカットされ、硫黄島でやられた時は戦局が急激に変わったと思った。

志賀　うん、零戦を対象にして造ったF6Fというのが出てきたんだよ。

志賀　岩下君は兵学校の秀才なんですよ。我々は当時負けると思ってませんから、将来、岩下君に対しては海軍の指導者になってもらわなければならんと思っていた。

岩下　いいえいいえ、どうも。（苦笑）私は硫黄島で初めて空戦をやりましたが、その時は藤田怡与蔵大尉が私の後に付いていていてくれましたよ。こっちは何と言っても初めてだし、それに零戦とF6Fはよく似ているところがありますから、上へあがって間違えちゃいましてね。（笑声）

坂井　私も間違えた。（笑声）

岩下　零戦とF6Fと二対二でやっていると思って近寄ったら、全部向こうのやつだった。（笑声）大あわての空戦でともかく一機落としましたが、こっちは結婚してすぐでしたから。

志賀　御馳走様。（爆笑）

岩下　落としてから燃えてましたが、私はいやな感じがしましたね。

志賀　そうかね、僕はこういう男だから落としてからはすっとした。

森　やはり本当の戦闘機乗りなんですね。

岩下　私はそうではなかった。落としましてね、恋人がおるだろう、お母さんがいるだろうというようなことを考えまして、感じが悪かった。（笑声）ところがフィリピンでは惨憺たるものですよ、P38に零戦が追っかけ廻されているんです。これは何と言いますか、飛行機も勿論《もちろん》ですが、戦力の違いというんですかね。そこへもってきて特攻隊でしょう。特別攻撃隊というのは非常に勇ましいけれども、行く人は必ず死ぬわけです。最後は戦闘機が爆弾持って行く、これの搭乗割を決めなければいけないんですが、まあ一応みんな「やらしてく

昭和18年４月、い号作戦にあたりブインに集結、ガ島方面攻撃に出撃する204空や582空の零戦隊

れ、やらしてくれ」と言いますが——いやでしたね。とにかくそういう状態ですから、士気が極めて悪かった。変な話をするようですけれども、そういう意味ではフィリピンが一番最低だった。

志賀　そう、場所場所によって志気の高低があるんですよ。

岩下　のちの沖縄の時あたりは、最後だという気持もあったんでしょうか？　また当初に若干の戦果を挙げておりましたから、この時は特攻隊が出るんでもたいして問題もありませんし、戦闘機隊も頑張りましたし、非常に見事だったですね。しかし私の感じでは、中には非常に勇敢なやつもおりましたが、一体にうちの搭乗員は勇敢でなかった。

坂井　若い人は初めにガチャンとやられましたからね。

入江　時の勢いというのがあるんでしょうね。

坂井　そうですよ、いかに大和魂と言っても大勢が押されまして、最初から敗け戦さに入ると士気は下がってしまう。そういう時には他のところへやると、また勇気が出る。

入江　緒戦当時の零戦の勇ましさを知っているものには、最後に逃げまわらなければならんというのは悲劇ですね。

岩下　逃げまわるというのは何ですけれども。

三上　それは数の問題によるのではないですか。

志賀　ちょうど私がミッドウェーにいく時、ある優秀な搭乗員で、実に闘志旺盛で頑張り屋なんですが、ミッドウェー海戦の直前ですよ、私のところに一、二度きまして、「志賀さん、この戦争は勝つと思うか」と言うわけです。この頃はまだ南でも勝っている時ですよ。私は「何を言うんだ絶対に勝つよ」すると「私はそうは思わん」というから、どういうわけだと言ってみろというと、こう言うんです。

敵の基地を攻撃するのに最初三十六機で行って、こちらは二機減った。それで次には三十四機で行くという状態だが、向こうはチャンと初めと同じ数が補給してある。何度行っても減らぬ。最後は数の問題で、これでは結局こちらはゼロになるというのです。

坂井　私はラバウルの決戦場だったんですが、初めからあそこにいた人は幸福だったと思う、徐々に馴れて行きますからね。それを役者にたとえればラバウル航空隊は桧舞台で、内地はラバウルに比べれば田舎です。

それで後からきた人は田舎舞台のドサ廻りから桧舞台に出てきたようなもので、戸惑いしてしまう。しばらく桧舞台を踏まないで、内地の田舎でくすぶっていてラバウルに来てみると、自分の孫みたいなのが十五機、十六機と落としているでしょう。

そうすると、こいつらに負けてはいかんという焦りがある。

それと内地で感じていたよりもラバウルの激戦が激しくて、呑まれてしまう。それが馴れてしまえば最後まで強いんですが、その馴れる頃に無理して叩かれる。

死ぬ瞬間はさびしいもの

入江　坂井さん、もう駄目だと思われたのはいつ頃ですか?

坂井　私が戦争は負けだと思ったのは、ガダルカナルの姿を見た時だったですね。あの頃そうとう船団攻撃や上陸部隊の援護などやりましたけれども、日本では大船団が入って上陸作戦なんていうのに、せいぜい船が二十パイ。ところがガダルカナルへ行きまして、空戦の始まる前に数えたんですが、向こうは七十何バイです、この数と勢力を見た時に……これは負けたと思った。

入江　志賀さんあたりは、そういう感じをいつ頃もたれましたか?

結した、いわゆるラバウル航空隊の零戦。手前は二二型

昭和18年春のい号作戦発動に呼応してブーゲンビル島南端ブイン基地に集

志賀　私はミッドウェーでやる時に難しいなと思い、その次に強く感じたのが、山本長官の死。これは非常に縁起が悪いぞと思った。それから後は、とにかくやらなければいかんですから、何とかやるだけやろうということだったですね。

岩下　そうですね。

坂井　口には出さないけれども、勝ったとは思わなかった。

入江　岩下さんは内地から行かれて、途端にどう思いました？

岩下　どうも具合が悪い。とても勝てそうもないということは分かりますけれども、敗けるということは感じなかったですね。

志賀　そうそう、それは終戦になって初めてわかった。

岩下　私の親父が大分の司令をやってましたんですが、その親父が、ラバウルで戦果を挙げて勝ってます頃、「どうもまずい」というんですね。変なことを言うなと思っていたんですが、あれは確か昭和十七年の三月頃でしょう。

坂井　昭和十七年の三月は景気のいい頃ではないですか。

森　ちょうどこっちの機動部隊がインド洋に出まして、英空母などをやっつけた頃ですからね。

岩下　とにかくですね、今なら負ける、勝つというようなことを言いますが、戦争やっている時は敗けるということは考えませんでした。しかし、どうも具合が悪いという感じはいたしました。

志賀　そうだね、私の経験を思い出しても、撃墜されるときでも撃墜されるまで、そういう気持は持ってないですよ。

三上　私は最後まで負けるとか、死ぬということは考えてなかったですね。撃墜されて波にプカプカ浮いていても、自分はこれで最後だという気持は少しもうかんでこなかった。ただ淋しかったですがね。

入江　僕の友人の報道班員で珊瑚海で海に放り込まれて生き残ったのがいるんですが、やはりひどく淋しかったと言っていますね。

坂井　確かに自分で死ぬと思う瞬間は淋しいですね。しかし、それは向こうからガンとやられて、あっ俺も戦死か、もうあいつらとは会えないかと思う、その搭乗員の仲間と会えないという淋しさですね。自分だけ除け者にされたような。

石川　やられる時は、まず機銃の音がバラバラっと聞こえる。次にガンとくる。そうすると今の音は何んだろう、相手が後ろにいるんだから自分に当たったんだな、そんなら逃げなければいかんと、そういう考えが系統的に、しかも一秒に何分の一くらいの早さで浮かんできますね。

坂井　まさかと思うからね。

入江　森さん、艦攻の方で生き残っている方は少ないんですか？

森　そうですね、ハワイ当時から一緒に行ったので蒼龍が十八機五十四人おりましたが、操縦員で生き残っているのは現在二人か三人くらい、それから偵察員、電信員あたりも三名か五名くらいだと思います。しかし生きているというのは大概怪我をしたとか、病気になって降りたとかいうもので、無傷というのは相当悪運の強いやつでないと。（笑声）

志賀　消耗率から行きますと、雷撃隊は九〇パーセント、急降下爆撃隊が六〇パーセントか七〇パーセント、それから戦闘機が二〇パーセントくらい、大体そういう風になってましたね。

入江　ずいぶん戦死が出るんですねえ。

志賀　ええ、その上にあと一〇パーセントくらい、帰路を失するのがある。洋上で飛べなくなって帰れないわけです。確かにいたんだがなと思うのが帰ってこない。そういう連中の最後を思うと気の毒ですね。

艦長に合わせる顔がない

入江　森さん、右腕を失われたのはいつですか。

森　昭和十七年の十月十七日です。十三日に榛名と金剛でガダルカナルを戦艦の主砲攻撃やって、十五日に後続船団が上陸する。あそこを一撃で挽回してしまおうとした。戦闘機隊はそれに呼応して、ラバウル方面の急降下爆撃隊は毎日あそこの爆撃を敢行する。私らは魚雷をだいて今度こそミッドウェーの敵《かたき》を取ってやろうという気持に燃えて待機していた。ところが、ちょうど雨期に入り、天候不良で急降下爆撃隊が途中まで行ってみんな引き返してしまった。それで仕方なく零戦だけが殴り込んだと、そういうような状態だった。

そこで私ども隼鷹艦攻隊はガダルカナルの攻撃に廻されたんです。命令がきたのが八時頃、夕食をたべてベッドにひっくり返ろうかという時に命令が出て、それではというので搭乗員と整備員とで暗い格納庫の中で魚雷をおろして弾庫へしまって、代わりに弾庫から八〇〇キロの爆弾を持ってきて積むんですが、それが夜の十二時までかかった。そうして朝の三時ごろ搭乗員起こしで、結局、攻撃隊が日の出の三十分くらいに飛び出して行った。

ところがその時の伊藤分隊長でしたか、この人は初めてなんです。他の分隊長はハワイでの生き残りですが、ああいう航空戦の指揮というのは瞬間の判断が難しい。爆撃進路に入ったんですがそれをまた一度やり直した。下には高角砲がある、しかも優秀で、その前に高度五千で飛んでもやられた、しかもその上空でやり直し、グッと一廻り廻ったわけです。

そこで私は、そのとき分隊長に「何故こんなやり直しやるのか」と言った。爆撃目標は大型輸送船が桟橋で軍需品の陸揚げをしている。それを叩けばいいんで、爆撃としてはやさしい爆撃だ。それをやり直したもんですから、味方戦闘機隊はわれわれが爆撃を終わって帰ると思って離れてしまった。

ところが私どもは爆弾を落とさないでもう一廻りして入った途端に、グラマンがパッパッと降ってきた。私どもは八機編隊で飛んでますから、分隊機見たり戦闘機見たりして、ちょっと前を見たらなんと、友軍の爆撃機が全然いない。実に瞬間的で、時間にすればほんの一秒か二秒くらいの違いです。下を見たら友軍機が二機、錐揉みになって火を吹いて落ちて行く。私の一機だけ残ったわけです。

この敵戦闘機群の中では、もう逃れられないと観念しました。それならこいつらの中に飛び込んで道連れにして死んでしまえと思い、その戦闘機に向かっていった。途端にガタガタと大きな音がして戦闘機がスーッと私の下をくぐって行く。

ヒョッと座席を見たら血だらけなんです。ガラスが割れ、計器板はふっ飛んでしまい、残っているのは速力器、旋回計、それから燃料計、そんなものでした。計器板のへんは血だらけ。皮だか、肉だかわからないようなのが、あっちこっちにベッチャリひっかかっている。

そこで〝やられているかもわからない〟と思った、しかし別に痛くもなし、どこからこの血が出てきたんだろうと思ったら、自分の右手がぶら下がって、肩からしびれていた。

志賀　君の手を亡くしたのは僕の責任なんだ。あの時は前の日に私が攻撃隊の方へ行きまして、「明日は戦闘機はみんなの楯になり、全機帰すから安心して行ってくれ」と言い含めて出たんです。だから伊藤大尉は安心して得心のゆくまで旋回したのだ。ところが、私の戦闘機隊は指揮官の位置がかわって、そのため掩護に手違いが出来、私が行ったときは伊藤隊がつぎつぎに火を吹いて落ちている時だった。私らが掩護した艦攻は全然被害なかったのだが……艦長に合わせる顔がない。

いっぺん君にも謝らなければいかんと思っていた。今でもそれを考えるたびに、税金だけはキチンと収めなければいかんと思っている。（笑）とりあえずこれで。（煙草を森氏に差し出す。一同爆笑）

坂井　いや、志賀さんは森君の命の親ですよ。手を失わねば、その後の空戦でとても生き

てはいない。（笑）

入江　みなさん運の強い方ばかりで、こうして集まって回顧談というわけですが、これからも御仕事での運をお祈りします。それではどうも。

二〇四空ラバウル零戦隊の最期

米軍上陸からトラック大空襲で残存零戦のすべてを失うまでの転戦記

当時二〇四空司令・海軍大佐　柴田武雄

欧州戦線でイタリアが無条件降伏し、枢軸軍の敗色が濃厚となり、一方、ニューギニア方面ではマッカーサー軍が、またソロモン方面ではハルゼー軍が、ともに破竹の勢いで北進しているころの昭和十八年九月二十日、私は激戦地ブーゲンビル島の南端にあるブイン第一飛行場に、二十六航戦司令部付として着任した。

二〇一空司令であった中野忠二郎中佐の勇ましい戦闘指揮ぶりなどを見学したあと、二十七日、ブイン第二飛行場（トリポイル）で前二〇四空司令の玉井浅一中佐と交代した。玉井中佐は私と海軍兵学校が同期で、慈母のような徳人として有名だった。だが私は、哲学的信念から厳父の態度で「戦果をあげる」の一点に全力を集中する、と決意していた。

柴田武雄大佐

当時、ただひとりの飛行分隊長であった福田澄夫中尉と、最小限の被害で大戦果をあげるにはどうすればよいかと研究した。その結果、原則としてできるだけ優位な状態から攻撃をくわえ、不利となった場合はただちに「旋転戦法」により形勢を逆転または活路を見出すこととし、福田分隊長の同意を得てこれを「竜巻き落としの戦法」と名づけた。

しかし、当初は当然のことながら、うまくいかない場合が多かった。とくに連合軍の戦闘機より零戦の機数が少ないうえに、高度を下げざるをえない艦爆隊の直掩を主任務とする場合は、たいてい被害が多かった。こうして十月八日、二十六航戦司令官酒巻宗孝少将（十一月一日、中将）の命により、二〇四空零戦隊はラバウル東飛行場に転進した。そして十二日から私は、同飛行場にすでに駐屯していた二〇一空の零戦隊をも統一指揮することになった。

われわれが東飛行場に転進して二十日あまりがたった時、ハルゼー軍がショートランド島近くのモノ島へ上陸した。そしてその翌日の二十八日、わが空母機が多数ラバウルに進出してきた。

十一月一日、ハルゼー軍の主力がブーゲンビル島中部西岸のタロキナに上陸したが、それ以来、米軍はガダルカナル島からブーゲンビル島までのソロモン諸島全域にわたり、急速に建設した十ヵ所以上の飛行場に多数の飛行機を進出させた。とくに、十一月五日には空母二隻、また十一日には五隻に搭載の艦上機が参加して大挙ラバウルに来襲し、ちょうど港内に在泊していた栗田艦隊をはじめ、そのほかの艦艇が惨澹たる損害をうけた。

ところで、わが二〇四空零戦隊だが、その活躍のなかでも特筆すべきことがある。

それは十二月十六日の午後、ニューブリテン島西部南岸のマーカス岬と、その南方のピレロ島北岸とのあいだの幅約千メートルぐらいの海峡を、兵員物資などを満載した敵の上陸用舟艇多数が、大集団をなして陸岸に向け全力航行中であったが、そのタイミングをよくとらえ、零戦だけをもってする「緩降下衝突一秒前爆撃法」によって全滅させたことである。

しかも、この攻撃はまことにドラマチックなものであった。「日本軍機は、この上陸部隊の一部をクレチン岬（ニューギニア東岸）に追い返した」などと米側の某艇長の戦闘報告にあるが、それと対比する意味においても、すこし詳しく物語っておく必要がある。

米軍マーカス岬へ上陸

それというのも十二月十日、マーカス岬アラウエ港の海浜を見まわっている米偵察隊員を発見したわが守備隊は、敵がここに上陸する意図のあることを察知し、そのことをさっそく南東方面艦隊司令長官草鹿任一中将に報告した。その結果、草鹿長官は十一日と十二日、二十六航戦の零戦のベテラン四十七機をもって、ニューブリテン島西南部を移動哨戒するように命じた。

このとき私は、もし敵がニューブリテン島のどこかに上陸したら、ガダルカナルの二の舞いを演じかねない。そうしないためにも、初期に壊滅的打撃をあたえるのが最善であるとの確信にもとづき、いつでも即時実行できるようにしていた。

そのため十二日以降も三日間にわたり、まだ一度も降下爆撃をやったことのない二〇四空と統一指揮下の二〇一空搭乗員全員に、前記の「緩降下衝突一秒前爆撃法」（まったく未経

ブイン基地に並ぶ零戦。所属部隊もさまざまで、連日の出撃による消耗の激しさを物語っている。昭和18年5月には204空 飛行隊長の宮野善治郎大尉が戦死、士官搭乗員不在となっていた

験でも、やれば必ず命中する爆撃法）を、降下開始から銃撃・照準・爆弾投下・急上昇まで、弾道などを指揮所の黒板に図解するなどして、詳しくわかりやすく、自然に自信がわくように説明した。

そして、たとえ尻に火がついたも同然の状態となったら、可能で効果的なことなら何でもやろうじゃないか、と納得させておいたのであった。これは決して私の独《ひと》りよがりではない。したがって、反対を表明するものは一人もいなかったし、飛行機隊指揮官となるべき大庭良夫中尉が、全搭乗員を代表して最終的に「やります」と、ハッキリ答えていたものである。

昭和十八年十二月十五日の早朝、ついに連合軍はマーカス岬付近に上陸を開始した。大庭中尉の指揮する零戦五十五機（うち爆装機十五で、二五三空の零戦十六機をふく

む）は、五八二空艦爆隊とともにこれを攻撃した。

明くる十六日の午前も、前日とほぼおなじような態勢で、敵の船艇を攻撃した。しかし、敵の船艇の数は案外すくなかった。そのとき私の頭に、そうだ、敵は日本の航空部隊は午前中の一回しか攻撃にこないと判断して、午後に大挙して上陸を決行するにちがいない、と閃《ひらめ》くものがあった。

そこで、敵の裏をかくため、私の統一指揮下の零戦だけをもってする第二次攻撃を決意した私は、搭乗員を納得させ、爆装などの攻撃準備をととのえたうえ、まるでテレパシーで敵情がハッキリと目の前に見えているかのように、

「第一中隊九機は敵舟艇群の前半をねらえ、第二中隊九機はその後方の残りを爆撃するように」と最終的な攻撃要領を指示したあと、二十六航戦司令部にいき酒巻司令官に進言したところ、ただちに採用されたため、同司令部の電話で、

「搭乗員整列、エンジン発動！」と指令した。そして車で司令官や幕僚らと指揮所に着くや、「予定どおり攻撃、成功を祈る」といっただけで、ただちに発進させたのであった。

敵舟艇全滅の戦果

こうして銃爆撃隊（各六〇キロ爆弾二個）十八機、制空隊十九機、合計三十七機の零戦がいさましく離陸した。

それから約三時間もたった頃であろうか、はやくも二十六航戦司令官や幕僚、それに艦隊

参謀などもくわわって、指揮所で攻撃隊の帰るのを首をながくして待っていた。それからまもなく、全飛行機隊指揮官兼爆撃第一中隊長の大庭中尉機が着陸し、いつもの列線のところにとめた。しかし、機から降りて歩いてくる大庭中尉の態度がどうもおかしいのである。

それというのも元気がなく、首をうなだれ、なにか考え込んでいるように、ゆっくりゆっくりと重そうな足どりでこちらに向かって歩いてくる。この光景を見たある幕僚が、「柴田ひとりが張り切ってやったものの、この様子じゃ、どうやら」と、ヤジを飛ばすありさまだった。

そうこうしているうち、やっと大庭中尉が指揮所までできた。だが、それでも報告をしよう

ラバウルを出撃、増槽タンクを抱いてニューブリテン島上空を越え、長駆ニューギニア方面攻撃に向かう零戦隊

としないで、首をふったり、天を仰いだりしているだけであった。そこで、たまりかねた私は「大庭君！　どうかしたのか」と声をかけた。すると大庭中尉は、まるでひとりごとのように、

「たしかに舟艇は一杯いた、柴田司令がいったとおり。しかし、予定どおり爆撃をおこなったのち、敵戦闘機との空戦にそなえ、高度四千メートルぐらいまで一気に急上昇した。そこで制空隊の敵戦闘機との空戦がすでに終わっていることを確認してから下方を見たら、さきほどまであれだけ一杯いたのが一隻も見えない。こりゃどうもおかしい。柴田司令の〝必ずいる〟という催眠術にかかって、まぼろしの船団を爆撃したんじゃないか、というような気もするんです」

と、ゆっくり呟《つぶや》くのだった。彼のことばを聞いた私はいささか心配になりはじめたが、その間に零戦があいついで帰ってきた。するとその中の一機が、指揮所のすぐ近くまでハイスピードで来て、ピタリと止めた。

それは第二中隊長山中忠男飛曹長だった。彼は風防を開くやいなや、両手をひらき、高く上げてバンザイのような格好をしめしたあと、機から降りてからも「バンザイ、バンザイ！」と喚声を発しながら走ってくる。「大成功でした。全滅です」との報告であった。

ところで、この第二中隊長の報告は、前方の第一中隊の戦果を見てのものなので、確実性、信頼性とも高いわけなのだが、全飛行機隊指揮官の報告とまったくちがうような内容なので、参謀たちはどうしたものかと相談をはじめた。そのとき、ふと飛行場に目を転ずると、最後

の一機らしい零戦が、よろけるように着陸した。なんだかおかしいと思い、望遠鏡でその零戦をよく見ると、なんと胴体に大きな孔があいている。

そこで、さっそく車を飛ばして行ってその穴から中をのぞくと、直径十センチ、長さ一メートルぐらいの大発の破片が突き刺さっているではないか。私はシメタとばかり、それを急いで引きぬき、車にのせて指揮所に持って帰り、まぎれもない証拠物件をこれこの通りと披露した。

翌日、私は草鹿長官が発した全軍布告の個人感状の電文を、指揮所で読んだ。大庭中尉は、草鹿長官から軍刀ひとふりを賜ったのであった。

奇襲をうけたトラック

マッカーサー軍の一部がマーカス岬の上陸に失敗した翌日の十二月十七日から、ハルゼー軍の航空部隊は米軍の上陸を容易にするため、〝目の上のコブ〟であるラバウルにたいし本格的空襲を開始した。しかし、ラバウルの零戦隊はよくこれを迎撃、善戦した結果、感状をたまわった。その戦闘において二〇四空および同司令統一指揮中の二〇一空零戦隊の、戦果ならびに被害の内訳などはつぎのとおりであった。

▽撃墜機数＝二〇四空三三八機、二〇一空七二機
▽未帰還機数＝二〇四空二七機、二〇一空六機
▽撃墜比率（撃墜機数／未帰還機数）＝二〇四空は平均一二・五対一、二〇一空は平均一二・〇対一

なお、昭和十九年一月四日、二〇一空の中野司令以下全員がサイパンに転進したため、この後ラバウル東飛行場に駐屯していた二〇一空零戦隊の統一指揮は、自動的に解消した。よってこの日から、ラバウルの零戦隊は、東飛行場の私が指揮する二〇四空と、南飛行場の二五三空だけとなったのである。

ところで、このころのことで特筆にあたいすることがある。それは一月十七日、ラバウルに来襲した敵の戦爆連合約二百機の大編隊を、二〇四空四十三機、二五三空三十六機、計七十九機の零戦がこれを迎撃したことで、その結果、二〇四空の零戦隊だけで敵の戦爆機を合計六十九機（うち不確実十六機）も撃墜したにもかかわらず、全機が帰還するという大戦果を上げたことである。

これは、おそらく第二次大戦中、実働四十数機ていどの一個戦闘機航空隊が、一回の空中戦闘であげた記録的戦果でなかろうか。このころ、ちょうどラバウルにきていた映画社が、指揮所の大きな黒板に「本日の戦果69対0」と大きく書いたものや、その他をカメラにおさめたその光景を、いまでもはっきりとおぼえている。

ちなみに一月二十五日、ラバウルで編成替えがおこなわれている最中、草鹿長官は私を個人的に二度も長官室に呼んで、「君だけは是非ラバウルに残ってくれないか」とつよく要請されたが、これは人事の大局からついに実現しなかった。そして昭和十九年一月二十六日、私は、ラバウルで大活躍をした山中忠男飛曹長、前田英夫飛曹長、青木茂寿一飛曹、種田厳一飛曹、小高登貫飛長の五名の零戦パイロットたちとともに、一式陸攻でトラック諸島の竹島基地に転進した。

この転進のおもな任務は、これら五名の過労、または病気のパイロットを基幹として、待ちかまえていた分隊長佐藤忠雄中尉をふくむ二十六名の未熟な搭乗員を急速に練成することであった。そこで一月二十九日と三十日に、それぞれ零戦のべ四機で上空哨戒をおこなった以外は、休養かたがた未熟な搭乗員にたいする編隊、射撃などの訓練が順調にすすんでいた。なかでも実戦に即応できるよう、単機による空戦にもっとも力を入れたのであった。

そのような中、連合軍の攻撃も大したことなく日時がすぎていったが、二月十七日の夜明け前、フト目をさました。そのとき、外のほうで突然、木の燃えるバリバリッという音が聞こえた。だがこの時はまだ、さては失火かな？　と思いながらも急いでベッドから飛びおり、寝巻きのまま外へ飛びだした。

ところが、どうしたことか薄暗い中で、二つならんで建てられている木造の士官宿舎と、搭乗員宿舎のアチコチがすでに燃えだしていた。それに気づいた瞬間、数名の兵員が私の顔を見たので、私はすかさず「総員起こし。火を消せ」と発令した。

とはいえ私は、まだ寝ぼけまなこで、どうしてこんな火事が起きたのか、と不思議に思いながら空を見上げた。そのとき高度の高い白い断雲をバックに、敵の戦闘機が蚊の大群のように入り乱れて飛んでいるのが見えた。（米側資料では、五隻の空母から発進した第一波のグラマンＦ６Ｆ七十二機のうち銃撃隊の二機をのぞく七十機）

とっさに「しまった。奇襲をくらった」と気づいた瞬間、条件反射的に「戦闘機隊発進」と大声で号令した。と同時に私もすばやく軍装に着がえ、小型のZ旗とメガホンを持ってふたたび外へ出た。

だが、そのときはかなりの数の整備員とパイロットが、すでに列線のほうに向かって走っていった。なかには早くもエンジンのかかっている零戦もある。私も走りながら号令台にあがり、Z旗をビュンビュンと振りながら、「上がれ、上がれ！」と大声で合図をした。そして付近を走って行くパイロットには、「落下傘だけは忘れるな」とメガホンで注意した。

全搭乗員三十一名が発進

はやくも一機の零戦が飛び上がった。これは、昨夜の映画会が終わってから滑走路近くの搭乗員待機所のテントのなかで寝て、同待機所内の電話で空襲警報を知らされたため、すぐ飛行服に着がえながら飛びだした小高飛長機だった。つづいて一機、また一機と離陸していった。こうしてまたたく間に零戦二十機（うち四機は警戒待機の全弾装備機、ほかの十六機は訓練用機）は、案外早く、発令したのち五、六分ぐらいでぶじ発進したのであった。

竹島の中央にある山のふもとの航空廠のところが、内地から輸送してきたばかりの多数の零戦と、その関係者と二〇四空の整備員などでごったがえしの光景を呈していた。

だが、不思議にも零戦は一機も燃えていない。それというのも、初《しょ》っぱなにグラマン二機の銃撃をくらったが、燃料が搭載されていないのが幸いしたのだ。ところが、その銃撃の流れダマで燃えたのが、木造の士官舎などであった。

　私は、まだ残っている搭乗員十一名に、航空廠のものでもいいから準備ができしだい、ただちに発進するよう命じた。そして、そのあと十分ぐらいかかって、ようやく全搭乗員である三十一名分の零戦が発進を終え、ひと安心した直後、グラマン一機が突如として号令台の上にひとり立っている私をめがけて銃撃をかけてきた。

　そのため、私はとっさに号令台の上に身をふせたが、発射速度のはやい六梃の機銃がパパパパッと濃密な弾幕を敷き、大きなジョウロで水を注ぎかけるようなジュワーという音を残したまま、頭上を通過していった。それでも私はすぐに起き上がって上空を見ると、東南方の断雲の中から、三機ほどの戦闘機がほとんど同時に火ダルマになって落ちていった。

「あっ、あれは零戦だ。せめて落下傘でぶじに降りてくれ」とばかり、手のほどこしようのない私は祈る思いであった。

　このような光景を、その後も二回ほど見た。しかし、これらの大多数が未熟なうえに、劣勢からの立ち上がりではどうしようもない運命だった。

　もちろん、錐揉みで墜落してゆくグラマンの姿もちらほら見えた。それからまもなく、空戦で弾丸を撃ちつくしたらしい零戦が、一機、また一機と着陸しはじめた。

　敵の第一波の攻撃もどうやらかわすことができた。だが、第一波は戦闘機だけだし、しかもその地上銃撃はわずか二機だったので、地上の被害は軽微だった。しかし、空戦による損害は大きかった。

戦。この日にブインを発進したのは、主として204空や253空、582空など

昭和18年４月初め、い号作戦でブーゲンビル島ブイン基地に集結した零

こうして、この日の第一回の空戦が終わったのち、いちおう竹島基地に帰還した零戦は、発進した三十一機のうち十機ていどにすぎなかった。もちろん、このほかにまだ飛んでいるのもいたであろうし、落下傘降下や、海上に不時着して救助されたものもかなりいた。また一度、竹島基地に帰ってきて弾丸を補給したのち、すぐまた飛びあがって敵の第一波の戦闘機と再度空戦したとおもわれるものも、三機ほどあった。このなかには、第一回の空戦で敵F6Fを二機撃墜したが、ついに未帰還となった前田飛曹長もふくまれる。そしてまた分隊長の佐藤中尉は、第一回の空戦で散華した。

指揮官小高飛長の活躍

第一波の敵戦闘機隊は、空戦がはじまってから案外早く退去していった。そこで私は、まもなく来襲するにちがいない爆撃隊をともなう敵の第二波にたいし、編隊を組んで優位から攻撃をくわえるため、号令台付近に体を休めている数名のパイロットに集合を命じた。

ところが、飛行機隊指揮官にしようとおもった飛曹長の姿が、一人も見当たらないのだ。そこで、こうなりゃ、自信があるものなら誰でもいいと思い、「誰かなるものはいないか」といった。

すると、パッと手をあげたのが小高飛長だった。そのため彼に飛行機隊指揮官としての注意を簡単にあたえて、すぐ飛びあがるよう命じた。こうして六機の零戦はふたたび発進していった。そのとき私は心の中で、空戦を命令するのはこれが最後だから、うまくやって全機帰還してくれ、と祈った。

まもなく小高隊が高度六千メートルぐらいをとったころ、予定通りとでもいおうか、敵の戦爆連合の第二波がやってきた。そしてただちに竹島基地にたいする急降下爆撃をはじめた。

このとき初めて私は、グラマンの銃撃をくらって伏せたほか、一時間ほど立ちつづけた号令台から降りた。そして私は、敵の爆撃隊の第一波の目標は航空廠の零戦とみた。なにしろ爆弾が頭上を超えてゆくのを見たので、すぐ地上に身を伏せたのだった。

そうしているうちに、ドラム缶や零戦などが燃えはじめたので、もはやここは危険だ、といってカマボコ型の防空壕に入るのもあぶないと直感し、かなり頑丈にできている電信所に飛び込み、いちばん太い支柱のそばに立った。つぎの瞬間、ガーンと、ものすごい力で頭をたたかれたような気がし、一瞬目をつぶった。このときは敵の降爆機の爆弾が、私のそばの支柱の真上に命中したのだった。しかし、それが不発弾だったのは幸いだった。

敵の爆撃と銃撃がひとしきり終わったころ、私は外に出てみた。すると、驚いたことに山のふもとの航空廠付近が大火災となっていた。それからふと目をそらすと、夏島の上空高度百メートルぐらいで、零戦一機がグラマン一機と格闘戦をはじめた。零戦がグイグイ喰いこんでゆく。「ガンバレ零戦」と、私は心の中で声援をおくった。

しかし、射撃までもう少しのところまで喰いこんだとき、グラマンは夏島の頂上すれすれまでダイブしながら逃げだした。零戦はすぐこれを追った。距離はグングン開くばかりである。空戦はこれで終わりか、と思ったとたん、グラマンF6Fヘルキャットは二千馬力の強力なエンジンと高速時の高性能を利して、急上昇から急旋回に移り、また零戦と格闘戦にはいった。

それでも零戦はなおも執拗にグイグイと喰いこんでゆく。だが、またもやもう少しというところでグラマンは高速を利して逃げる。また反転する。またはじまる。このような格闘戦を数回くりかえしたあと、グラマンはついに逃走に成功した。

この格闘戦を初めから終わりまで手に汗をにぎって見ていた私は、残念でたまらなかった。これがスポーツなら、まちがいなく零戦の判定勝ちである。ところが、この空戦をやった零戦パイロットは小高登貫飛長だった。もし、小高機とこの壮烈な一騎討ちを演じた米パイロットが現存するならば、感激の握手をかわしたあと、スクリーン上に名場面を再現することも可能ではなかろうか。

ついに戦闘機ゼロになる

やがて敵の第二波と空戦した零戦のうち、四機ほどが竹島基地に帰還した。このときすでに私は、もうこれ以上零戦を飛び上がらせたくなかった。しかし、地上に零戦をおいておけば、敵の猛烈な銃爆撃などでいたずらに破壊される確率が大きいと判断した。

そのため、零戦とパイロットを温存する最善の方策として、元気な搭乗員だけで徹底的かつ巧妙に空中避退をおこなうよう命じた。そして、その後の行動に関しては、各自の判断と運命にまかせることにした。

このとき、いつごろ、何機が何回ぐらい飛び上がったかに関しては、詳しくはおぼえていない。また、敵の攻撃が第何波までおこなわれたかも、判然としない。ただ諸資料を平均すれば、この日の米機動部隊の空襲は、午後五時ごろまでの約十二時間に、九波のべ約六百機来襲。二〇四空零戦隊の迎撃回数約六回となっている。

しかし、午後をだいぶ過ぎるころまで、とうてい着陸できそうもない滑走路に、サーカスのように着陸したり、あるいは単機でいさましく飛び上がって行く零戦の姿を、私は電信所と号令台とを往復しながら、「無理しないようにと祈る気持で見ていたことである。また、敵のこの日の最後の攻撃が終わったあと、零戦一機が帰還したこと、そして夕刻までにかなりの数のパイロットが舟艇で何回か帰ってきた、という報告をうけたことなどもおぼえている。

「敵機動部隊は至近の距離にあって、上陸する公算が大である」という情報も入っていた。そこで、明日はいよいよ「空母発見法」と「超低空衝突一秒前奇襲爆撃法」に自信のある私の出番と覚悟を決め、帰還した搭乗員はいちいち報告する必要はないから、すぐ食事をとって寝るよう指令するとともに、残っている零戦を全力で整備するよう命じた。

そして午後八時ごろ、残っていた零戦六機の整備が完了したとの報告をうけ、翌日の黎明を期して大作戦を決行するため、午前二時にはかならず目をさますという、確信ある自己催眠術のなかに入りはじめたころ、ドカーンという大爆音が滑走路の方向でとどろいた。

ところが、火災や悲鳴などはぜんぜん起こらないので、私は大したことはないなと思っていたところへ、整備長が息せききりながら、「整備完了の零戦六機が全部、時限爆弾で大破しました」と報告にきた。

ここにおいて、二〇四空の零戦をもってする戦闘能力は、完全にゼロとなった。

そのため、翌日の黎明、残っている十余名の搭乗員の中から五名をえらび、私みずから先頭に立って決行する敵空母爆撃の計画も、私の頭の中にしかなかった儚《はかな》い夢物語と化した。

私は整備長に「あしたは戦闘をやらないから、ゆっくり休みたまえ」といったあと、疲れが一時にどっと出て、すぐ深い眠りにおちいっていった。

ちなみに、『二〇四空戦闘行動調書』にのっているこの日の戦果は、撃墜＝Ｆ６Ｆ二十五機（うち不確実二機）、艦爆五機、計三十機。被害＝未帰還者十八名その他、となっている。

さらに、厚生省が付与した戦功記号がＡとなっていること、ならびに、その後、査問のため竹島基地の二十六航戦司令部をおとずれた池上二男中佐にたいし、酒巻司令官が「二〇四空零戦隊の勇戦奮闘ぶりは、たとえ負けたとはいえ、感状をあたえようかと思ったほど賞賛にあたいするものであった」と語ったと、私が伝え聞いた事実を念のため付記しておく。

ソロモン超特急ラバウル偵察隊興亡記

二式艦偵と一〇〇式司偵を擁した偵察専門部隊一五一空飛行長の回想

当時一五一空飛行長・海軍少佐　堀　知良

堀知良少佐

戦争を知らない世代の多くなった今日でも、「ラバウル海軍航空隊」の歌などによって、今次大戦中、太平洋のはるか南の果てのラバウルにおいて大活躍した海軍航空隊のことを知っている人は、相当に多いと思う。しかし、そのカゲにあって目だたぬ地味な任務に従事していた、一五一空という偵察航空隊があったことや、その活躍ぶりを知る人はきわめて少ないのではなかろうか。

一五一空とは、ガダルカナル島（ガ島）の奪還を企図するわが陸軍部隊を支援するという、戦局の変化に応じて急きょ編成された特別の航空隊であった。当時、米軍はガ島を占領し、これを根拠地として北上をねらっていた。一方、わが海軍はラバウルを根拠地として、これの進攻を阻止すべく相対していたのである。なお、一五一空のように、艦上機（陸上機）を使用する偵察専門の航空隊は、これまでの日本海軍にはなかったものである。

元来、海軍の偵察機の任務というものは索敵、触接、哨戒など、いずれも根気のいる地味な仕事ばかりである。戦闘機や爆撃機のように、けっして華やかなものではない。それに海軍の水上機には、零式水上偵察機というような名前の機種が多いように、偵察は水上機の専門であった。

地味でねばり強い頑張りの精神は、むかしからわが海軍水上機隊の伝統であった。また水上機の搭乗員には、多少の例外はあったが、だいたいにおいて地味でねばり強く、根気のよい性格の者が集められていたように思う。

そんな点も考慮されたのか、一五一空は艦上機（陸上機）を使用し、陸上を基地とする航空隊であるにもかかわらず、司令や飛行長、飛行分隊長や搭乗員の大部分が水上機関係の出身者で占められていた。こういう点も、あのはげしい航空戦のあいだ困難な情況のもとに、ただ黙々として縁の下の力持ち的な任務に甘んじ、多くの犠牲をはらいながら、目にみえぬ大きな成果をあげることができた原因のひとつであったと思う。

ラバウル着任

横須賀にある海軍航空技術廠の実験部員（テストパイロット）であった私が、この一五一空の飛行長を命ぜられてラバウルに赴任したのは、昭和十八年の八月であった。私が着任した当時のラバウルは、まだ大根拠地としての面目を十分に保っていた。

周囲を緑の山にかこまれ鏡のように波静かな湾内には、大小無数の艦船が停泊していた。そして飛行場には、数えきれないほどの零戦や、大きな攻撃機がたくましい翼をつらねて待機していた。ラバウルの市街は、そのころすでに、ときおり敵機の夜間爆撃をうけていたが、私の眼にはその形跡はほとんどみとめられなかった。

もとは豪州人が使用していたという各部隊の宿舎や、司令部の瀟洒《しょうしゃ》な建物の赤い屋根が、縦横に走る舗装道路の美しい大きな街路樹の並木をとおして望見された。わが一五一空の本部宿舎も、その一角にあった。以前は華僑の住宅であったそうだが、なかなか立派な建物であった。

にこやかに私を迎えてくれた司令のW大佐は、水上機の出身であった。それまでにも三度、おなじ艦や隊で上官としてつかえたことがあり、私にとっては大へん縁の深い人であった。また、飛行分隊長のT大尉やN大尉は霞ヶ浦で教官をしていたときの教え子であった。その他の搭乗員や整備員なども、水上機関係の者が多く、私の顔を知っている者がたくさんいた。私は心強く思い、また気が楽であった。

ラバウル周辺には東西南北、四つの飛行場があった。市街地の西の端にあり湾に面した東飛行場は、主として小型機が使用していた。戦闘機や爆撃機、それにわが一五一空の偵察機も、この飛行場に翼を休めていた。市街地とは湾をへだてた対岸の高地にある西飛行場は、主として大型の陸上攻撃機や艦上攻撃機隊の使用にあてられていた。南北両飛行場は、どちらも小さな飛行場であった。おもに不時着用や避退用に使われ、通常はあまり使用されることはなかった。

一五一空に配備されている飛行機は、艦上爆撃機彗星《すいせい》を偵察専用に改造した艦上偵察機が十二機（予備機四機をふくむ）と、陸軍の制式機である一〇〇式司令部偵察機六機（予備機二機をふくむ）であった。すでに述べたように、一五一空のような航空隊は、わが海軍では初めてのものであった。そのため、この種の任務に適する優秀な艦上（陸上）偵察機は、いまだ海軍にはできていなかった。戦争末期に艦上偵察機彩雲《さいうん》という飛行機ができていたことを、私は戦後、雑誌『丸』の写真でみて初めて知ったようなわけである。

一〇〇式司令部偵察機は、そのころ敵味方をつうじて、おそらく最高の速力をもつ機体であった。そしてなによりの特長は、一万メートル以上での高々度飛行ができることであった。そのころ一万メートル以上をとべる飛行機は、戦闘機でもあまりなかった。したがって単機で敵戦闘機のむらがるガ島の上空をゆうゆうと飛んで、写真偵察などをするには最適の偵察機であった。

ただ遺憾なことは、陸軍の制式機であったがために、海軍の一五一空には機材の補充が充分でなかったことである。そのため、せっかくの優秀な偵察機も思う存分に使うことができず、その点、非常に残念なことであった。

もしあのころ、彩雲のような優秀な艦上偵察機が一五一空にあったなら（私には実際はわからないが、たぶん彗星などにくらべたら遥かに優秀であったに相違ない）、あるいは、せめて一〇〇式司偵でもが充分に機材の補充ができたならば、あのように多くの犠牲者を出さなくても済んだであろう。成果にしても、もっと上がっていたにちがいない、といま思い出しても残念なことである。

敵戦闘機の追撃〝ヒ連送〟の悲劇

私が着任したころのラバウル方面の戦況は、ガ島に上陸してこれを根拠地とした米軍が、北上を企図し、それを日本側が阻止しようと全力の反撃を試みているときであった。

当時の一五一空の任務は、ガダルカナル上空の飛行偵察を継続的におこなうのが主であった。これには敵飛行場の情況や、港湾にひそむ艦船の兵力やその動静を偵察し、ときにはガダルカナル付近の写真偵察をおこなって、写真や地図を作製するのである。そして、これをもとに敵の防備の情況や、飛行場にある敵機の機種機数などを判読するのである。

その写真判読の専門員として、予備学生出身の若い士官が数名配属されていた。そのほか敵の無線を傍受して、敵情判断の資料とするために、日本語は下手だが英語はペラペラという二世も、数名配属されていた。

一五一空は、いわば飛行偵察を主とした〝情報収集センター〟のようなものであった。いろいろな手段によって収集した敵情を整理して、これを艦隊司令部の作戦資料にするという、重要な役目をになっていた。したがって一五一空は、その任務の重要性にかんがみ、他の航空隊とはちがって艦隊司令部の直属になっていた。

その当時、ラバウル方面にはまだ一千機以上の海軍機があり、連日、一五〇機から二〇〇機近くの大編隊をくんで、ガダルカナル攻撃に出撃していた。ラバウルからガ島までは片道でも約六〇〇浬《かいり》(一一〇〇キロ)もあり、この往復八時間におよぶ長時間の飛行は、なかなか大変なことであった。

この場合、攻撃隊に先行してガダルカナル付近の天候や敵情を偵察するのも、わが一五一空の偵察機の任務であった。そんなときの偵察機の出発は、まだ薄暗い早朝であった。

大攻撃隊が出発するときの飛行場は、文字どおり戦場のあわただしさにつつまれる。轟々たる爆音をあげながら砂煙を巻きあげ、踵《くびす》を接するようにつぎつぎと離陸していく戦闘機や爆撃機。地上のものはみな帽子を力一杯にふって、壮途を見送る。離陸した各飛行機はぐんぐん高度を上げながら、上空を旋回して編隊をととのえる。まもなく、西飛行場を出発した大型攻撃機の大編隊に合流する。戦闘機隊はそれぞれ護衛の位置につき、一路、南の空をめざして飛び去っていく。

これが、そのころの攻撃部隊の出発風景であった。これにくらべると一五一空の偵察機の出発は、実にひっそりと、静かなものであった。

ほとんどの場合が単機出動である。飛行場の指揮所の片隅で司令と私とが、たった二人だけの搭乗員(操縦員と偵察員)に飛行命令を与えて出発を令すると、ただ一機、軽やかな爆音をのこして飛び立っていく。高度をとりながら、そのまま真っすぐ目的地にむかって飛び去り、たちまち見えなくなってしまう。ひっそりと飛び立ち、ひっそりと帰ってくる。これが偵察航空隊の姿であった。

整備をおえてラバウルを出撃すべく搭乗員が乗り込む151空の二式艦偵

偵察機は攻撃兵器はもちろんのこと、自衛兵器さえもたない。しかも単機で敵地上空に侵入するので、敵の戦闘機に捕捉されれば、ぶじに逃れるすべはほとんどないといってよかった。前にも述べたが、性能のよい一〇〇式司偵のほうは、敵の戦闘機に見つかってもこれを撒《ま》いて、ぶじに帰ってくることが多かった。しかし、彗星のほうは非常に犠牲が多かった。

敵戦闘機に発見されて追跡されると、偵察機から「ヒ」（――・・―・）という符号を連送してくる。電信員から「何号機ヒ連送」という報告をうけるたびに指揮所のわれわれは、いても立ってもいられないような焦燥感におそわれた。そして元気よく出ていった搭乗員の顔が、走馬灯のように脳裏をかけめぐり、なにかの奇跡が起こることを念ずるばかりであった。

南海の空には、ときどき日本内地では見られないような、大きな入道雲が空高くそびえていることがあった。敵戦闘機に見つけられた偵察機が、この入道雲のカゲに隠れたり出たりして、ついに運よく帰ってきたこともあった。

ヒ連送があって、われわれが例のごとく焦燥感におそわれていたとき、三十分ぐらいして飛行機から「敵機はまだいる」という電信がはいった。さらに三十分ぐらいして、おなじ電信がはいった。われわれはこの電信から、たぶん機が入道雲に隠れたり出たりしていることが想像されたが、帰る燃料がなくなるのではないかとたびたび時計を見ながら、気が気ではなかった。

やがて飛行機から、「○○時帰着の予定」の連絡があった。そして夕闇せまる飛行場に、燃料の切れるぎりぎりの状態で飛行機がすべりこんできた。われわれは一同、思わず歓声をあげ、こおどりして喜んだのであった。

搭乗員の報告によれば、われわれの想像していたとおりであった。敵戦闘機二機に追跡され、入道雲に隠れたり出たりを二、三度くりかえしているうちに、帰りの燃料が心配になってきた。そこで、運を天にまかせて雲の外へ出てみると、さすがに敵機もあきらめたのか、その姿が見えず、ようやく帰ることができたとのことであった。

ひらく彼我の航空戦力の差

私がラバウルにきた当時は、わが方の攻撃部隊が連日、ガダルカナルの敵基地の攻撃に出かけており、敵上空の防空戦闘機とわが護衛戦闘機との間に、激しい空中戦が展開されていた。そして、そのたびに多数の敵機を撃墜し、また爆撃によって敵の地上施設や物資に大きな損害をあたえていた。

しかし、わが方の搭乗員や飛行機も相当な損害をうけ、その補充がなかなか間に合わなかった。それにひきかえ、米軍は搭乗員や飛行機をどんどん補充増強するので、彼我の航空戦力の差は、日を追って大きくひらいていった。

そのため、わが方はいままでのように、大攻撃部隊をたびたび敵地上空にさしむけることがむずかしくなってきた。また、彼我の航空戦力の差がひらけばひらくほど、わが方の搭乗員や飛行機の損害は、いっそう多くなっていった。

やがて敵の戦闘機が一万メートルぐらいの高々度で、偵察にくる日が多くなった。それにくわえて大、中型機数百機による昼間の大空襲を、頻繁にうけるようになった。ときには、敵の機動部隊が付近の海上に出現し、その艦上機の大群による空襲もあった。

それでも、その頃はまだわが方もそうとうな航空兵力をもっていた。わが戦闘機群はこれを迎え撃ち、数百機にのぼる彼我の戦闘機が入り乱れての大空中戦が、連日、ラバウルの上空に展開された。そして、そのつど多数の敵機を撃墜して、戦果をあげていた。

しかし一方、敵の連日の爆撃によって、ラバウル基地のこうむった損害もきわめて大きかった。敵の大空襲をうけたあとは、物資の集積所その他の各所に大火災がおこり、もうもうたる黒煙が天に冲《ちゅう》した。湾内の輸送船も、あるものは傾き、あるものは炎上し空しく煙と化して、海のもくずと消え去ったのである。これらは、いずれも、はるばる六千浬《かいり》の波濤をこえ、また敵潜水艦の執拗な追跡をのがれて、ようやく辿りついたもので、貴重な物資をはこんできたものであった。

市街地の建造物も、立派なものからつぎつぎに破壊されていった。青々として天を摩《ま》する美しい街路樹も、だんだんあわれな姿に変わりつつあった。また、わが対空砲火も敵空襲のたびごとに、目にみえて弱まっていった。

そのころ、わが軍はラバウルからだいぶ隔《へだ》たったところに、電波探知所や見張所を設置していた。この電探はわりあいに性能がよく、敵の空襲部隊がその基地上空で勢ぞろいして出発するころには、これを探知することができたので、およそ一時間くらい前には、敵の来襲を知ることができた。

敵の空襲が予測されると、艦隊司令部では、「黒龍」と称する大きな打ちあげ花火をあげて、全軍に警報していた。これが上がると飛行場は文字どおり、戦場のいそがしさとなる。

まず攻撃機や一五一空の偵察機のような、空戦能力の弱い飛行機を飛び立たせて、空中に避退させる。故障機や整備中でとびあがれない飛行機は、すべて掩体壕のなかに引きいれる。

一方、戦闘機隊はいっせいにエンジンを発動して、つぎつぎに離陸し、戦闘隊形をととのえながらグングン高度をとる。

やがて最後の戦闘機を離陸させると、地上員はホッと一息いれる。そして防空壕の入口に立って、みんなで上空を見あげている。まもなく豆粒のような敵機の大集団が大空の一角に現われ、たちまちラバウル基地をおおいつくすと見えた瞬間、轟然たる爆音が天地をゆるがす。

そのとき、空中に待機していたわが戦闘機隊は、まっしぐらに敵機群に突進していく。敵の護衛戦闘機も、すかさずこれを阻止しようとして、あちらこちらに彼我いり乱れての壮烈な空中戦闘がはじまる。

やがてわが戦闘機の一隊は、敵戦闘機の目をかすめて、敵爆撃機の編隊群におそいかかる。一機、二機と黒煙を吐いて編隊から離れるもの、ついには火をふいて物凄いうなりをあげながら墜落するもの、まさに修羅場の様相を呈する。その間に二つ三つと、真っ白なクラゲのような落下傘が、澄みきった青空にパッとひらく。

ラバウルを発進する二式艦偵。十三試艦爆（のち彗星）の爆弾倉を増槽に改造、後席に偵察カメラを装備した

それでも、大部分の爆撃機は隊形をくずさず、まっすぐにわれわれの上空に近づいてくる。そのうちに、わが高角砲陣地がいっせいに火を噴きだす。パッパッと敵機のまわりに高角砲弾が、白い綿の玉のように炸裂する。

いよいよ爆撃機の大編隊が、われわれの直上にせまる。そのとたん、地上のわれわれは防空壕に飛びこんで、耳と目をふさいでしゃがみこむ。間一髪、頭上からシャーという、大夕立でもふってくるような音が聞こえてくる。爆弾を投下したのだ。

「ドカン、ドカン」という、百雷が一時に落下するような音と同時に、頬っぺたを叩かれるようなショックが起こる。と、つぎにはもうもうたる土煙、鼻をつく硝煙の臭いが一緒くたになって防空壕の中にとびこんでくる。

こうした冷汗三斗の一時がすぎて、やっと爆撃は終わる。防空壕の入口から顔を出してみるが、立ちのぼる土煙で、しばらくは何も見えない。上空では、まだ空中戦闘をつづけているのか、戦闘機のうなり声が聞こえる。爆撃機編隊の轟々たる爆音は、だいぶ遠ざかったようだ。

やがて戦闘は一段落をつげて、迎撃に舞いあがったわが戦闘機が、つぎつぎに着陸してくるころ、空中退避の攻撃機やわが一五一空の偵察機も一機、二機と帰ってくる。——これが、そのころのラバウルにおける敵空襲時の情景である。

失われる搭乗員、消えゆく航空隊

このようにして、敵はラバウル基地に大打撃をあたえ、かつラバウルに陸つづきであるニューブリテン島の西部にも、つぎつぎと大部隊を上陸させた。

また、ラバウルの目と鼻の先の島を占領し、たちまち飛行場を完成してしまった。こうなると、十五分か二十分で飛んでこられるので、電探による通報も間に合わなくなり、いつ空襲を受けるか、まったく予測ができなくなった。

このように、敵は空からも陸からも、着々とラバウルの包囲体勢をすすめていた。そして在ラバウルの航空兵力は、いっそう痛めつけられ、飛行機の数も急激にへっていった。わが一五一空でも飛行機の消耗がはげしく、補充が間に合わなかった。任務につける飛行機は、ほんの数機にすぎない。

任務の関係上、一五一空には偵察の若い搭乗士官が多かった。しかし、これらの飛行学生を卒業して内地から着任してきた十名あまりの紅顔の青年士官たちは、もっとも航空戦のはげしかったこの数ヵ月のあいだに、全員が戦死してしまった。

ラバウルにきた頃の、これらの若い士官たちは、みんなはちきれんばかりに元気だった。なかには着任したその日から、任務飛行に飛ばしてくれとせがむ者もいた。また、ある者は第一回の任務飛行で未帰還となり、その数日後に、いまは遺品となった荷物が内地から届いたりしたこともあった。なんとも悲痛なことであった。

このような若い搭乗士官のひとりに、最後に着任してきたI中尉がいた。彼がとくに私の印象に深く残っているのは、任務飛行に飛び立っていくときの、じつに淡々とした態度であった。

ついに帰ってこなかった彼の最後の出発のときも、どこか楽しいところへでも出かけていくような、微笑が浮かんでいた。その微笑をたたえた彼の面影は、いまでも目をとじれば、私の脳裏にはっきりとよみがえってくる。

このようなラバウルの危機を目前にした日本軍首脳部は、いかなる犠牲をはらっても、この一大拠点を確保することを企図し、そのための航空兵力の補充増強をはかることとなった。約三百機の零戦をトラックにはこび、装備を完了したうえで、ラバウルに空中輸送を実施する計画であった。

ところが、昭和十九年二月、トラック島は突如として敵機動部隊の大空襲を受けた。われわれが待ちに待っていた三百機の戦闘機は、装備を完了して空輸を待つばかりの姿で、むなしく炎上してしまったのである。これを知ったわれわれは、地団駄ふんで悔しがったが、なんとすることもできず、ただ天をあおいで嘆息するばかりであった。

しかも、そればかりでなく、トラック島の危急をすくうために、ラバウルに現存する水上機以外の全飛行機は、ただちにトラック島に移動することになった。泣き面にハチとは、このことであった。そのころ、ラバウルにあったわが飛行機は、各機種あわせても百機にたりなかったが、なにぶんにも軍命令である。

まず第一日目、二月二十日に大部分が飛び立っていった。二日、三日と徹夜で修理したり装備した残りの飛行機も、つぎつぎとトラック島にむけて出発していった。

一五一空でも、そのとき残っていた彗星三機、一〇〇式司偵一機が、トラックに移動していった。各航空戦隊の司令部、各航空隊の幹部をはじめ、必要最小限度の要員は夜間に敵機の目をかすめて、輸送機によって移動していった。

私は、隊の後始末をしてから、最後に移動することになっていた。しかし艦隊司令長官より、航空部隊の幹部が一人もラバウルにいなくなるのは困るので、ぜひ私に残るようにということで、そのままラバウルにとどまることになった。かくして七個航空隊の残留搭乗員約二百名をふくむ三千五百名の航空隊員とともに、最後まで、ラバウルを死守する運命となったのである。

とにかく、こうしてラバウル一五一空の戦いも幕をとじたわけである。この間、ラバウルに着任してからわずか六ヵ月、私はラバウル航空隊のもっとも華やかな時代から、ついには一機の飛行機もいなくなった衰亡の時代まで、その栄枯盛衰の姿を目のあたりに見、その悲哀を身をもって味わったのである。

韋駄天「彩雲」太平洋ひとりぼっち往還記

木更津を基地として大航続力と高速力を発揮しての大索敵偵察飛行

当時 偵察一〇二飛行隊長・海軍少佐　高木清次郎

海軍航空隊の編制に「戦闘編制」として特設飛行隊が制定されたのは、第二次大戦も後半にはいった昭和十九年三月のことである。そして四月一日付で、第一航空艦隊（一航艦）第一四一航空隊（一四一空）に偵察第三飛行隊（偵三）が、また南西方面艦隊の第一五三航空隊（一五三空）に偵察第一〇二飛行隊（偵一〇二）の二個飛行隊が初めて設置された。

そのほかには戦闘飛行隊、攻撃飛行隊があり、飛行隊を戦闘単位として戦況に応じて随時、移動作戦に即応する目的であった。

高木清次郎少佐

それまでにも作戦上、偵察飛行は当然のことながら行なわれていたわけで、海戦では艦載の水上偵察機が索敵に先発し、敵部隊を発見したあと攻撃隊が出撃する手順がふまれていた。基地における戦いでも、長距離飛行の可能な飛行艇や陸上攻撃機が、哨戒や索敵をおこなっ

ていた。さらに局地戦になっても、敵基地の情況や敵艦船・輸送船の所在配備を知るためにも、どうしても偵察飛行は必要であった。元来、爆撃機であった彗星を一部改修して、二式艦上偵察機（二式艦偵）として偵察任務につかせていたのである。

偵察任務は敵の妨害をうけることなく必要な敵情を偵察し、帰還したのち写真なり肉眼での偵察成果を報告して、初めてその使命を完全に果たすことになる。したがって、敵戦闘機の追撃をふりきれるだけの高性能の偵察機が要求されていたのである。

昭和十九年四月、セレベス島ケンダリーで発足した偵察一〇二飛行隊は、二式艦偵と陸軍より供与された新司偵とを駆って、ニューギニアおよび比島方面を転戦して、大活躍をつづけたのである。

昭和十九年七月になると、一航艦の一五三空に偵察一〇二飛行隊、二航艦の一四一空に偵察第三飛行隊と偵察第四飛行隊（偵四）、三航艦の一三一空に偵察一一飛行隊（偵一一）が新設または編成替えで配置されていた。

そのうち一三一空は香取基地に所在し、偵一一は木更津基地に展開していた。ともに二式艦偵で編成され、マリアナ沖海戦以後の、本土中央部の索敵偵察の任に当たっていた。しかし、昭和十九年九月には、このころやっと量産にはいりつつあった最新鋭高速偵察機「彩雲」が、作戦部隊としては初めて配備されることになった。

これより先、昭和十九年六月のマリアナ沖海戦には試作段階の彩雲が使われて、トラック島から長駆、米機動部隊の前進基地メジュロ環礁の挺身偵察に成功している。このとき彩雲はその長大な航続力や高速力、高々度性能を存分に発揮して、戦略偵察機としての大きな期待にこたえたのである。

この偵一一の彩雲も、配備早々、風雲急を告げる戦局に対応して、マリアナ諸島の偵察を命ぜられた。その一機が急遽、硫黄島に進出した。そして九月二十三日、サイパン、テニアン両島の写真偵察を実施して、大本営の作戦指導に重要な資料を提供したのである。

このとき、マリアナ上空から打電した「われに追いつく敵戦闘機なし」の電文は、彩雲の有名なエピソードとして、全海軍航空部隊につたわり、大いに士気を鼓舞したのである。じっさいに飛行してみても、高度一万メートル付近における全開速力は、対気速度二〇〇ノットを越えていた。当時、アメリカにもこれに及ぶものはなかったのである。また航続距離も増槽を使用すれば、二五〇〇浬《かいり》におよぶもので、性能きわめて優秀な偵察機として、申し分なきものであった。

その後、偵一一は米軍の比島上陸を予期した捷一号作戦の発動により、その主力が九月末に、彩雲と彗星の混成で鹿屋に進出した。そして、まもなく十月中旬におこなわれた台湾沖航空戦に活躍したのである。

作戦に寄与したグアム偵察

偵察一一飛行隊が鹿屋へ進出して五航艦の指揮下に入ってから、木更津にのこった一部の熟練搭乗員と練成途上の若手要員をもって、偵察一二飛行隊（偵一二）が三航艦七五二空に新たに編成されることになった。これが昭和十九年十月十日のことで、同日付で私が同隊の飛行隊長に任ぜられた。

私はそれまで巡洋艦の飛行長として、数回の海戦に索敵偵察の任務についた経験をもつが、その後は宇佐、霞ヶ浦両練習航空隊の飛行隊長として、もっぱら教育訓練に従事してきた。

その任にあること十ヵ月であったが、そのあと昭和十九年七月から、銀河隊の攻撃五〇一飛行隊の分隊長として鹿屋に赴任し、そこで約三ヵ月のあいだ日夜、作戦にそなえて戦力の練成につとめていた。だが、その攻撃五〇一飛行隊（攻五〇一）も、いよいよ台湾ちかくに来攻した敵部隊を求めて出撃する（いわゆる台湾沖航空戦）ことになったが、その直前にこの転勤命令に接したわけである。

私は攻五〇一の発足いらい、日夜苦楽をともにしてきた銀河隊を、この時機に去るにしのびなかった。そこで一作戦終了後の赴任を願い出たのであるが、すでに同隊内で後任の分隊長が発令になっていた。しかも、ちょうどその折り私は少佐に昇進して、二人の少佐がいるなど前代未聞だ、と聞き入れてもらえなかった。そんな状況における新任務赴任は、心中おだやかならず、いまだに忘れられない。五〇一飛行隊が隊長以下、ほとんどの戦友が台湾沖で戦死したことを思うたびに、うたた感無量なるものがある。

さて、木更津における彩雲隊の練成は、偵一一残留の一部熟練搭乗員や水偵などからの経験者もいたが、ようやく実用機の訓練を終えた直後の若い要員も多かった。

まず一機分の操縦、偵察、電信の各ポジション（三人乗り）の組を編成することからはじ

ベニヤ板製の1000リットル増槽を懸吊して飛翔する彩雲一一型

まり、つぎに彩雲そのものの操縦訓練にはいった。本機はとくにスピードが速いため、着陸後の急ブレーキで前のめりになり、鼻をついてプロペラを痛める事故が多発した。それをなんとか練達させるのに、文字どおり猛訓練の連続であった。

　これらの数少ない機材を整備して作戦任務につかせる一方で、練成に使用する機もそろえねばならず、整備関係者の労苦は並み大抵のものではなかった。

　こうした猛訓練が実って、ようやく作戦任務に耐える練度に達したとみとめられる組は、三航艦司令部より直接くだされる作戦命令によって、その任務を遂行することになる。命令がくだれば充当する組をきめ、各機がそれぞれ進出飛行する区分コースを命ずる。その出撃はふつう翌早朝の発進になり、搭乗員はそれにそなえて万全の準備をととのえるのである。

　当面の任務は敵部隊接近をさぐる索敵偵察であ

ったが、それに併行して硫黄島に進出し、そこからグアム島の米軍基地を偵察することであった。

グアム偵察はとうぜん遠距離飛行となるため、増槽にも燃料を満タンにして飛び立ち、さきに増槽の分を使い、それがカラになると捨てる方法をとった。しかし、そのためのトラブルもいろいろ発生したようである。また天候不良やその他、エンジンなどの不具合でひき返すことも一度や二度ではなかった。

そのための事故も、人命にかかわらぬものも何件かあったが、なかには単に硫黄島に進出移動するあいだに行方不明になった例もあった。このように、なかなか心労の多いものだったのである。

グアム島基地にたいする偵察作戦の実施は、昭和十九年十一月九日のことで、彩雲二機によっておこなわれた。しかし、その行動はあくまで単機ごと別個におこなわれたもので、一番機は隊長が、二番機は中尉の分隊士が指揮をとった。

飛行は順調にいき、グアム島上空高度一万メートルに達した。天気は晴朗で、またとない偵察日和であったが、任務達成を目前にして、電信員の酸素マスク系統に故障があり、写真偵察が不可能となった。やむなく反転降下して、帰投せざるをえなかった。しかし、さいわい二番機が成功し、その後の作戦に寄与するところ大であった。

一番機はさらに硫黄島へ帰投する直前に、航法ミスをおかして、硫黄島の発見に手まどった。そして、天測による機位確認と捜索の末、ようやく生還するという不始末をしでかした。

いる。まさに汗顔のいたりであった。

さらに昭和十九年十一月二十七日、零戦十二機をもってするサイパン島アスリート飛行場のB29群にたいする特攻銃撃作戦が敢行された。いわゆる第一御楯特攻隊で、これの誘導・戦果確認に偵察一二飛行隊の彩雲二機が当たることになった。やはり戦闘機のみでは、遠距離洋上航法に無理があった。

全航程の三分の二の地点であるアグリガン島付近まで誘導して、分離することになった。零戦隊は基地の電波探信儀に捕捉されるのを避けつつ、高度を下げてサイパン島に近づいた。一方、彩雲は高度を一万メートルまで上昇して、零戦隊突入を確認偵察して帰投する手はずであった。しかし、零戦と彩雲とでは巡航速度がことなり、そのため絶えず旋回したり迂回したりして歩調を合わす必要があった。

が、ともかく、そうした難儀をのりこえ、なんとか誘導点まではぶじ任務を果たしたものの、突入予定時間を四十分すぎるまで上空で待機したが、けっきょく突入を確認できなかった。やむなく一番機は帰投したが、彩雲の二番機と零戦全機は未帰還となった。

木更津を基地としてグアム島偵察や洋上索敵の任務を果たす一方、隊員の戦力練成に鋭意つとめた結果、相当な戦力を保有するにいたった。

昭和十九年十月中旬には、米軍は比島に上陸を開始し、南方の基地は緊迫の度をくわえた。偵一二は比島進出の予定であったが、急きょ台湾進出に変更された。しかし、私は昭和二十年一月一日付で七五二空付となり、分隊長島勇次郎大尉が偵一二の隊長に発令された。一月上旬から中旬にかけて、彩雲十二機、紫電五機が台湾進出をはたし、南西方面艦隊の指揮下にはいった。これまで比島方面の作戦に従事してきた私は、ここでもふたたび取り残されたのである。作戦については失敗をするし、むしろ戦力練成に尽力せよ、ということであろうか。

折りしも戦力となった偵察一二飛行隊が、比島作戦に進出する一方、ニューギニアや比島各地を転戦して活躍していた偵察一〇二飛行隊が、戦局の混乱とともに消耗もいちじるしく、ついに昭和二十年一月早々に、後退のやむなきにいたった。そうして一月中旬、木更津基地で七五二空に所属することになった。

また、台湾進出にもれた偵一二の残留組約五十名も、そのまま七五二空付でのこった。さらには偵三も木更津にひきあげてきて、七五二空に編入されることになった。

昭和二十年二月十六日、米機動部隊による関東地区への空襲がはじまったが、これにさいしては陣容を立てなおす暇もなく、作戦可能の彩雲であわただしく索敵任務につき、未帰還機を出したのである。二月十九日には、硫黄島に敵の上陸作戦がはじまり、日本本土への空襲も日をおって頻度を増していくのである。

偵察隊に戦闘機紫電が配されたのは、定かでないが、昭和十九年も末近くなってからであろう。残念ながら戦闘機を使用してとくに有利であったとか、彩雲であったから未帰還になり、紫電だからぶじに任務を果たしたというようなことはなかったようである。紫電を使ったためにメリットがあったかどうかは、いまでも疑問である。

残念といえば、偵察機が偵察任務中に犠牲となるのは致し方ないとしても、任務を終わって基地に帰投したときに、待ちうけた敵機に喰われることである。また、終戦ちかく木更津より発進した彩雲が、房総海岸線上空で待ちうけた敵機に、黎明時に喰われた苦い思い出があるが、これなども偵察機発進の後方基地選択など、用兵上もっと考慮されるべきことではなかったか、と思い悩んだものである。

トラック島進出ならず

昭和二十年三月十日、偵察一〇二飛行隊はあらためて三航艦七五二空に所属して、木更津を基地として再編成されることになった。私は七五二空付から再度、この偵一〇二飛行隊長に任命された。

本隊は偵一二、偵一〇二、偵三の残存部隊を寄せあつめて編成された大世帯であり、分隊長に市川妙水大尉、上野福太郎大尉、紫電の分隊長に竹田明大尉、さらに整備分隊長に角田義隆大尉が任命され、陣容もいっそう強化充実された。

偵一〇二の再編以後は彩雲も相当いきわたり、初歩からの練成は必要なかったが、組を編成して戦力の向上をはかる努力は、連日欠かせなかった。その一方で、いつ南方洋上に敵部隊が出現しても、ただちに索敵偵察につけるように準備を心がけていた。

そのころ、ふたたびマリアナ方面の敵基地の偵察の必要性が生じたが、当時、硫黄島はすでに敵の手中にあって使用できなかった。そこで彩雲をなんとかトラック島に進出させて、

残骸をさらす彩雲。3.5mの可変ピッチ大直径3翅プロペラがよくわかる

後方より偵察を敢行しようと企図した。

昭和二十年四月一日、米軍は沖縄への上陸をはじめたが、その前後、偵察一一飛行隊にたいする増援のため、偵察一〇二飛行隊より彩雲数機と紫電三機が派遣されて作戦任務についた。そして、一部はそのまま偵一一に編入された。

五月上旬、彩雲五機をトラック島へ進出すべく、いったん八丈島の牧場を飛行場とした基地まで進出し、そこから中継基地の南鳥島へむけ発進させた。しかし、天候不良のため二機は途中より引き返し、一機は南鳥島へ着陸する寸前に、Ｂ25の機関砲により撃墜された。

また、べつの一機は着陸時に小破し、ぶじに着陸できたのは一機にすぎなかった。

五月下旬、ふたたび彩雲二機がトラック島へむかったが、残念ながら二機とも行方不明となった。こうしてトラック島よりするマリアナ基地の偵察は、大きな成果をあげえぬままに終わったのである。

七月に入ると、米軍の九州上陸作戦にそなえて、奈良県の大和基地に展開するよう命があり、一部の彩雲および紫電が進出した。

しかし、ふたたび米機動部隊による激しい関東東海地区への空襲がはじまったため、大和基地への進出を見合わせ、これまでどおり木更津基地から索敵に従事した。七、八月の一ヵ月半のあいだだけでも、彩雲八機の未帰還機を出している。

かくして、一部のトラック進出準備のための要員を八丈島に待機させたまま、八月十五日の終戦をむかえ、木更津偵察隊の歴史は幕をとじたのである。

痛恨事は、終戦まぎわに、前途有為の予備学生出身の中尉や予科練出身の若鷲を失ったことである。とくに十五日朝、一機が房総半島の海岸線で敵戦闘機に喰われた件は、かえすがえす残念なことであった。指揮官のちょっとした判断処置で避けられなかったものか、と悔やまれるのである。

心に残る二人のパイロット

以上で、私の木更津基地での偵察飛行隊記は終わるが、いまのところ偵察飛行隊長の経験者は、武田茂樹少佐ほか数名が健在である。とくに南方基地における厳しい偵察飛行についての貴重な体験があろうと思われるが、私としては最後に彩雲偵察飛行隊に関して、どうしても忘れられない二人の先輩と部下のことにふれておきたい。

一人は三沢裕少佐であり、もう一人は広瀬正吾少尉である。二人とも彩雲には試作機時代からたずさわっている。

広瀬少尉は昭和十八年末、彩雲のテストパイロットとして、その性能テストにたずさわっている。そして、昭和十九年六月十五日、サイパンに敵が上陸すると、横須賀航空隊より実験中の彩雲三機が硫黄島に進出して、あ号作戦に参加することになるが、その一番機を操縦している。

昭和十九年九月に、偵察一一飛行隊に転勤になり木更津で、作戦部隊としてははじめて配備された彩雲の操縦の指導教育にあたっている。さらに十月には偵察一二飛行隊にうつって、隊長機の操縦員としてグアム島偵察におもむき、つづいて第一御楯特別攻撃隊の零戦十二機を誘導した彩雲一番機の操縦にもたずさわるほど、歴戦の勇士である。そのたゆまざる闘志と冷静な判断力、そして緻密な頭脳は高く評価されるべきであろう。

また三沢少佐は、私が偵察飛行隊長に任命される以前に、すでに第三航空艦隊航空参謀の要職にあり、作戦会議後の作戦命令からじっさいに作戦任務につかせる細部の指導まで、いわば一手に受け持って、最後まで指導をうけたものである。

じっさいに飛行機をとばすのは飛行隊であり、最終的には個々に飛び立つ搭乗員の腕前に作戦の成否がかかっている。とはいえ、上級指揮官から現場の指揮官にいたるまで、持てる最大の戦力を発揮して、作戦目的を達する連携行動はなかなか大変なことであった。大きくいえば、勝敗を決することにもなりかねない。

この点、よき指導者を得て、飛行隊長の職を大きな軍隊組織のなかでまがりなりにも果たし得たものと思っている。それはこの間に戦死された百余名の部下をはじめ、多くの隊員の協力の賜物であったことは、いうまでもない。

快足彩雲とはこんな偵察機だった

敵機の追随を許さぬ高速三座艦上偵察機の操縦員が語る搭乗印象記

当時一七一空偵察一一飛行隊付・海軍中尉　酒井原幹松

昭和二十年五月上旬、茨城県の北浦航空隊で零式水偵の教官をしていた私は、新鋭機彩雲をもつ一七一航空隊所属が発令され、喜びいさんで赴任の途についた。

それまで関東地区には、二月十七、十八両日にわたって敵機動部隊が来襲した。十八日夜、司令部から明朝の索敵計画がしめされ、犬吠埼を基点とする七本の扇形捜索線が計画され、北浦隊には犬吠から一〇五度の中央基準線がわりあてられた。日の出前に索敵線の端に到達するよう、まだ真っ暗いなかを石川中尉の零水偵は発進した。そして「発動点通過」の一電を発したのみで、杳《よう》として消息をたった。

酒井原幹松中尉

戦後の調査によると、四隻の空母をふくむ機動部隊の三群が、犬吠埼の一〇五度、一五〇浬《かいり》にあったことがわかった。石川機は敵機動部隊めがけてまっすぐ進んで行ったが、敵発見

彩雲。高速をうるため排気ガスを推力に利用した左舷機首上部の排気管、その下は滑油冷却口

の一打の時間もなく撃墜されたと考えられる。

ぶじ帰投した索敵機は会敵していないので、敵機動部隊の位置がつかめず、有効な反撃ができなかった。いかに大和魂さかんなりとはいえ、目の見えない剣士では反撃の道がないのである。

偵察機操縦士として彩雲で飛べることは、パイロット冥利《みょうり》これにすぎるものはない。B29の盲爆による戦災のあとも生々しい江東地区を、総武線を窓辺に見ながら北浦をあとにした。思えば海軍兵学校卒業後わずか一年数ヵ月、なんと大勢の同期生をうしなったことか。靖国神社に詣《もう》で、大いにやるぞの決意をかためて、一路西下した。本州の最南端、鹿児島県の鹿屋《かのや》海軍航空基地についたのは、三日後であった。

一七一航空隊は、彩雲の偵察第四飛行隊（偵四）と偵察第一一飛行隊（偵一一）からなっていた。

偵一一は鹿屋を基地として沖縄の日施偵察を、

偵四は松山を基地として練成していた。水上偵察機操縦の私は偵一一所属であったが、すぐ索敵に出られないので松山にうつって、練成訓練することになった。

当時は優速な彩雲も、多数の戦闘機にかこまれては如何《いかん》ともなしがたく、未帰還機が多かった。

連日、三機の彩雲が早朝、沖縄方面にむけて発進する。そして昼ころ帰投する。時には彩雲が帰投する前に、鹿屋が空襲をうけている。通信隊から「ケ」連送、つづいて「ク」連送で上空の味方機に、基地の警戒警報および空襲警報を知らせる。それによって彩雲は帰投基地を松山か徳島にとるのが例であった。

五月中旬、松山に偵一一がさがり、練成をおえた偵四が鹿屋に進出した。偵一一は練成主務、作戦副務になった。全国から生き残りの最優秀パイロットが集められ、松山に送り込まれて来た。そして愛知県半田の中島工場から、彩雲の新機材が部隊に配属されてきた。

私のクルーは佐賀県出身の温厚で色白の、なかなかハンサムな渕文太郎上飛曹が偵察員、山形県出身の色の浅黒い、飛行隊でいちばん元気者の大竹一飛曹が電信員兼射手であり、二人とも歴戦の勇士だった。

松山飛行場の滑走路は、海岸線にそってのびており、ところどころ敵の爆撃による大きな穴があいていて、そこには赤旗が立てられていた。また海岸線にはオトリ機をかねて、破壊された紫電がならべられてあった。

朝、彩雲は掩体《えんたい》から引き出されて列線にならぶ。彩雲は一度こじれると、なかなか起動しにくい飛行機だった。少し注射が多くて混合気が濃くなると、エナーシャをいくらまわしても起動しない。あげくのはてに点火栓が汚れて、全点火栓交換ということがよくあった。注射をしながらプロペラを手まわしして排気管で混合気をかぎ、その良否を確かめるのも古い機付整備員の得意技の一つであった。

起動後、エンジンをあたためて試運転をするが、そのときに整備員を二人、尾部に股がらせて全力試運転をした。そうしないと馬力が強すぎて、逆立ちして鼻をつくことがあった。

訓練中に死にたくない

六月中旬のある日、前日来の雨があがり不連続線が東に移動して、松山はからりと晴れあがっていた。われわれは愛機を駆って離陸地点についた。一気にエンジンをいれる。ブースト赤四十五、水メタノール噴射の誉発動機はものすごい爆音を発し、鉛筆のような細い機体をぐんぐん引っぱる。

見る見る機速がついて、地面をさっと切ると、地面はスーッとさがって行く。エンジンを上昇出力までしぼって脚を入れ、スロットルを引っ込め、フラップを上げる。

一五〇ノットでぐんぐん上昇する。三千メートルで酸素をひらく。高度をとるとともにブースト計がさがるので、そのたびにスロットルを開く。

スロットルを全開で高度六千メートル、スーパーチャージャーを第二速にきりかえる。ガクンと一瞬、エンジンが首をふり、ブースト計がグッと上がる。

彩雲。電信席後方に旋回機銃。母艦昇降機の寸法の関係で垂直尾翼後縁が前方へ傾斜している

空気レバーを調節して排気温度をセットする。出力が増加して、また高度をグングンとる。八五〇〇を過ぎるとさすがに上昇力はにぶくなる。一分間に二百メートルくらい、一万メートルを過ぎると百メートルくらい、少し旋回すると上昇率はゼロになる。

ACレバーをひき、混合気を調節する。排気温度七五〇度くらいのものが、スーッと八〇〇度になる。出力がまた強くなる。気速が五ノットぐらいふえ、上昇率が毎分一五〇メートルくらいになる。

高度一万一千メートルにもうすぐなると思っていたら、突然バタバタバタバタとエンジンが息をつきだした。原因不明だ。

すぐに機首を押さえ、空気レバーを出して混合気を濃くしたが駄目だ。不時着しなければならないかも知れない。豊後水道上空だ、松山がいちばん近い。

高度一万メートルから見ると、西は遙か九州西岸まで見え東は鈴鹿まで。瀬戸内海は一望のもとであり、太陽は輝きをまし空気はあくまで澄んでいる。いろいろ回復操作をするが、エンジン不調は直らず、高度がぐんぐんさがる。彩雲のような翼面荷重の大きい飛行機は滑空角が大きい。松山にすべり込めるかが問題だ。しかしバタバタいいながらエンジンは廻っている。だましだまし使えば何とか帰れるだろう。

スーパーチャージャーを一速、二速と二、三回きりかえたが、駄目だ。少しずつ潤滑油がもれだして、風防の前面と左側はしだいに見えなくなった。右側がプロペラ後流の関係で、わずかに油がかからないところが残っている。

彩雲での最初の緊急着陸だ。いままでの零水偵の滑走と異なって、石のように降下していく感じだ。初めての感覚なので、何か勘がくるいそうな気がする。風向きは北。ちょうどよい進入点に誘導してきた。高度一五〇〇メートル。一三〇ノットので滑走飛行場が近づいてきた。

「よし入れる」脚を出す。速力と沈みをころすため、静かに操縦桿を後ろに引く。滑走路の端まで二百メートル。フラップ全開。フラップが効いて一〇〇ノットで接地、しかし蓄圧器の圧力がないのでブレーキが効かない。

方向舵の小さい彩雲では、舵だけで方向管制をすることはきわめて困難であったが、逆転するプロペラで油圧ポンプが働き、少しずつブレーキが効いてきた。

滑走路のはしで停止することができて、飛行機から下り立つと、整備員がとんで来た。

「訓練中に故障で死ぬなんて馬鹿なことができるか」と渕、大竹君と笑いあったが、いささか冷や汗ものであった。

その晩、整備士の和高中尉と話し合ったが、点検した末「オゾンカット」だったという。オゾンカットとは、私の初めて聞いた故障の名前だ。

説明によると、中学時代に習った真空放電の理屈で、点火マグネットの中が、高空にあがるにつれ真空状態に近くなり放電しやすくなると、点火栓に対する配電が規定されている順序に点火せずに、勝手なところに点火する。その結果、配電盤のベークライトにひびが入り、そこからショートして、エンジンに不調をきたす故障だということだった。

その後、加圧マグネットにだんだん改装されていった。彩雲には機体強度の関係で、特殊飛行は全面的に禁止されていた。

勘にたよる操法は駄目

偵察第四飛行隊の状況でも、未帰還機が多いらしい。偵察機は敵情を確実に報告するまでは撃墜されてはならない。また戦果偵察の任務では、味方の戦果を確認し、帰投のうえ報告の義務がある。

彩雲の武装は、電信席に後ろにむけて射速、毎分一二〇〇発のベルグマン機銃が装備されていた。しかし、これだけで敵戦闘機の一二・七ミリ機銃六梃に対抗することは、蟷螂《とうろう》の斧にたとうべきであった。当時の海軍では、雲の中に入ることを厳重に禁じていた。しかし敵戦闘機から離脱するためには、雲の中に飛び込むことが大切であると、私は考えた。

そのころは計器よりも、勘の方が重要視されていたのであるが、しかし私は、計器を信頼してもよいと考えていた。

不正確な計器ではあるが、水平儀はあるていど信頼しようと考えた。はじめは上空で雲を見つけてそのまわりを一巡した。そしてその雲の大きさを確認したうえで、真横から真一文字に突っこんだ。雲の中は小さな水滴の乱反射で、光が四方から差しこみ、どちらが上か下か見当がつかない。まるで牛乳の中を泳いでいる感じだ。

計器を一所懸命に見つめて飛んでいると、自分の身体が六十度くらい傾いているような気がする。これはいかんと思って操縦桿を倒して傾きを修正すると、針路がグーッとまわりだす。しまったと思ってまた反対修正すると、こんどは九十度かたむいて垂直になって飛んでいる感じだ。

そのうちパッと雲から出た。飛行機は水平飛行をしている。なるほど勘にたよると、雲のなかで螺旋《らせん》降下や錐揉みになって、墜落することがありうるわけだと納得した。

少しずつ大きな雲の中に突っこむように訓練した。はじめは一分間くらいでも苦しかった雲中飛行が、五分くらいできるようになった。渕上飛曹の航法でも、雲中飛行はわりあいに正確に保針できていることを説明してくれた。

よしつぎは、雲の中で旋回することを研究しようと、雲の中で九十度旋回することの研究にはいった。

なかなか勘が殺せなくて、左旋回終了後バンクを水平に直すと、どうしても右に身体が傾いているような気がする。計器は水平をさしているが、感覚はどうしても傾いている。その感覚に打ち勝つことは非常に苦しいことであったが、しだいに慣れてきた。

そして三週間もすると、松山を飛びあがり、約一時間の三角コースの全航程を雲の中で旋回して、大きな誤差を出さずに飛行できるていどまで、練度を上げることができた。

こうして訓練に明け暮れていた八月はじめ、決号作戦の兵力展開で、わが隊が大分県の戸《へ》次《つぎ》基地に移動したとき終戦になった。

府瀬川清蔵大尉のサイパン・テニヤン強行偵察における「われに追いつく敵戦闘機なし」の電報は、いろいろのエピソードが語られたが、彼我ともに彩雲の冠絶せる卓越性をものがたるものであり、われわれの士気を鼓舞するところきわめて大であった。

戦後、幸いふたたびつばさを得たが、雲の上をかすめて飛ぶとき、乱雲をつっきるとき、ふと彩雲の幻想につかれ、操縦桿のかすかな振動は、かつての彩雲を懐かしく思い出させてくれるのである。

写真偵察「彩雲」沖縄上空潜入記

三四三空に配属された駿馬彩雲を駆り特攻隊の目としての強行偵察行

当時 偵察第四飛行隊操縦員・海軍中尉　伊奈達郎

海軍がほこる艦上偵察機「彩雲」は、前席から搭乗員、偵察員、電信員（後ろむき）が搭乗する三座の単発機であった。空前の航続距離をはじめ、すばらしい高々度性能と高速性能をもち、有名な電文「我に追いつくグラマンなし」の伝説をうんだ名機である。

飛行機がうまれて軍事的に利用されるようになったとき、まず偵察機、観測機からはじまった。戦術的に敵を知ることは戦いの必須条件であるが、偵察という任務にたいして飛行機のもつ特性、価値はたかく評価された。

わが海軍においても、それは同じであった。しかし、時がたつにしたがい、軍用機の主流は偵察機から攻撃機にうつり

偵四飛行隊彩雲搭乗員。左４人目が伊奈中尉

はじめた。その結果、優秀な攻撃機がぞくぞくと生まれでたが、一方では偵察機の開発生産が軽んじられるようになってしまった。

日本海軍には水上偵察機、艦上偵察機、陸上偵察機などの偵察機があるが、いずれも用兵者やパイロットから軽視され、なおざりにされる風潮のあったことは否めない事実である。

敵情を事前に知ることは、戦いにおいて絶対に必要である。戦略的にも作戦的にも非常に重要なことは、いまさら言うまでもないであろう。今次大戦において日本海軍が情報不足から、盲目の行動、不利な戦いをおこなったのは開戦時のハワイ攻撃からはじまる。あの大戦果も、この事前偵察という面からみた場合、一種の賭けであったのではないだろうか。

このとき、連合艦隊司令長官の山本五十六大将は「空母はどうした、いなかったのか」と言われたと聞くが、まさしく的確に情報の不足を、そのまま物語っている。その愚が、ミッドウェー海戦において、ふたたび繰りかえされた。

もしこのとき彩雲があったならばと、残念でならない。彩雲は白昼堂々と敵戦闘機をものともせず敵艦船を観測し、長時間にわたる偵察を敢行しうるからである。ミッドウェー海戦の結果は、悲運であった。十分な攻撃力をもちながら、指揮官が的確な敵情を知りえず、迷いを起こしたためによるものである。

このようなことから、ようやく当局が優秀な偵察機の必要を痛感し、生まれでたのが彩雲であった。試作名称を十七試艦偵といい、昭和十九年五月に増加試作機の後期の二機が、第一航空艦隊一二一航空隊のテニアン島基地に配備されて、第一線にデビューした。その年九月に制式採用され、彩雲一一型として誕生したが、時すでに遅かった。いますこし早ければと、悔やまれるところである。

私は二一〇空の陸偵隊で二式艦偵（彗星改造の偵察機型）により練成をうけていたが、昭和十九年もおしつまったころ、突然、偵察第四飛行隊への転勤命令がきた。練成隊員のなかの転勤第一号で、仲間四名もおなじ部隊であった。ところが、肝心の偵察第四飛行隊がどこにいるのか、さっぱりわからない。なにしろ、この当時は飛行隊によっては、つぎつぎと基地を移動してしまう隊が多かった。

それでも、比島のニコルスかバンバンの基地にいることがわかり、四国の松山基地に比島行きの便があると聞き、いそぎ松山にむかった。ところが、この便は松山には立ち寄らず、九州の鹿屋経由に変更されたことがわかり、いそぎ鹿屋へいくべく、基地にあった天山艦攻を借りうけるむね交渉をしていた。

このとき、松山において戦闘機隊である第三四三航空隊（二代）が再編成されることになり、海軍大佐の源田実司令が着任していた。私たちは源田司令に呼ばれて参上したところ、比島行きは取りやめて、松山の三四三空に残れとの命をうけた。三四三空は戦闘機隊であり、私はこの隊に残ることに奇異を感じた。

このときは、三四三空といってもまだ形はなかった。やがて名だるパイロットが各地からぞくぞくと参集し、最新の局地戦闘機「紫電改」も連日のように空輸され、戦闘三〇一、戦闘四〇七、戦闘七〇一飛行隊が編成された。

そんなある日、見なれない、鉛筆にハネをつけたようなスマートな飛行機が着陸した。だれも、この飛行機の名称を知らず、夕食時になって、あれが海軍が誇る世界の名機彩雲であることを知らされた。そして後日、私がその彩雲に乗ることになろうとは、夢にも思わなかったことである。

知られざる彩雲の三種の神器

彩雲といえば、スピードのはやい飛行機の代名詞のようにいわれている。まさにその通りだが、それにくわえて優れた装備をいろいろ持っていたことは、あまり知られていないようである。

まず第一にあげることのできるのが、固定写真機である。飛行機からの写真撮影は、ほとんど手持ち写真機でおこなっており、それまでの固定写真機にしても、操縦席から見て前方にむかって撮影するものであった。

しかし、この彩雲に装備されたものは、飛行機の軸線にたいして直角に、下向きに取り付けてあり、現像したとき四分の一がつぎのコマと重復するようになって連続撮影ができる。真上からの撮影であるので、現像した写真からいろいろな測定ができる。たとえば軍艦を撮影した場合、高度の正確さが条件だが、艦の長さ、幅、高さなどが計算され、出た数値はおどろくほど精密なもので、その誤差は一パーセント前後であった。したがって、三百メートルの艦であれば誤差三メートルと、専門の参謀から聞かされていた。

私が撮影した沖縄およびその周辺の写真から、集結した米軍の艦船の測定をおこない、数までも割りだしたという。また雨のため、しばらく撮影ができないでいた糸満に新しい飛行場と滑走路がつくられており、これを撮影したところ、それをもとに滑走路の全長や幅などを計算して解明した。

これほど、彩雲に装備された写真機は優秀なものであったため、彩雲隊は等速度、等高度、水平直線飛行など、過酷ともいえる諸元を要求された。

彩雲の操縦性能はすぐれており、補助翼修正、昇降修正、方向修正の三舵は鋭敏に作動し、安定しているから、これらの要求をみたすのは楽なはずなのだが、これがなかなかに難かしい。気圧や気流の変化などに飛行機は弱いのである。

彩雲には単発でありながら、自動操縦装置がそなえられているが、計器のおくれ誤差などにより、瞬時の変化には対応できない。時間をおけば、セットしたとおりに飛行するが、写真撮影のさいは、それを許されない。

すべて操縦員の腕でカバーすることになり、まさしく腕の見せどころといえよう。

飛行機ほど始末の悪いものはない。上下左右、傾斜と、どんな姿勢でも飛べるが、これが写真撮影のさいに苦労する原因となる。たとえば、左に一度かたむいて等速等高で飛ぶことは簡単で、写真もピシャリと撮れるが、直角でないから写真はつかえない。被写体をななめに撮ることになる。このていどだと、羅針儀、水平儀、定針儀、旋回計などには、目盛りとして出てこないのだ。

このように、被写体にたいして直角に撮影することは、非常にむずかしいのである。優秀な機材を十分につかいこなすこと、それがもつ性能を十分に発揮することは、至難の技であった。

彩雲には、小型で性能のよい電波探信儀が装備されていた。これが第二の特色であった。大型機に装備されていた電探は、胴体からムカデの足のようなアンテナが出ているが、彩雲のものは翼端に格納されていた。

この電探は後席の偵察員が操作するのだが、直接に関係のない操縦員の私も、だいぶ勉強

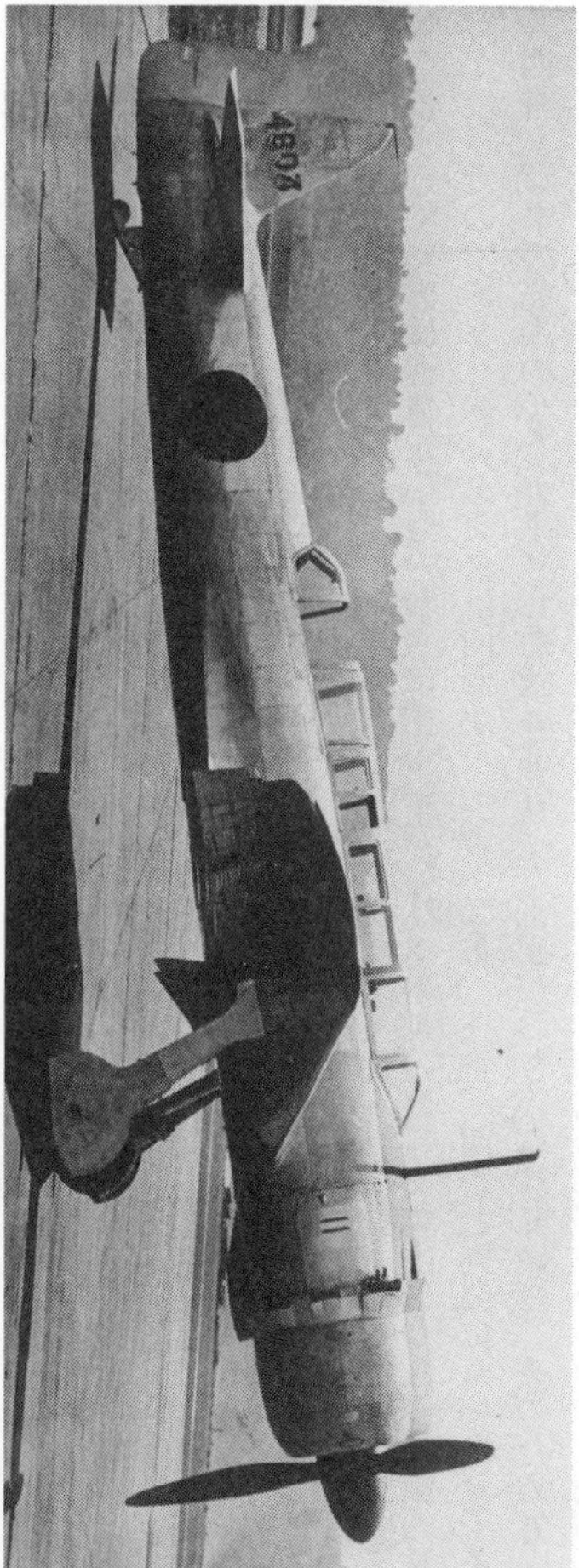

十七試艦上偵察機・彩雲。全長11m、全幅12.5mの細長い胴体、大直径ペラと前方に張り出した主脚。三座の層流翼機

させられた。電気といえば、細いニクロム線を通るさい熱や光が出るくらいの知識しかない私には、それが電波となっては、まったくのお手上げである。波が大きいの小さいの、行くの帰るのと、まったく悩まされた。ブラウン管にほそい線がはしり、線の変化によって、それを判読するのである。そんな訓練が毎日くりかえされた。

ところで彩雲の主翼は、翼がタンクかタンクが翼かといえるほど、動翼をのぞいてはすべて燃料タンクといえた。基地において整備中の機体の翼に乗ると、ふつうならば「翼に乗るな」とくるところだが、彩雲だけは「タンクに乗るな」と怒鳴られる。

このように彩雲は機体が小さいわりに、一三六〇リットルの燃料を翼内につみ、長距離飛行ができたのである。燃料タンクは内側から一番、二番、三番、四番と両翼に八槽あり、その四番タンクの先端の少しカーブした狭い部分に、電探がおさめられていた。そのため外からはまったく見えず、彩雲の電探については、あまり一般には知られていないのではないかと思う。

第三の特色は、無線電話器にある。艦爆出身の私は編隊飛行中、列機との対話はなく、まったくの無言である。ともかく一番機についていくだけだ。両者の意志は、もっぱらバンクや手信号、あるいは黒板に字を書き列機が近づいてきて読みとるという方法であった。

彩雲に装備された無線電話は、列機との対話はもちろんのこと、基地にたいしても生の通話ができた。初めてこれを使ったときは、夢のような大変なものができたものだと驚かされた。

これら三点の装備のうち、とくに後者の二点が、三四三空と偵察第四飛行隊がむすびつく、重要な装備となった。

花ひらいた源田式迎撃戦法

見なれない飛行機が松山に到着した数日後、源田司令によばれて掩体壕にいれてあった彩雲の見学にいった。源田司令がパイロット席に入り、ややしばらくして降りてくると、一言「君たち、明日から慣熟飛行をはじめるように」との命令をあたえた。

まったく予想もしなかったことなので、私は一瞬、夢かと思ったほどである。同時に、責任の重大さを痛感し、胸がいたむのを覚えた。われわれ同期は、おたがいに顔を見合わすだけで、声はなかった。はたして、この最新鋭機を乗りこなすことができるであろうか、みな自問自答していた。

源田司令につづいて私が、おそるおそる、まるでハレモノにでもさわるような思いで、座席についた。

いや驚いた。座席の前の計器板にずらりと並んだ計器類の多いことにまず驚き、座席の左右に小さいのや大きいのや、わけのわからないレバー類、スイッチの数にもびっくりさせられた。外から見たスマートさの印象とくらべて、あまりのちがいに驚かざるをえなかった。そして、いま司令から命令をうけ、明日からこれを動かすのだと、心あらためてもう一度見なおすのであった。

翌日より、地上滑走の慣熟訓練がはじまった。彩雲は空中において最高性能を出すように設計されているためか、地上での操縦性能は犠牲にされているようである。座席は三十センチほど上下できるので、この座席を最上段にあげて、二階から操縦するような感じであるのに、前方がまったく見えない。エンジンが機首にむかって長くつき出ているうえに、三点姿勢が高いので、見えるのはカウリングばかりである。

われわれはさっそく、彩雲にニックネームをたてまつった。脚がほそく、ひ弱な感じからか「カマキリ」、またの名を「お嬢さん」——両方とも、彩雲の特色をよく表わしている。まったく手荒なあつかいのできない機体であった。これは地上でも空中でもおなじで、艦爆出身の私はだいぶてこずらされた。

数日後、同期の谷治中尉が後席に乗り、電信席にバラストをつんで初飛行をおこなった。戦闘機隊は全機が飛行止めで、三四三空の全員が彩雲の初飛行を見つめており、その前での離陸となった。私は度胸ひとつで飛び上がった。じつに速い。彗星の比ではなかった。約一時間半にわたり、無我夢中で冷汗三斗の飛行をつづけたが、なんとかぶじに着陸した。

翌日からは猛訓練の毎日であった。そのうちに、南方から偵察第四飛行隊員がだんだんと引きあげてきた。どの顔を見ても、みな面構えがわれわれと違ってするどかった。早くあの顔にならなくてはと、われわれは心ひそかに誓うのであった。

新隊員も各地から着任し、どうにか偵察隊としてのかたちがととのってきた。一方、戦闘機の連中も、最前線がえりの強者ばかりで、気の荒い搭乗員が多かった。彼らはみな熱っぽく、いきりたっており、手のつけようのない張り切りぶりであった。それもそのはずで、最新鋭機の紫電改をあたえられたのであるから、無理もない。文字どおり「月月火水木金金」の猛訓練がつづいた。

やがてそれぞれの練成もおわりに近づき、仕上げの時をむかえた。ここにおいて、彩雲と戦闘機隊のむすびつきが初めてわかった。源田司令の新しい構想であった。偵察機彩雲がもつ特性を十分にいかし、戦闘機隊のよりよい攻撃戦果をあげる戦法である。とはいえ、この戦法は、けっして新しいものではない。

これは戦さの原点である。偵察だけでは戦いに勝てない。また攻撃だけでは盲攻撃となり、有効な戦果はあがらないばかりか、ともすれば敗ける危険さえある。両者がおぎないあって初めて戦いに勝てるのである。

時をすぎた情報は、もはや情報ではない。ただの報告である。彩雲と紫電改は空中電話があり、即時に情報を伝達できる。一分でも一秒でもはやく敵を発見することが、必勝に通じるのである。そして、そのための目は彩雲搭乗員の目ではなく、電波の目、すなわち電探である。電探、電話、そして攻撃——。これはすばらしい戦法であり、源田司令の作戦であった。

戦闘機隊に彩雲隊が配属されたのは、ただこのことのためである。戦闘機編隊の前方に彩雲がおり、これが戦闘機の目となる。この戦法は、あの有名な三月十九日の戦闘で、みごとに花ひらいたのである。四国沖の米機動部隊から発進し、北九州を目標にした戦爆連合の大編隊を彩雲がとらえ、触接しながら打電した有効な情報と、戦闘機の果敢な攻撃によって、味方に数倍する大部隊にたいして大戦果をあげたのである。

敵はそれまで、日本の防空戦闘機隊をなめきっていた。それに対し、わが源田戦闘機隊ここにありと大きな一矢をむくい、敵の心胆をさむからしめて、敵の爾後の作戦に大なる影響をあたえた戦闘となったのである。この日、私は偵察隊の戦闘指揮所において、敵戦闘機のつぎつぎと落ちていく光景を目の前に見て、それまでの訓練の苦労も一度にふき飛ぶ思いであった。

しかしながら、いろいろな状況の変化により、わが偵察第四飛行隊は、この誉れたかい三四三空と別れ、偵察第一一飛行隊とともに、二個飛行隊で第五航空艦隊一七一航空隊（司令木暮寛大佐）の指揮下にはいり、九州の鹿屋基地に進出したのである。

米戦闘機にはシャクのタネ

偵察第四飛行隊の任務は、索敵と沖縄偵察にあった。搭乗割はA、B、Cの三直にわかれ、A直が出番、B直が待機、C直が休養という順番である。しかし、これはしばしば狂うことがあった。

彩雲の発進は戦闘機や爆撃機の出撃とまるで異なり、じつに静かである。数人の整備員や兵器係（電信、写真関係）がちょっと帽をふるだけで、するすると一機の彩雲が出ていく。そこには華やかさなど全くない。上空にはつねに敵がおり、とくに夜間戦闘機はやっかいな敵であった。

沖縄偵察の場合、各機長によってコースを選ぶが、私の場合は、だいたい離陸後すぐ北に進路をとり、内陸部を北上しながら高度をとったのち、西に転じて東シナ海に出た。彩雲は十分な高度さえとれれば安全だが、上昇中に上方から敵戦闘機の降下攻撃をうけると、どうしようもなくやられてしまう。鹿屋の三方にひろがる海岸線は危険で、とくに南に針路をとって島づたいの飛行は絶対にあぶない。

待ちうける敵にとって、もっとも面白くない日本機は彩雲であろう。しゃくにさわる飛行機であったことと思う。ともかく米軍機より早いのであるから、たとえ敵戦闘機が発見しても、彩雲を攻撃できない。

わが方は敵戦闘機を見つけたら、少しばかり方向を変えるだけで、ぶじ目的地にゆくことができる。航続距離が長いため、少し大まわりして迂廻しても燃料切れの心配がなかった。また追跡された場合も、高度九五〇〇～一万メートルをとれば、敵機は戦闘ができなくなる。危険なのは高度七千メートル以下のときであった。

沖縄偵察は高々度をとり、ジェット気流にのって慶良間《けらま》諸島の方向より那覇《なは》方面にむかって一航過で写真撮影をおこない、撮影直後に敵情をただちに打電しなくてはならない。これが難物で、いつも頭をいためるところである。

というのは、たとえば空母ならば一目でわかるが、戦艦、重巡、軽巡、駆逐艦、大型輸送船などは、なかなかに識別がむずかしい。高々度のため、上方からはゴマを撒いたように、何隻も散らばっているのである。なにしろ、ゴマ粒ほどで約一万トンであった。

双眼鏡で見ながらの報告ではなく、もっとも見やすいときは、首をひっこめ、肘をついて息をころし、写真撮影の真っ最中である。偵察員もおなじように写真機にかじりついており、下方の状況はなにも見ていないことになる。

それに悪いことに、報告の正誤は基地に帰投後すぐにわかってしまう。なにしろ判別の資料となる撮影フィルムを後生大事にもって帰るのであるから、たまったものではない。

一航過後は、できるだけ早く東にむかい、変針〇度で帰るまでは全員で見張りにつく。そして、偵察員の任務のひとつである航法にしたがって帰路につく。われわれはこの帰投針路をとるとき、「大和島根、ヨーソロー」といっていた。

四国にとりつくのが理想として、間違っても鹿児島湾だけはさけた。ここには、いつも大勢の危険な「お客」が待ち構えていたからである。沖縄からのこのコースは、ちょうど敵戦闘機が島づたいに九州にむかうメインルートとなっていた。

鹿屋は特攻隊の出撃基地となっており、つねに敵機が飛来していた。ときおり爆弾を投下するため地上宿舎は危険なので、われわれは防空壕のなかで生活していた。ある日、電話に呼び出されてびっくりした。赤トンボ（中間練習機）のときにいろいろお世話になった隊長からのもので、鹿屋にきて沖縄の写真をみたら、それに私の名前が出ていたからだという。

私はさっそく酒持参で車で出かけ、ひさしぶりに酒を汲みかわしながら、昔話に花を咲かせた。

隊長は赤トンボの特攻隊をつれて、さきほど着いたばかりという。「貴様はよい飛行機に乗っているな。できることなら俺も、もう少し気のきいた飛行機で死にたい。赤トンボでは心が残る」と一言もらしたのであった。

このような戦況下では、いろいろな配置があり、われわれには何もできないし、また、何もいえなかった。隊長の心は、持っている技術を十分に発揮したいとの願いだと思う。隊長は泰然自若として静かに話されており、これから死地に向かう人の言葉とは思えない明るさがあった。しかし、それを聞く私は、言葉もなく、汗ばかりかいていた。

その日は赤トンボによる攻撃は中止となり、ほっとしたのを覚えている。特攻隊の隊長の六割が私の同期生であった。じつに苦しい、切ない思いである。いまだにその時のことを思い浮かべると、涙を禁じることができない。彼らの冥福を心から祈るものである。

日本海軍偵察機ものしり雑学メモ

「丸」編集部

偵察機だった彗星

はじめ、戦闘機なみのスピードをもつ高速艦上爆撃機として設計された彗星《すいせい》（Ｄ４Ｙ２）は、果たせるかな零戦なみのスピード記録を出して、果然注目されたが、艦爆としては強度が不足なうえ、液冷式の熱田《あつた》発動機は不調のものが多く、しかも機体の整備に手間がかかるため、十三試双発戦闘機（のちの月光）と同様に正式採用がおくれていた。

そこで海軍は、この抜群の二人乗りの高速機に目をつけて、昭和十七年七月にとりあえず高速艦偵として使うことにきめ、二式艦上偵察機（Ｄ４Ｙ１－Ｃ）として採用した。これが改修されて、本来の艦上爆撃機となったのは、昭和十八年十二月であった。そして実際に艦爆として第一線で活躍したのは、昭和十九年に入ってからである。

したがって、そこまでの彗星は、名称は艦偵だが、実際にはおもに九八陸偵にかわる陸偵として使われることが多かったのである。

事実、彗星は大量整備の艦爆としてよりは、少数整備の陸偵としての方が使いやすかったらしい。もともと設計が必要以上に緻密であったから、整備にも、いわば名人芸ともいえる技量をもつベテラン整備員が望まれた。まして艦上においては、なおさらである。

海軍の車輪つき偵察機は、さらに本格的な三座艦偵「彩雲」（C6N1）に移ったが、これも艦偵の名に反して実際には、ほとんど陸偵として使われた。本機が完成したころには、大型の航空母艦はすでに数少なかったことにもよる。

偵察機は、じつに重要な機種である。性能が確実で、稼動率のよい機体でなければならない。その点、戦闘機や爆撃機で、とくに成功したものを、艤装だけの改造で偵察機に転換して活用する欧米式のやり方は、実用性において間違いないわけである。一〇〇式司偵や彩雲のような特殊な機体は、よほど設計がすぐれていないと、失敗する危険性が多い。欧米では、戦闘機や爆撃機が偵察機になった例は多いが、日本のように、偵察機が戦闘機や爆撃機になった例はほとんどない。日本が、とくに偵察機の設計に力を注いでいた証拠でもある。

陸上偵察機だった月光

海軍の有名な夜間戦闘機「月光《げっこう》」は昭和十八年に誕生したが、じつはその原型は昭和十七年夏に二式陸上偵察機（J1N1－C）として海軍で採用になった長距離偵察機で、これを改装して斜銃《ななめじゅう》をとり付けたものであった。

もともと月光という飛行機は、海軍の陸上攻撃機を掩護するために昭和十三年に計画された長距離戦闘機（十三試双発戦闘機）から発達したもので、昭和十四年に中島飛行機で設計に着手し、その第一号機は昭和十六年三月に完成した。ところが、その後の増加試作機によるテスト飛行では、機体性能、武装ともに不具合の点が多く、実用性が疑われ、その採用がなかなか決定しなかった。

そのころ陸軍では、一〇〇式司令部偵察機（一〇〇式司偵）が抜群のはたらきを示し、その価値が認められていたが、海軍でそれに相当する機体として、テスト中の前記の十三試双発三座戦闘機（J1N1）を偵察機に改造することになった。その結果、昭和十七年夏に採用になったのが二式陸上偵察機で、実質的に陸軍の一〇〇式司偵に相当する長距離用の高速偵察機となったのである。もっとも海軍でも一時は少数機の陸軍一〇〇式司偵を、そのまま使用したこともあったが、海軍機としては制式に採用しなかった。スピードの点では、一〇〇式司偵の方が遥かにすぐれていたが、海軍は二式陸偵を制式に採用したのである。

もともと海軍には司令部偵察機というものはなく、車輪つきの偵察機はすべて陸上偵察機か艦上偵察機と称し、その記号はCであった。神風型司偵と同型のものを九八式陸上偵察機（C5M1〜2）、艦上偵察機「彩雲」をC6N1と称したが、他機種から転換したものには、その記号の最後にCをつけ加えた。したがって二式陸偵はJ1N1－Cである。

この二式陸偵に、海軍第二五一航空隊司令であった小園安名中佐の案により、二〇ミリ斜銃をとりつけて夜間戦闘機としたのが月光（J1N1－S）である。要するに、二式陸偵と月光のおもなちがいは、その武装で、二式陸偵は三名乗りで機首に七・七ミリ銃二梃、二〇ミリ銃一梃、後上方に七・七ミリ銃二～四梃で、月光は二名乗りで二〇ミリ斜銃四梃である。

世界最速の偵察機「景雲」

一〇〇式司偵や彩雲よりも、さらに一段と高速の快速偵察機が終戦直前に完成し景雲《けいうん》（R2Y1）といわれた。この快速機は昭和十八年に計画されたため、十八試陸上偵察機と名づけられ、横須賀の海軍航空技術廠（空技廠）において試作された。設計主務者は大築志夫技術中佐である。

この飛行機に装備された発動機は、ドイツのダイムラーベンツ（DB601）を国産化した愛知〝熱田〟三〇型液冷式倒立V型十二気筒一七〇〇馬力を、左右にならべて組み合わせたハ70－01（A23）で、合計二十四気筒という強大な液冷式発動機であった。馬力は公称一速が三一〇〇馬力／高度一九〇〇メートル、公称二速が三〇六〇馬力／高度三千メートル、離昇出力三四〇〇馬力で、これを胴体の中心部に装備し、機首のプロペラを延長軸で回転するという仕組みであった。乗員はこの延長軸の左右に二人乗るようになっていた。

この発動機に排気タービンをとりつけた場合には、高度八千～一万において公称出力三千馬力を出すことができ、このときの最大速度は約七四〇キロ／時と計算されていた。

さらに、発動機をネ330ターボジェット二基に換装することになっていた景雲改（R2Y2）の最大速度は、高度八千メートルで約七九六キロ／時であるから、当時、世界最速といわれたドイツのロケット戦闘機メッサーシュミットMe163B1の九五三キロ／時には及ばないが、偵察機としては世界最速で、当時アメリカの新鋭戦闘機として注目されていたノースアメリカンP51DムスタングやリパブリックP47Nサンダーボルト、あるいはグラマンF8Fベアキアットなどの七〇〇キロ／時級快速戦闘機よりは、ずっと速かったわけである。

しかし、この快速機「景雲」も、終戦直前に木更津の飛行場で、わずか二回の安定性実験飛行をしただけで終わった。当時の技術を結集した記念すべき革新機であり、飛行機を語るものにとっては、永久に忘れることのできない機体である。

神風型司令部偵察機

神風型司偵というのは、一〇〇式司令部偵察機のまえに陸軍が使用した単発の司令部偵察機で、キ番号はキ15であるが、一般には三菱の九七式司偵（二座）として知られていた。神風号は昭和十二年三月に完成したキ15の第二号機で、この新型機による朝日新聞社の亜欧連絡飛行は、陸軍が新しく採用する司令部偵察機の実験飛行のようなものであった。

亜欧連絡飛行は、朝日新聞社の飯沼正明操縦士、塚越賢爾機関士の搭乗で四月六日に立川出発、四月十日ロンドン着、所要時間九十四時間十七分五十六秒、実飛行時間五十一時間十九分二十三秒、飛行距離一万五三五七キロ、平均巡航速度約三〇〇キロ／時という国際新記録を樹立して成功し、日本航空界のために万丈の気をはき、国産機の名声を世界にあげた。世に昭和十二年は「飯沼、双葉山時代」といわれたほど、この神風号の評判は大変なものであった。

二式陸上偵察機。もとは長距離進攻万能機として開発された十三試双発戦闘機であったが、性能不足で偵察機として採用された。この二式陸偵に斜銃を装備して夜間戦闘機としたのが月光

テスト飛行前の景雲一号機。最大速度400ノット(時速740キロ)航続2000浬(3700キロ)の高高度長距離偵察機として空技廠が試作した。熱田液冷発動機並列２基の６翅プロペラ。前車輪式降着装置、排気タービン過給器装備など斬新な設計を盛り込んであったが実用化に至らなかった

この神風号の成功により、陸軍はキ15を同年五月、最初の司令部偵察機として採用し、さらに昭和十四年九月には発動機を強化した九七式二型司令部偵察機を採用し、三菱は昭和十五年に一〇〇式司偵が採用になるまで、合計四三七機を生産した。

この機を海軍で昭和十四年に採用したのが九八式陸上偵察機一一型（瑞星発動機つきC5M1）と九八式陸上偵察機一二型（栄発動機つきC5M2）で、各二十機と三十機、合計五十機が採用された。当時としてはいずれも戦闘機以上の速力をもつ革新機として注目され、支那事変からノモンハン事件、太平洋戦争の初期にかけて大活躍をした。（二五一頁写真参照）

九〇一空「東海」米潜狩りに出撃せよ

海上補給路を確保すべく戦争末期に登場した双発三座の対潜哨戒機

九〇一空済州島基地指揮官・海軍大尉　森川久男

十七試陸上哨戒機Q1W1というのが、ここで紹介する「東海《とうかい》」という対潜哨戒機である。第二次世界大戦の前から米国にはPBYとか、PBMのような哨戒爆撃機があったが、日本陸海軍の軍用機としては、この東海が哨戒機（三座）としてつくられた唯ひとつの航空機であった。

敵の潜水艦を捜索し、探知したら追尾して爆撃し、撃沈することだけを目的としていた。海上自衛隊が装備しているP3Cとほとんど同じようなねらいをもった航空機であり、当時としては珍しいものであった。

よく言われることであるが、重大な問題を解決するためには、数多くある弱点をぜんぶ一挙に改めようとするよりも、もっとも重要な問題をえらびだし、対策の焦点を本当の原因に集中するほうが改善しやすいという。

この哨戒機にも、欠点はそうとう多くあったけれど、対潜哨戒一本に目的をしぼりこんで

哨戒機・東海。胴体後部の白丸状は編隊距離目安の対潜磁探装備機マーク

設計製作されていたので、潜水艦を発見し、攻撃するという能力は画期的に高いものであった。もし、あと一年はやく完成して前線に配備されていたら、日本は米軍の海からの進攻をもっと強力に阻止できただろう、という意見もあるほどであった。

第二次世界大戦において日本が敗れたのは、世界中を相手にした、特に米国を戦争にひきずりこんだ点にあることは、いまさら言うまでもない。

しかし、いま一歩ふみこんで、戦場における強敵はなんであったかといえば、飛行機と潜水艦であった。ミッドウェー海戦で反撃され、南太平洋からおしよせた大群を邀撃した航空決戦が、日本の戦力を消耗させ、その後は撤退の一途を歩んだわけであるが、この邀撃兵力の補給路を海上で遮断したのが、米国の潜水艦であった。

米潜の日本輸送船にたいする攻撃は、南方ではガダルカナル上陸前後から激化しはじめ、日本の輸送船団の被害は急増した。内地の周辺海域では、約一年遅れて、昭和十八年の暮れごろから被害が出はじめ、昭和十九年には東京〜大阪間の海上交通が途絶したこともある。このため海軍が海上護衛の重要性を認め、海上護衛総隊を編成したのもこの年であった。

東海は十七試陸上哨戒機という名前でもわかるように、昭和十七年に製造企画が建策されたもので、南方の海上補給線の被害が対潜機の必要性を喚起したとみてよいであろう。

この飛行機は、昭和十八年十二月に一号機が完成し、横須賀の航空技術廠（空技廠）と横須賀航空隊で審査がおこなわれた。そして昭和十九年春ごろには量産の指示があり、十月から九州の佐伯海軍航空隊で搭乗員の養成を開始するまでにこぎつけた。

この哨戒機の心臓部ともいうべき、磁気探知装置と電波探知機が日本で実用されたのは、昭和十八年にさかのぼる。まず、対潜用三座水偵に装備されはじめたのが、同年末からであることを思い合わせると、東海の完成をもう一年くりあげることは困難であったかもしれない。であるとすれば、日本海軍の努力は、兵器の開発面で遅きに失したといえるのではないか。

いずれにせよ、東海むけの搭乗員などを各地の部隊からひきぬいて、猛訓練をはじめた。そして昭和十九年十二月には、東シナ海で中堅要員の実戦訓練をして、米潜を発見、探知攻撃する戦果をあげ実力を証明した。

それまでの対潜部隊の飛行機は、水上偵察機にしても飛行艇にしても、海上艦艇を捜索、偵察するためにつくった航空機に、あとから磁探や電探を装備したものであった。だが東海は、このような対潜機器をつかうために特別に設計した機体であるから、当たり前ではあるが、対潜機器の能力発揮や対潜攻撃の行動力などに、創意工夫がくわえられていた。

画期的な数々の探知装置

ドイツの潜水艦は、連合軍のレーダー戦術により敗色を濃くしたといわれている。しかし、潜水艦を発見しても撃沈するまでには、潜没後の位置をさがしだして、その推定位置に攻撃兵器を投入しなければならない。したがって対潜攻撃には、電探と磁探と対潜爆弾(当時はホーミング魚雷はなかった)が必要であった。

米軍はこのような兵器を大型の陸上哨戒爆撃機に搭載するか、あるいは小型の艦上爆撃機を捜索型と攻撃型にわけ、二機を一チームとして、対潜作戦をおこなっていた。だから、狼群戦法で目標の周辺を往復していた浮上潜水艦は、発見されると徹底的に追尾されて、撃沈されてしまった。

東海は、この対潜兵器をすべて同時に装備できる双発の陸上小型機であった。小型機であったからとは言いきれないが、飛行艇などの大型機で活躍した電探が、離陸してから不調となり使えなくなることが多く、装備や用法に苦労した。

しかし、そのほかの対潜機器はすぐれており、搭乗員に自信をあたえていた。東海の特性については次のようなものがあるので、簡単にふれておこう。

①航空機用H6型電探は主翼と胴体にアンテナがあり、電信員がセレクターを前方、右、左と三方向に切りかえることによって、その方向のレーダービームを重ね合わせながら捜索

する。しかし、四六時中、セレクターを切りかえて、Ａスコープの映像を調整するのは電信員には忙しく、大変な苦労であった。米軍のつかったＰＰＩスコープのほうが便利であった。（図１）

②航空機用磁気探知機三式一号は、昭和十九年のはじめに津軽東方で戦果をあげ、用法の

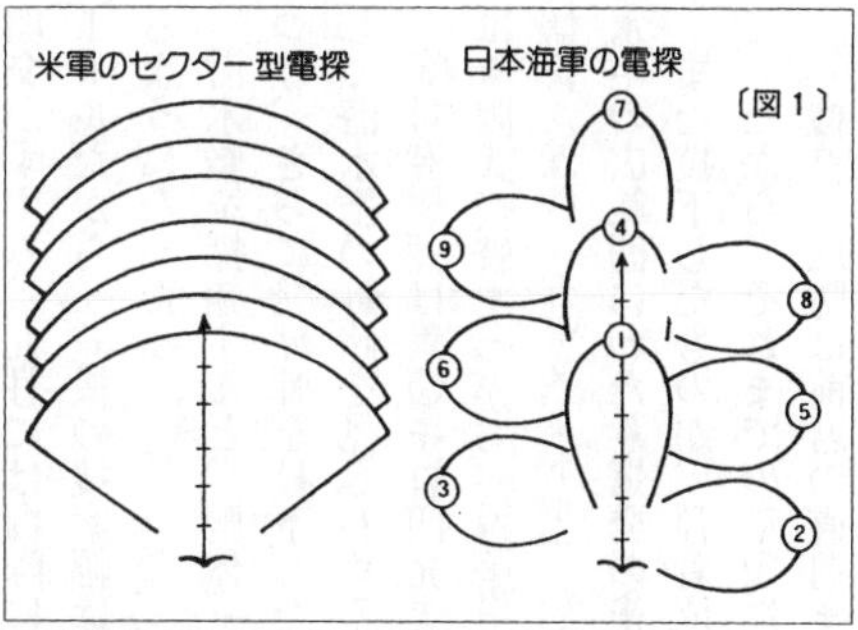

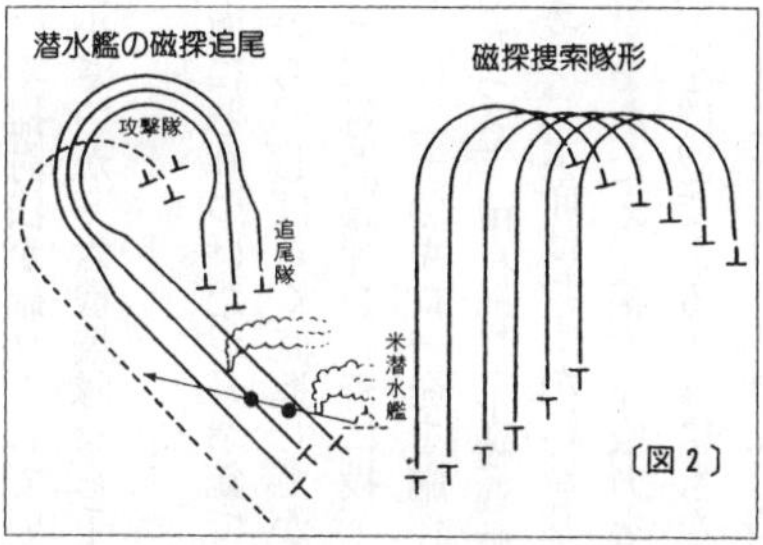

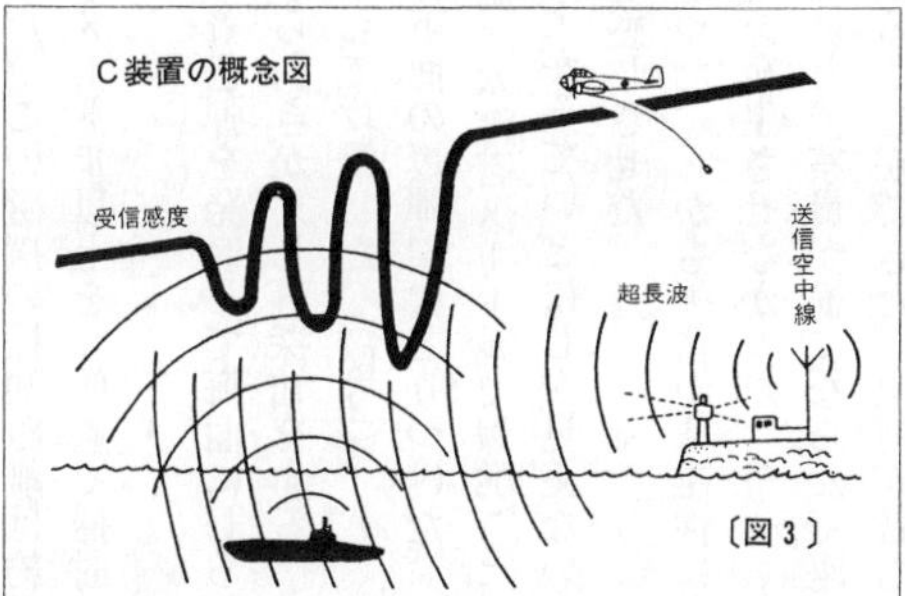

開発がすすみ、九月には編隊による掃討法が確立されていた。この磁探の探知距離は約百メートルだから、一機の捜索幅は小さいが、六機編隊なら千メートル以上を一航過で掃討できるようになった。

潜水艦を探知すると、胴体下面にとりつけた信号拳銃で着色弾を発射して海面にしるしをつけ、さらに発煙弾を投下したのち、しばらく直進してから引きかえし再探知をする。こうして潜水艦の針路を見きわめると、対潜爆弾を一斉に投下して攻撃した。（図2）

③対潜爆弾は六〇キロ四発または二五〇キロ一発を胴体下面の爆弾架にとりつけた。これは時限式信管をつかった爆雷であった。甲信管（十秒遅動・水深百メートルで爆発）と、乙信管（五秒・五十メートル）があり、水面はわずかに盛り上がるていどにしか見えないが、水中の広範囲にわたり爆発の衝撃をあたえ、絶大な威力を感じさせた。

た投下したものが、弾着位置を確認できるようにもなった。しかも弾体が非磁性になっていたから、それまでの鉄製爆弾とことなり、磁探に雑音を発生させなかった。

④機首の風防は前席の直前までひろくとってあり、操縦員と偵察員が横にならんで座っていたから、二人の目で、前方の水平線から直下付近で見張ることができた。東海が敵潜を最初に発見するのは、ほとんどこの目視見張りであった。

当時の水偵隊では、攻撃される前に潜水艦を発見することはきわめて少なかったが、東海は潜望鏡で潜航中のものを発見することもあった。発見する回数も、格段に多かった。浮上潜水艦、潜望鏡などの見える方向が、単発機の発動機に隠された部分、東海でいえば足のツ

東海。急降下爆撃時は三段フラップがエアブレーキを兼ねる

マ先と計器盤のあいだというような関係位置にあったことが、両者の実績のちがいを生んだように思う。

⑤その他にC装置という超長波をつかった潜水艦捜索用の装置があった。海軍では、アルファベットのＡＢＣ……を頭につけて、開発中の新兵器の略称としていた。C装置（図３）は一〇〇KHz内外の電波を基地から発射すると、潜水艦上空で干渉波が生じる現象を応用し、航空機が受信しながら飛行して、その感度の変化を記録する簡単な装置である。

電波の水中特性などから、理論的には十分に説明しきれない点があるようで、試験中の器具であったが、効果のあることがわかったので、済州島隊では、電探のかわりに使用した。

C装置で探知をえた海域で、磁探機の編隊掃討中も感度があり、愛用したものであった。戦後、外国でも関心をもたれたという話をきいている。

最前線に進出した十二機

東海が実施部隊に配属されはじめたのは、昭和二十年二月からであり、済州島、上海、三保、能代（秋田県）および元山につぎつぎと配備され、六月には展開を終了した。原計画では、沖縄の小禄も予定されていたが、米軍の沖縄進攻でとりやめになったときいている。

私たちはその先陣をうけたまわり、二月中旬に済州島の西南端にある摹瑟浦《モスリツポ》基地に十二機の東海で進出した。搭乗員は三十六名、そのほか整備員、基地要員など総勢二百名くらいであった。この基地では、それまでに二式練習機六機（約百名）で哨戒をしていたので、にわかに十八機、三百名ばかりの所帯になった。

そこで基地指揮官の私と十八人の学徒出陣の予備士官を中心に、東海による哨戒準備をいそぎ、整備通信など基地支援関係は数人の練達の特務士官と、一人の軍医官でかためてもらった。また兵舎の整備、間引きなどには、当時、現地で防空指揮所を建設中の施設隊にもお世話になった。

こうして二月下旬からは、東シナ海を北上し、対馬海峡から瀬戸内にむかう航路の船団や、指定された船舶の前路哨戒や護衛を開始することができた。当時、この基地は佐世保に司令部のある九五一空に所属していたので、護衛の対象となる船舶の指定、通知などはもちろん、燃料や食糧などの補給はこの司令部の配慮によるものであった。

沖縄が玉砕してからは、B29やPBMなど米軍の大型機の海上交通破壊がはげしくなり、五月ごろからは菓子や酒などの嗜好品《しこう》はほとんど着かなくなった。だが燃料と米だけは十分にあり、島内には雉《きじ》が、海には魚がたくさんいたので、基地の運営に困ることはなかった。

このような比較的めぐまれた状態で作戦をおこなうことができ、しかも四月以降は米潜水艦をひんぱんに発見、攻撃するようになったので、基地の空気がほがらかで、にぎやかではあったが、だんだん忙しくなってきた。

毎日おこなう対潜哨戒は、日出前に三〜四機が離陸して、西方の東シナ海や黄海にむかい、太陽を背景にして、早朝に浮上中の潜水艦を発見するようにつとめた。

また夕方は、日没前に哨戒線の先端に進出し、夕刻前に浮上する潜水艦を、これもまた太陽を背にして見つけるようにした。

電探も活用するようにつとめたが、空中での故障が多く、真空管や抵抗器などの部品を携行しても空中で修理できることは少なかったので、進出後、日がたつにつれて、この哨戒方式が定型化した。つまり目視で浮上している潜水艦をまず捕捉しようという考え方が中心になった。

当初は、夜間もつねに一機の電探機を飛ばしていたが、このような電探への不信から、C装置で哨戒することもあった。船団や指定船舶の前路哨戒も、おおむね一機をこのように配備した。

日ごとに増える撃沈マーク

最初に潜水艦を発見したのは、三月末であったか、四月に入ってからだったか、記憶がはっきりしないが、たしかその頃だった。それは、浮上潜水艦をまず哨戒機が発見し急降下爆撃を行なったが、そのときにはすでに潜水艦は全没していて、爆撃の効果は不明であった。そこで、さっそく磁探機六機が編隊で出発した。

はじめての掃討でもあり、後述するように東海の弱点である発動機故障があったりで、ちょっと出発に手間どったが、発見報告の約一時間後には、全機出発した。ここまでくれば、若い搭乗員たちとはいえ、佐伯の訓練で自信をもっているだけに、戦果を待つのみであった。さいわいにして磁探で探知、爆撃したところ、油が浮きあがった。油以外に撃沈の証拠となる木片や織物は空中からでは確認できなかったが、その後も一ヵ月近く油の流出がつづいたので、撃沈した可能性がきわめて大きいと判断した。

これで、基地全員の活気はいやがうえにも盛りあがり、十二機の機首には、撃沈であることをしめす白い潜水艦のマークがひとつ書き込まれた。

硫黄島が陥落すると、敵潜の出没はますますふえ、発見回数も多くなり、この潜水艦マークは書きくわえられて四つか五つになった。それからあとは書きこむスペースもなくなったが、撃沈確実と判断したのは、六月末までで七回に達した。

終戦後に発表されたモリソン氏の『潜水艦戦』によると、この間、この方面で喪失した米

終戦を迎え米軍引渡しを前に試験飛行する東海。十七試哨戒機として開発された対潜専用機で全長12m、全幅16m

潜はなかったようになっている。これを読んだとき私は一瞬、「まさか、そんなこと」と思わざるをえなかった。

たとえば五月中旬ごろ、済州島の東海と、青島の水偵がおなじ日に黄海のべつの場所で対潜攻撃をして、効果ありと報告したときに、当日まで傍受できた米潜水艦同士の通信がこの夜以後、まったく断絶したという情報もあり、私たちは戦果を疑ったことがなかったからである。

黄海やシナ海には沈船が多い。磁探の捜索では、目標が潜水艦であるという証拠はえられない。現在のようにソノブイがあって、聴音、探信ができる時代には、このような悩みはだいぶ少なくなっているのだが。

五月からは、われわれの部隊は九〇一空（司令部は舞鶴）に編成替えになった。

このころから米軍の大型機による海上交通線破壊がはじまり、毎朝十時前後に済州島西方を北上し、午後二時ごろに南下していくことが多くなった。

このため、大型機をねらって基地の高角砲三門で砲撃したことがあるが、それからは遠方を迂回するようになった。

それでも飛行中の東海には脅威であった。B29につかまったら、こちらは速力がおそいから、逃げることも攻撃することもできない。

だから、飛行中に双眼鏡での見張りを厳重にする必要がおきた。とくに磁探掃討中には用心した。それでも、単独哨戒中の東海が二回、PBM飛行艇の二機に挟撃され、かろうじて虎口を脱出したこともあった。さいわいに、済州邑《ゆう》の陸軍戦闘機の基地に近づいたので、ぶじに脱出できたので、被害はなかった。

しかし、六月にはいると、米艦上機が九州周辺に来襲しだした。そのようなある日、要務のため連絡用の練習機「白菊」で九州にむかった山崎中尉と石井士長が未帰還となった。月余ののち、山崎中尉の遺体が佐賀県の伊万里湾で発見され、戦友の手で遺族にお骨をおとどけしたが、これが基地でのただ一回の悲しい戦死であった。

そのほか、七月に兵舎に発疹チフスが発生して、整備の先任下士官が亡くなった。朝夕の飛行など忙しい日課と暑さが、チフス発生の背景となっていると思うと、指揮官としてなんとかならなかったかと悔しく、申し訳ないことであった。

機体故障に泣かされつつ

東海は機体関係の故障が頻発し、事故につながることもしばしばであった。その原因は製造上の機体や部品の寸法、形状の不良によることが第一であるが、開発期間を徹底的に短縮したため、試行錯誤の過程で実用化されたことにもあった。

主要な不具合現象はつぎのとおりであった。

①ピストンリングが三十時間くらいで摩耗、折損する故障が頻発した。その原因は、形状寸法の規格外にあった。

また、発動機の天風三一型は減速装置のないプロペラ直結型で、常用回転数が二、三割多いのも影響したかもしれない。済州島では直接、千葉のメーカーから良品をうけたが、そのあとは故障が少なくなった。

②急降下角を七十度にするため、大きなフラップがつき、使用角度も最大が七十度まであった。このため揚力効果の大きい反面、急激な操作は危険であった。制御用の油圧追従弁の仕上不良による引っ掛りもしばしば認められ、注意が必要だった。

③製造加工の不備で動翼の寸法、重心のバラツキが大きかった。昭和二十年三月の急降下中の空中分解事故は、機体共振によるものと推定され、各動翼にマスバランスがつけられた。それでも、最大降下速度は一七〇ノットに制限され、大きな降下角度のメリットを制約した。

④機首の広い風防は、視界をひろくしたが、不時着などの不慮の衝撃には弱く、負傷や死亡などの事故の原因になった。

このように大戦の末期に実用された東海のイメージを、一口で表現すれば、優秀な磁探と広い視界をそなえた、有能で繊細な対潜哨戒機といえるのではないだろうか。戦時下の苛烈な正面の戦いの裏方となるには、出現の時機を逸した観もある。

その任務が海上交通の保護にあり、終戦直前にもその役割がもとめられたため、特攻を命ぜられたものはなかったが、終戦後の八月十八日ごろまで任務の続行を命ぜられた。

このように、太平洋戦争をいちばん最後の日までつづけた航空機でもあった。八月二十二日、最後の一機が連絡飛行の途中、新潟県の新津飛行場に不時着したのが、この航空機の最後の飛行であったのではなかろうか。日本人によるものとしては。

二式艦偵と彩雲がしめした名機の条件

艦爆彗星が変身した二式艦偵と母艦なき艦偵彩雲の栄光と悲劇の生涯

航空機研究家　村上洋二

太平洋戦争が始まったとき、日本海軍は強力な空母部隊をもっていたが、その搭載機のなかには艦上偵察機という機種がなかった。これは艦上攻撃機、とくに三座で航続距離の長い九七艦攻を偵察に流用したり、さらには空母に随伴する巡洋艦の零式水偵で、十分まにあうと考えていたからだった。

しかし、こうした艦上攻撃機の流用や下駄ばき水偵は、たしかにそれなりの効果を発揮したが、一瞬の遅延が重大な結果をまねきかねない戦場では、やはり本格的に設計された艦上偵察機とくらべれば、中途半ぱな存在にならざるをえない。

当時の陸軍が、九七司偵（九七式司令部偵察機）から一〇〇式司偵（一〇〇式司令部偵察機）と、高速かつ長航続距離の偵察機をつかって、戦線の背後ふかくまで戦略的な偵察を実施していたのにくらべても、海軍の考えは「偵察軽視」と批判されるに値する状況だった。

しかし、日中戦争で九六陸攻による奥地爆撃などの経験をかさねるうちに、偵察機は大航続力をもち、敵の戦闘機に喰われないだけの速度が必要なことをいちおう考えるようになった。そして陸軍の九七司偵の海軍型九八陸偵（九八式陸上偵察機）をまず採用した。この九八陸偵は、機種別記号はいちおう艦上偵察機の「C」をつけてC5Mとなっているが、前方視界がわるくて離着陸滑走距離も長く、とても艦上機としてつかえる機体ではなかった。

太平洋戦争に突入して、空母を中心とする機動部隊が東に西に作戦するようになると、本格的な艦上偵察機をもつ必要がいっそう痛感された。その結果、日本海軍が持つにいたったのが二式艦偵（二式艦上偵察機）と彩雲だったのである。もっとも、最初から艦上偵察機として計画設計されたのは彩雲だけで、二式艦偵は他機種、すなわち急降下爆撃機として計画、試作されたものの流用だった。

十三試艦爆の高速と大航続力を活用しよう

十三試艦爆、のちのD4Y1「彗星《すいせい》」が、まず二式艦偵としてデビューしたのは、十三試艦爆の高速、大航続距離、それに試作機が急降下爆撃機として十分な強度を持っているかという問題に不安がいだかれていたことに大きな理由を持っている。「急降下爆撃機として不安があるなら、それはそれで解決するとして、とにかくこの高速性と大航続力を現在もっとも必要な艦上偵察機として役立たせよう」ということになったのである。

こうして十三試艦爆試作機中の三、四号機が偵察機に改装されて、昭和十七年に機動部隊に送られた。では、いったい十三試艦爆とはどういう機体だったのか――。

日本海軍は昭和六年ころから艦船攻撃における急降下爆撃機の重要性に気づき、九四艦爆、九六艦爆、九九艦爆とつぎつぎに制式機をデビューさせてきた。そして太平洋戦争の緒戦時には、大型艦船にたいしては八〇パーセント以上、九〇パーセントに近い命中率をあげるほど艦爆隊の練度はあがっていたのである。

しかし、そうした半面、機体の面では九六艦爆は艦上機としては最後の複葉機、九九艦爆はこれまた最後の固定脚機と、同時代の艦上戦闘機はもちろんのこと、艦上攻撃機よりも旧式な機体だったのである。

だが、海軍の急降下爆撃機にもとめられている本来の性能は、敵の艦上機の行動圏外から発進して、できるだけ短時間で接敵し先制攻撃をくわえる。とくに敵の空母に損傷をあたえて、艦上機の離着艦能力をうばうことである。これをやってのけるには、長大な航続距離、高巡航速度、さらに敵戦闘機の防衛陣を強行突破するための、敵戦闘機と同等以上の最高速力の必要もある。

日本海軍はこうした着眼では遙かに世界の水準をぬいており、昭和十三年に海軍の空技廠(航空技術廠)で、早くもそうした十三試艦爆の研究的試作をはじめた。

小型化と抵抗を少なくする苦心

十三試艦爆の計画要求のおもなものは、航続距離は爆撃正規状態(二五〇キロ爆弾装備)で八〇〇浬《かいり》以上、過荷で一二〇〇浬以上、ただし巡航速度は当時の第一線機の一六〇ノットを一挙に二三〇ノットとし、最高速度は十二試艦戦（のちの零戦）より十ノットも速い二八〇ノット。また過荷状態では五〇〇キロ爆弾の搭載も可能という、当時としては並みはずれた要求だった。

こうした要求をまえに、空技廠の技術者たちが考えたのは「かぎられた馬力で高性能をだすには、まず小さくて軽い機体をつくり、外型を空力的に洗練して抵抗を小さくする」ということだった。

そこでまず小さな主翼が選ばれた。これは折畳みをやめて空母のエレベーターに乗せられるぎりぎりの十一・五メートルに長さをおさえ、そのかわり合成風速十二メートルで離艦滑走距離百メートル以内を満足させるよう翼面積を決めた。こうするとアスペクト比は小さくなるが、これはかえって抵抗と重量がへり、高速巡航にはつごうがいい。

つぎに発動機には液冷式（ダイムラーベンツＤＢ600Ｇ）をえらび、抵抗減少と前方視界の向上をはかった。液冷発動機につきものの冷却器の配置にも、いろんな実験をくりかえして、もっとも抵抗の少ない形が選ばれた。爆弾はむきだしでなく爆弾倉に、さらに急降下時に使用するエアブレーキ（抵抗板）も、通常飛行時にはフラップと翼下面の隙間をふさいで抵抗を少なくし、フラップを下げたときは、フラップ表面へ翼下面から大きな空気通路をつくる新型式のものが考案された。

とにかく徹底的な小型化と、抵抗の減少がはかられ、重量当たりの全機抗力では、長いあいだ陸上機の速度記録を保持したメッサーシュミットＭｅ209Ｒといった特殊実験機とかわら

偵察行をおえ基地に帰投、フラップを最大にさげ着陸態勢の二式艦偵

ないほどの機体が生まれたのである。

こうして誕生した十三試艦爆は、最大速度は二九八ノット、巡航速度、航続距離（偵察過荷で二一〇〇浬）などすべて要求性能をうわまわり、愛知航空機で量産にうつされることになったが、強度上の問題からまず偵察装備（爆弾倉内に燃料と写真偵察装備、さらに両翼下に三百リットル増槽を装備）してミッドウェー海戦で実用試験に供された（この機は三号機で、同海戦で失われたが、四号機は一足先に事故で失われた）。

十三試艦爆はそののち、試作五号機が空中分解事故をおこしたため、艦爆としての採用は昭和十八年十二月となったが、偵察機としては合格であるとして昭和十七年七月、二式艦上偵察機として制式採用されたのである。

この二式艦偵は、ミッドウェーで主力空母が失われたため、母艦との連合テストなどが遅れ、当初は南方の陸上基地で多くつかわれたようだ。しかしマリアナ海戦時には、空母大鳳から発進した二式艦偵が、敵艦上機の行動圏外から飛び立って、みごとに米第五十八機動部隊を発見している。

なおこの発見当日、つまり昭和十九年六月十八日には、九七艦攻十四機、零式水偵二機が午前五時に第一段索敵に、その六時間後、先の大鳳の二式艦偵のほかに翔鶴と瑞鶴の彗星計十三機（機動部隊の艦偵総数は九機となっているので、一部は艦爆彗星と考えられる）と、さらに零式水偵二機、一、二段合計で三十一機が発進、翔鶴の彗星も敵空母群を三八〇浬の遠方に発見している。二式艦偵、彗星とも艦上偵察機としての任務は十分に果たしたのである。

もっともマリアナ海戦は日本側の敗北に終わり（海戦終了時の二式艦偵の残存機は一機）、二式艦偵の功績もむなしく、活躍の舞台はまた地味な陸上基地ということになる。二式艦偵は各方面でかなり活躍したとおもわれるが、貴重な試作機の段階で実戦にかりだされ、その後の彗星の完成量産に遅延をもたらしたことを考えると、功罪いずれが大きかっただろうか。

空母をもたない艦偵の悲劇

さて、艦上偵察機としては空前絶後の傑作機の名声をえながら、搭載されるべき空母を見いだせなかった彩雲の悲運は、よくご存じであろう。そのなかには先にふれたマリアナ海戦での大鳳の例がある。大鳳の搭載機は、本来ならば次のようになるはずだった。

艦戦「烈風」二十四機、艦攻「流星」二十四機、艦偵「彩雲」四機。合計五十二機である。

しかし海戦時に搭載されていたのは、烈風のかわりに零戦、流星のかわりは彗星と天山（流星は雷撃も急降下爆撃も可能）、そして彩雲のかわりは二式艦偵だった。さらに定数六機を予定された五〇二一号艦クラス五隻は建造中止、定数六プラス補用一を予定した信濃はあっけなく沈められた。

そのように艦偵としては悲運だった彩雲が、なぜ名機としていまも名が高いのか。それはやはり彩雲の高性能によるものだ。高速巡航、戦闘機をしのぐ速度、大航続距離という日本海軍の念頭を、ほとんど完璧なまでに実現したのが彩雲なのである。

彩雲は二式艦偵とちがって、空冷発動機を搭載した。しかしこれは前面面積が小さく、しかも高出力、軽量の中島製の「誉《ほまれ》」（NK9、海軍呼称ハ四五）である。「この誉の出現が海軍側の諸要求をみたす飛行機をうみだす可能性をあたえた」と当時を回想する設計関係者がいるほど、高性能のエンジンなのである。

ここで彩雲、十七試艦上偵察機の主な要求をあげておこう。

一、最大速度はあらゆる戦闘機よりもすぐれ、高度六千メートルで三五〇ノット。

二、上昇力は六千メートルまで八分以内。

三、航続力は巡航二一〇ノットで一五〇〇浬。

四、離陸滑走距離は合成風速十三メートルで一七〇メートル以内。着陸速度は七十ノット以内。

五、高々度、長距離偵察の装備をもち、乗員は三名。武装は不要なるも、後席に旋回機銃一梃を装備しうること。

こうした要求に、特命をうけた中島では、最初は千馬力級の小型空冷発動機を串型に胴体内にならべ、強制冷却を採用して前面面積の減少をはかるとともに、このエンジンから延長軸をつかって、両翼につけた二つのプロペラを回転させようと考えたほどなのである。

もし誉発動機が出現せず、こうした動力機構を無理に採用していたら、おそらく彩雲はものにならなかったろう。この種の機構で成功したものはまず皆無なのだから。誉の出現はそうした意味で、まさに〝彩雲の可能性〟をみちびきだしたのである。しかしこの誉（二段過給器つき）をもってしても、高度六千メートルでは千六百馬力にとどまり、約四百馬力分を空力的洗練、その他で埋めるほかなかった。

そこでまず胴体をできるかぎり細くすることに主眼がおかれ、エンジンカウリングの直径をそのまま後方に直線で流して細めていく細長い胴体を採用した。こうすることで彩雲の胴体の正面面積は風防部もふくめて天山の約四分の三になった。そのかわり、胴体内は三名の乗員と各種の装備品が、発動機直後から垂直尾翼取付部までぎっしり詰まることになった。

主翼面積は零戦の二十二・四平方メートルをわずかに上まわる二十五・五平方メートル。もちろん主翼折畳み装置はなし。

しかし、重量は天山とほぼ同じくらいの約五トン（天山の主翼面積は三十七・五平方メートル）で、当時の艦上機としては大変な翼面荷重になった。

基地の対空監視哨の下で愛機の彩雲（左前方）を眺めながら一息つく搭乗員

新機構採用のはてに

高翼面荷重は高速向きではあっても、空母上での離着艦性能にはまるで不向きだ。そこで高揚力装置がいろいろ考えだされた。まず油圧式親子ファウラーフラップ、補助翼も離着陸時にはフラップの役目をするエルロンフラップに、さらに主翼の前縁部には油圧式のエルロンフラップを採用した。こうした高揚力装置による揚力中心の移動が大きいため、水平安定板の取付角の変更装置も必要になった。離着艦距離と高速性の相反する条件は、こうしてつぎつぎに解決された。

つぎは機体の抵抗を少しでも減らし、動力を少しでも有効に働かせることだ。

主翼には層流翼を採用、少しでも平滑に仕上げるために外鈑を厚くして、リベットの数を減らすとともに翼の変型もふせぐ工夫をした。主脚の収納もそれまでのようにそのまま引っ込めたのでは、せっかくの層流翼が駄目になってしまう。そこでやや後方へ、主翼の桁と桁のあいだへ収納するという機構にした。そのほか主翼の八〇パーセントにも及ぶセミインテグラルタンク、推力排気管など、取り入れられるものはすべて取り入れた。

彩雲の風防は意外に低い。その風防からの視界をよくするため、胴体上面のかたちは上のほうが絞られたかたちになっている。風防後端で胴体に風防が深く落ち込んでいるのも、やはり偵察機として欠かせない視界の広さを確保するためだ。

ともあれ、昭和十八年四月末、第一号機が完成し、五月十五日にはやくも初飛行がおこなわれた。試験飛行の結果は、最良の場合、三五三ノットを記録した（戦後アメリカでの試験では三七五ノット）。これは計画値の三五〇ノットを上まわる成績だった。

試製彩雲（C6N1、誉一一型千八百馬力、四翅ペラ）、艦上偵察機彩雲一一型（C6N1、誉二一型、二千馬力、三翅ペラ）、彩雲改（C6N2、誉二一型酸素噴射装置付、その他）、彩雲改一型（C6N3）など改修機、同計画機などがつぎつぎにうまれた。その戦績はどうだったのか。

空母を持たない彩雲は昭和十九年中期以降、もっぱら陸上機として活躍した。マーシャル、サイパン、ウルシー、メジュロなどの高々度偵察をしばしば敢行し、「敵戦闘機をよせつけない」という所期の目的をみごとに果たして、貴重な偵察結果をもちかえった。日本海軍が最後の望みをたくした艦上偵察機は、当時の日本の技術の粋をつくして実現されたのだ。

その名機彩雲も出現の時がおそすぎた。もはや空母がないばかりか、艦隊決戦に役立とうにも、連合艦隊はレイテ沖海戦で潰えていた。彩雲そのものも、誉エンジンのトラブルで性能も稼動率も低下し、また事故損失もふえつつあったのが、八月十五日直前の姿だった。

戦争中に計画され、戦争に間にあった艦上偵察機「彩雲」の名は、その悲運のゆえに、いっそう長く、その栄光の名を歴史に刻みつづけるにちがいない。

一二一空「彩雲」千早隊マリアナに死す

決戦前夜メジュロ環礁挺身偵察を成し遂げた飛行隊長の最後の日々

当時 第四南遣艦隊参謀・海軍中佐　千早正隆

昭和十九年五月のはじめ、フィリピンのマニラにある第三南遣艦隊司令部の庁舎で、連合艦隊の次期作戦の打合わせがおこなわれた。主宰は連合艦隊司令部である。

そのころまでには東のマーシャル諸島は敵に抜かれ、それまで日本海軍が中部太平洋の要《かなめ》としていたトラック基地までが、敵の脅威に直接さらされていた。さらに南東方面からニューギニアに通じる線では、日本がもっとも力を入れていたラバウルをバイパスされて、ニューギニア中部北岸の拠点ホーランジアまでが落とされていた。

千早正隆中佐

そして、日本が〝絶対国防圏〟とみなしていたマリアナ諸島から西カロリン諸島をへて、ニューギニアの西端を結ぶ線に対する連合軍の来攻を予期しなければならない状況になっていた。絶対国防圏とは、その線を突破されたら、日本の防衛線の基盤がくつがえされる。だから、どんな犠牲をはらっても、あくまでその線を死守するという考え方から設定されたものであった。事実は、その通りになったが――。

日本海軍は、ガダルカナル戦からひきつづいた南東方面での押しまくられっぱなしの二年近くの苦しい戦いで、もっとも嫌《きら》っていた消耗戦にまきこまれ、その戦力を少なからず擂《す》りつぶしていた。が、戦前から多年にわたって研究し、演練を重ねてきたマリアナ諸島の線では、その持っている全兵力をあげて、来敵にたいして決戦をいどむ決意をかためていた。

戦いが終わって考えてみると、おかしいのだが、日本海軍はそのような場合の〝切り札〟を持っている、と考えていた。その切り札とは、日本海軍が決戦兵力として、それまでひそかに整備し、練成していた第一航空艦隊のことであった。

日本海軍は、半年にわたったガダルカナルの苦戦にかんがみて、機動力のある一大基地航空部隊を一ヵ年の練成期間でつくりあげ、その戦力ができあがったところで戦場にぶつけて、戦機の大転換をはかる計画をたてていた。そして、その飛行隊長級には歴戦のベテランを起用し、また使用する機種には新鋭機を充当し、総兵力はじつに一五〇〇機以上を予定するという壮大な計画であった。

この壮大な計画にもとづく新編の基地航空部隊は、第一航空艦隊として、昭和十八年七月一日、その練成のスタートを切っていた。

この栄誉ある第一航空艦隊司令長官には、角田覚治中将が起用されていた。彼は砲術出身で、いわゆる航空屋ではなかった。しかし、緒戦時には、第四航空戦隊司令官として、マレー蘭印作戦で持ち前の積極性と果敢性を十分に発揮して、その力量をみとめられていた。

第一航空艦隊の編成および練成は、日本海軍部内でも秘密とされていた。その指揮下の航空隊も、偵察隊は雉《きじ》、戦闘機隊は豹、虎、艦爆隊は鵬、鷹、陸攻隊は龍という俗称で呼ばれていた。それればかりでなく、兵力の小出しをさけるために、この第一航空艦隊は連合艦隊の指揮下にいれず、大本営直属とされていた。日本海軍としては初めての措置であった。

しかし、戦局の進展はあまりにも急激であり、そして厳しかった。昭和十九年の年が明けてから、連合軍の日本にたいする圧迫は、そのテンポを早めていた。二月十七日、連合軍はトラック根拠地にはやくも機動部隊の大空襲をかけ、同根拠地にあった艦艇および航空機は壊滅した。事態は急激にひっぱくした。

第一航空艦隊の編成は、まだ完了していなかったが、ついに出動を命ぜられた（同航空艦隊は二月十五日付で、連合艦隊の指揮下に入れられていた）。そして、その先発部隊がまだ防備の完成していないサイパン、テニアンおよびグアムの基地に翼を休めるやいなや、第一の不運がふりかかってきた。

それは同部隊の進出を待ち伏せたかのように、二月二十二日に、敵の機動部隊が襲いかかってきたからであった。先発部隊の主力であった陸攻部隊（龍）は、その日の夜に雷撃をかけたが、遺憾ながら戦果はなかった。

戦いはわずか一日で終わったが、日本海軍の〝虎の子〟部隊が受けた損害は甚大であった。未帰還は四十二機、地上で撃破されたもの八十三機にたっした。虎の子部隊の初陣におけるこの惨敗は、同部隊に多大の期待をかけていただけに、作戦当局者の心を暗くしていた。

初陣の惨敗にひるむことなく、第一航空艦隊はその後、航空部隊を陸続としてマリアナ方面に送りこんだ。しかし、時間に追われて練成がおくれ、頼みとした新鋭機も銀河隊が揃っただけであった。紫電は姿を現わさなかった。しかも、基地の防空、防備の整備は大幅におくれていた。

一方では、連合艦隊は、その可動の水上兵力のすべてを、昭和十九年三月一日に新設した第一機動艦隊（長官・小沢治三郎中将）に集中し、母艦兵力を中心とした海上兵力を整備していた。これに動員した兵力は、最新鋭の空母大鳳をふくむ空母九隻、大和、武蔵をふくむ戦艦五隻、軽巡三隻および駆逐艦二十九隻にたっした。また、空母搭載機は総計四三〇機、艦載水上機は四十三機であった。

このような大艦隊兵力が集中したことは、真珠湾のときにも、ミッドウェーでも、また南太平洋海戦のときにもなかった。まことに堂々の陣であった。ただ悩みは訓練の不足であった。

ことに母艦機の大部分は、昭和十八年十一月に、連合軍がブーゲンビル島のタロキナに来攻したのを迎えうったときに、母艦航空兵力を投入して消耗してしまい、それ以後にあらたに再建されたものであった。訓練期間のいちばん長い第一航空戦隊ですら六ヵ月、第三航空戦隊は三ヵ月、第二航空戦隊にいたっては、わずか二ヵ月にすぎなかった。

連合艦隊司令部は、連合軍が絶対国防圏のいずれかの地点に来攻したならば、基地から作戦する第一航空艦隊と海上から作戦する第一機動艦隊が協同して、敵の機動部隊に決戦をいどむという計画であった。そして、その作戦を「あ号」作戦と名づけていた。

マニラの会議は、その作戦に関係のある中部太平洋方面艦隊、第一航空艦隊、第一機動艦隊、南西方面艦隊、第三、第四南遣艦隊の作戦担当参謀を集めて、できあがった「あ号」作戦計画を説明し、必要な打合わせをするために開催したものであった。

期待された第一航空艦隊

私は、その会議に第四南遣艦隊参謀として参加していた。私の艦隊は、いわゆる豪北地域の防衛を担任していた。その防衛地域には、その後に問題となったビアク島およびハルマヘラが含まれていた。

私はその作戦会議に、つぎの観点から特別の関心をもっていた。その第一は、ビアクが絶対国防圏に組み込まれているかどうかであった。その第二は、第一航空艦隊がどんな戦いをするであろうか、ということであった。

私は昭和十九年三月のはじめに海軍大学校を繰上げ卒業し、第四南遣艦隊参謀となったが、現地に着任する前から、ビアク島がその戦略的な見地から、敵の本格的な来攻の目標になるだろうと考えていた。そして艦隊司令部のあったアンボンに着任すると、旅装をとく間もなく、水偵でビアクに飛んだ。同島にはまだ陸上基地がなかった。

現地を視察して、私は敵はビアクに絶対にくる、と確信するようになった。

ビアク島は淡路島ぐらいの大きさの島で、しかも同島の南部は平坦で、大飛行基地群をつくることが可能であった。そればかりでなく、対岸のマノクワリその他が粘土質の土地で、飛行場の構築に不適であったのに反して、ここはサンゴ礁質で、飛行場の構築に適していたことである。地勢的にも、それまでの戦場にくらべて、守るにやすく、攻めるに困難であったことも、同島のいちじるしい特徴であった。

第四南遣艦隊の防衛の重点は、ビアクを通ずる線ではなくて、ニューギニアの南西岸から豪州の方向にむいていた。それは、機動基地航空部隊である第一航空艦隊のはじめの展開地区が、同方面に予定されていたからであった。そして同方面で、無駄な基地群の造成の努力がつづけられていた。

ビアクに対する来攻を確信していた私は、気狂いのようになってビアク、ビアクと叫びつづけた。東京の作戦指導部が、私の艦隊の防衛正面の変更をみとめ、ビアクにやっと目を向けるようになったのは、五月の声を聞いてからであった。

ところが、手渡された「あ号」作戦計画によると、ビアク島は絶対国防圏の圏外とされていた。おどろいた私は、列座のなかで立ちあがって、ビアク島の地勢的な特徴を説いて、絶対国防圏に入れるよう力説した。はげしい議論の応酬が相当長くつづいたが、連合艦隊司令部に専任の陸軍参謀となっていた島村陸軍大佐が、私のところにきて、「千早君、方針はすでに決定しているのだから、このへんで引っ込んではどうか」といってきた。相手が陸軍参謀であっただけに、私は議論をやめた。しかし、それから約三週間後に、敵がビアクに来攻したとき、この議論は作戦指導に微妙な影響をおよぼすこととなった。

私は第一機動艦隊の戦力には、あまり大きな期待をかけていなかったが、第一航空艦隊には、むしろ大きな期待をかけていた。というのは、私は有力な基地航空部隊を充分な時間をかけて練成し、それを機動的に使うという考え方に賛成であったからだ。また同隊の幹部には、私の知人や肉親がいたからでもあった。

第一航空艦隊の先任参謀淵田《ふちだ》美津雄中佐（五二期）は、相当に長年の知人であったし、衆望をになった第五二一航空隊（鵬）の飛行隊長江草《えぐさ》隆繁少佐（五八期）は、私のクラスメートであった。それに第一二一航空隊（雉）の飛行隊長千早《ちはや》猛彦少佐（六二期）は、私の実弟であった。

弟の猛彦は、千葉県の香取基地で練成をしていた当時、海軍大学校の学生として東京にいた私の家にときおりやってきて、第一航空艦隊の練成の状況を話してくれた。初陣であえなくも惨敗した龍部隊が、毎夜のように香取から出動して、土佐沖で雷撃訓練を実施していたことも話してくれた。

マニラでの作戦打合わせが終わった直後に、私は淵田参謀をつかまえて、予想される戦いについての彼の意見をきいた。彼は「あ号」作戦は、私の弟のマーシャルに対する挺身偵察ではじまることになっている、彼ならかならずや敵の出撃を確めてくれる、そうなれば奇襲はされない、奇襲されなければ絶対に勝つ自信がある、と力強く答えた。

私はブリッジの賭けの言葉で「ダブリますか」ときくと、彼は「リ・ダブルだ」と高笑いした。私は力強く思った。

その後、アンボンの司令部に帰って、会議の報告をしたあと、ある夜、私は司令部のベランダで、艦隊機関長の長嶺公固機関大佐と雑談をかわした。私が淵田参謀との会話の模様を話すと、彼は、彼自身の実弟が、やはりおなじ第一二一航空隊の飛行士官だと言いだした。兄貴二人がアンボンの地でおなじ司令部に勤務し、それぞれの実弟がまた、おなじ第一線の航空隊で勤務するという人生の奇遇に、たがいに驚き合ったのである。

彩雲で成功したメジュロ偵察

五月二十七日、日本海軍にとっては記念すべき海軍記念日に、敵は早くもビアク島の南岸に上陸を開始した。予想よりも、少なくとも二週間以上早かった。連合軍ははじめ、同島の攻撃を八月に予定していたが、サイパン攻略予定のくりあげにともなって、大幅にくりあげたのであった。

ビアク島にいた陸海軍部隊は、その防備がまだ完成していなかったが(あと約一ヵ月が必要であった)、激しく抵抗した。島の地形が防備に適していたことも幸いした。二十九日には、日本側の激しい反撃にあった敵の一部は、海上から撤退した。敵の上陸が、その作戦のはじめに大きく狂った、きわめて稀《まれ》な例であった。

現実に敵がビアクに上陸し、劣勢にもかかわらず、わが守備隊が善戦するのを見た連合艦隊司令部は、その心境に微妙な変化を生じた。

戦い敗れ横空の掩体壕から出された彗星(左)と彩雲。右端は夜戦月光の機首

まだ決戦兵力を投入する決意はつかなかったが、マリアナ方面の第一航空艦隊から計約一五〇機の兵力を、前後二回にわたって西部ニューギニアの基地(まだ完備していなかった)に投入した。さらに、陸兵を艦艇でビアク島に緊急輸送する計画をたてた。この作戦は〝渾《こん》〟作戦と名づけられた。

渾作戦は、その途中で敵に発見されたために二転、三転したが、六月十日には大和、武蔵を中心とする有力部隊を、ビアク泊地に突入させることを決定した。

日本海軍が長く温存してきた二大戦艦は軽快部隊をしたがえて、明くる十一日の夕刻に、ハルマヘラ島西方のバチャン泊地に集結した。

私はビアク島重視の主張者であり、かつ武蔵の艤装に、その竣工までの一年有余にわたって従事したこともあって、同艦のことは精通していた。それで、突入部隊に同行して先導役をつとめることを上司にねがいでたが、聞きいれられなかった。

しかし、連合艦隊が渾身の力をしぼって試みようとしたこの突入作戦は、不発に終わる運命にあった。マリアナ方面の戦場が急変したからであった。

これより少し先、敵の反攻がまぢかいと判断していた連合艦隊は、敵の動静を探ろうとやっきになっていた。敵の大艦隊を収容しうる根拠地は、泊地の広さ、その他から、ガダルカナル、アドミラルティ諸島およびマーシャル諸島のメジュロ、クェゼリンのいずれかであろうと考えられていた。

これらの偵察は、第一航空艦隊の第一二一航空隊および第一五一航空隊（五月五日付で第一航空艦隊に編入）に担当させられた。この一連の、単機で長駆敵地に潜入して、敵の動静を探ろうとする果敢な偵察行は、挺身偵察と名づけられた。

それらの敵地の偵察は、五月の終わりごろからはじめられた。

南東方面を担当した第一五一航空隊は、孤立したブーゲンビル島のブイン基地に、彗星偵察機を潜入させた。そして、そこからガダルカナル島の偵察をおこなって成功したが、惜しいかな、敵の主力空母群は在泊していなかった。ついで、アドミラルティを偵察したが、やはり同様の状況であった。

第一二一航空隊は、敵が在泊する算がもっとも大きいと思われるマーシャル諸島の偵察を担当した。しかし、トラック基地から同諸島の東端のメジュロまでは、直路でも二二〇〇キロの距離があり、飛行そのものが問題であった。

当時、一二一空は最新鋭の彩雲偵察機を三機もっていた。彩雲は中島飛行機が昭和十七年に試作して開発した誉二一型（一九九〇馬力）装備の三座の偵察機で、昭和十八年十月から実用実験にうつっていた。その最高速力は高度六千メートルで六一二キロ（当時の海軍機では最高）、また航続力は三千キロであった。

しかし、この新鋭機をもってしても、トラックからメジュロの往復は不可能であった。同隊では、トラックからまず敵中にとりのこされた孤島ナウルに飛び、そこで補給してメジュロに飛び、トラックに帰る三角コースを選んだ。総距離は約五千キロであった。三座の小型機で、洋上をそれだけの遠距離を飛行するだけでも、当時においては難事業であった。しかも、敵の本拠の上空を飛ぼうというのであるから、決死の行といってよかった。

五月二十九日の朝、千早飛行隊長は彩雲に乗ってテニアンを離陸し、トラックを中継して、その日の午後にナウルに潜入した。ひさしく友軍機を見ず、島流しの俊寛を嘆いていたナウルの基地員は、泣いて搭乗員に抱きついたという。

燃料を満載した千早機は、明くる三十日の早朝にナウルを離陸し、午前九時四十分ごろ、高度八千でメジュロに進入した。そして、空母七隻をふくむ部隊が在泊しているところを、写真撮影に成功した。

翌三十一日には、後藤飛曹長が彗星をかって、同コースをとってクェゼリンを偵察した。敵はいなかった。また六月五日には、長嶺公元大尉（六八期）が千早機とおなじコースで再度メジュロを偵察し、正規空母だけでも六隻が在泊し、出港の気配が濃厚であることを確認した。

四日後の六月九日、千早機はふたたびメジュロ泊地にしのびこんだ。敵はすでにいなかった。六月五日から九日の朝までの間に、出撃してしまったのだった。連合艦隊は十日に、「あ号作戦決戦準備」を発動した。第一航空艦隊によるこの挺身偵察は、「あ号」作戦計画のなかで、計画どおり、というよりそれ以上に実施された唯一の例となった。しかも、被害は皆無であった。

挺身偵察を終わった彩雲がテニアンに帰るとすぐ、十一日に敵機動部隊は、マリアナ方面に空襲をかけてきた。千早隊長は彩雲に乗り、索敵に出たが、ついに帰らなかった。長嶺大尉もまた、明くる十二日に彗星に乗って飛び立ったが、やはり帰らなかった。

テニアンは七月二十四日に敵の上陸をうけ、同島にのこっていた航空部隊は全滅した。私は挺身偵察の成功を知って大いに喜んだが、それも束の間であった。

マリアナをめぐる空の、海の悲報があいつぐにおよび、暗然となった。そして、弟は戦死したなと思った。長嶺機関長もおなじであった。千早、長嶺、後藤の三機長は、戦死の日付けで二階級特進の栄誉を授けられた。千早大佐は戦死の一ヵ月余前に、少佐に進級したばかりであったから、日本海軍で前例のない、三十歳のいちばん若い大佐となった。

追憶のなかの〝わが弟〟

それから三十余年、生後一ヵ月で父と死別した遺児は、その後に結婚し、生まれた長女に、父の乗機であった彩雲の一字をとって彩子《あや》と名づけた。

九八陸偵。陸軍の九七式司令部偵察機を転用、海軍機として制式採用した

弟の猛彦は、私と三つちがいの次男（その下に妹がいたが、戦争中に死亡）であったが、早生まれと遅生まれの差で、学校歴では私の四つ下であった。彼は小学校の低学年のころには病弱で、胃潰瘍を二回、腎臓炎を一回と、それぞれ半年余の病院生活を送ったほどであった。

私が小学校の五年生のころ、下校後に魚釣りをして家に帰ってくるときに、彼が病院から退院して両親に連れられて、フォードの「ほろ」型のタクシーで帰ってくるのに出会い、大声で叫びながらあとを追っかけたのを憶えている。そのころ、その町にはそのタクシーが一台あるだけで、私はそれまで自動車というものに乗ったことはなかった。

彼の性格はすごくおとなしく、物事をじっくりと観察するのが好きであった。

121空・千早猛彦少佐

私はこんなことを憶えている。彼が小学校三年生のころのことである。夕暮れに、きまって官舎の庭の隅にいくのをいぶかしく思った私は、ある日、そっと彼のあとをつけてみた。すると、驚いたことには、彼は庭の隅にレンガでガマの小屋をつくり、飼っていたガマを手の平に乗せて、じっと見つめているのだった。私はあきれた。

だから後年、彼が中学生になって、兵学校を受験するといい出したときにも、私は反対した。両親も私と同意見であった。しかし、その頃までには、台湾で長い官吏生活を送った父が退職して鹿児島に帰っていたので、その土地柄もあって、弟は両親に内密で兵学校を受験したのである。そして、さいわいにして合格した。昭和六年のことであった。

兵学校に入ってからも、とくに目立ったところはなかった（母は彼が遠洋航海中に急死した）。彼は昭和十二年に飛行学生となったが、私は兄として、そのことを喜んでいた。私自身も飛行機乗りになることを志願したのだが、希望が入れられなかったからだった（兄弟がともに士官である場合には、そのどちらかをとることになっていた）。彼は霞ヶ浦の教程が修了すると、艦爆の偵察員となった。

彼がその本領を発揮するようになったのは、昭和十五年のはじめ、中国で活躍していた基地航空部隊の、陸偵隊の飛行隊長に起用されてからであった。

その当時、海軍には陸偵という機種はなかったから、陸軍から九八式陸偵（神風型の改良型）をゆずり受けて、陸偵隊を編成した。そして、陸軍偵察飛行部隊で、その使用について講習をうけた。当然のことかもしれないが、彼は真剣であったようである。彼を教育をした陸軍士官が、いまだにそのことを記憶しているほどである。

教育を終わった彼は、受けとった九八式陸偵をひきいて、原隊のいた漢口に進出した。そして、すぐ重慶にたいする偵察を実施した。

漢口から重慶までは往復一八〇〇キロ、それもその全路が敵地である。二座機では、偵察員は通信も担当しなければならない。メジュロのときもそうであったが、彼はいちばんむずかしい仕事は、彼自身でするのを信条としていた。彼は九八式陸偵の高い実用性をたちまち実証した。陸軍では、そのような使用法をしたことはなかった。

この昭和十五年八月から実用化された零戦が、試験的に中国戦線に投入された。彼の陸偵隊がその零戦隊を誘導して、漢口から重慶に攻撃をかける作戦がたてられた。

その作戦はみごとに成功した。重慶の敵の戦闘機は壊滅した。零戦隊は漢口から成都に、ハノイから昆明にたいして追い撃ちをかけた。彼は零戦隊の出撃のたびにその先頭に立ち、よく耳目となって活躍した。

彼のこの活躍は、陸偵隊の必要性を実証した。海軍中央当局は、海軍独自の陸偵を製作することを決定をした。そして生まれたのが彩雲であった。彼の功績は大いにみとめられた。その功績にたいして、個人感状を出す議が出されたが、前例がないという理由で見送られたとは、ある責任のある大佐から聞かされたことである。

彼の名前は、海軍部内でも、兄貴である私よりも知れわたるようになったが、私はうれしかった。昭和十六年四月に第一航空艦隊が編成され、母艦部隊が増強されると、彼は赤城の艦爆隊飛行隊長となった。そして戦争が開始されると、真珠湾からミッドウェー作戦まで活躍した。

その後、横須賀航空隊にもどり、陸偵隊を担当していた。彼ほど第一線部隊だけをつとめた飛行士官は少なかった。戦死の一ヵ月余前に少佐に進級したとき、彼の席次はそれまでの三十番近くから、一躍して一ケタ台になっていた。そのような大抜擢は、私の知るかぎりでは、かつてないことであった。

その進級会報をみた私は、弟は戦死するなと思った。弟猛彦は、自分の手で創設した陸偵隊で輝かしい戦果をかざり、その愛機の機上で倒れたのであった。

五二一空〝鵬部隊〟がペリリューに壊滅した日

江草隆繁飛行隊長ひきいる銀河部隊に赴任した主計中尉の熱き四ヵ月

当時五二一空主計科員・海軍主計中尉　大和　登

昭和十八年九月三十日、慶応義塾大学を卒業した私は、明くる十月一日、海軍経理学校品川分校に入校した。ここで特訓をうけること五ヵ月間、昭和十九年二月末には同分校を卒業し、三月一日付をもって海軍主計中尉に任ぜられた。そして松川主計中尉（東京商大＝現一橋大＝出身）とダブル配置で、三月二日に任地である第五二一空に着任した。

当時、五二一空は霞ヶ浦海軍航空隊内にあった。そこには大きな飛行船の格納庫があり、司令は根来茂樹中佐であった。根来司令はヒゲの濃い、ズングリした小肥りの人で、背はあまり高いほうではなかった。

主計長は斉藤主計大尉（東大、短現六期）。また庶務主任は、眼鏡をかけた小柄で童顔の高石主計大尉（京大、短現九期）であった。飛行長はヒゲの濃い、どちらかといえば無口の人で、一見、年寄りじみて見えた。この人がハワイ攻撃にも参加された歴戦の江草隆繁少佐（海兵五八期）であった。

着任して、松川と勇んで斉藤主計長のところに挨拶に出むくと、「お前たちはなぜ一日に来なかったのか。東京からここまで何時間かかると思うのだ」と、いきなり大声で怒鳴られた。

さて、三月下旬には根来司令に転勤命令が出て、後任として英国帰りのダンディな亀井凱夫大佐が着任された。亀井司令は、ときたま主計科の事務室になっている副官部にこられ、「お前たちは英語ができるのだろう」といって、ペラペラと流暢な英語で問いかけては、われわれの度肝を抜いたりした。ユーモアのある部下思いのすばらしい司令であった。

ところで、五二一空所属の飛行機は、日本海軍航空隊のなかでは最強にして、唯一の陸上爆撃機である「銀河」（Y20）であった。乗員は三名で時速五四六キロを出した。この精鋭の飛行機が約九十機ほど配備されていた。

着任当時、総員起こしの起床時間は午前四時半だったと記憶している。それから、ただちに飛行訓練に入るわけである。そして一日じゅう、夜の九時ごろまで訓練がつづけられた。その訓練内容も、早朝の黎明攻撃から夕方の薄暮攻撃、夜間攻撃と、厳しい訓練が続行された。その頃にはまだベテラン搭乗員がおり、なかでもX特務少尉などは、飛行時間が四千時間にもおよぶ超ベテランであった。彼はおとなしい人で、士官室にある木製の大きな火鉢のそばに静かに座っていた姿が、印象的に思い出される。

私は朝早く起きるのが苦手であったが、連日、眠いのを我慢して無理して早く起きていた。ある夜、兵隊たちの昇進をきめる進級会議がひらかれた。席には司令以下、飛行科、整備科、内務、運用など各科の分隊長があつまり、兵隊一人ひとりの考課表を検討していた。そのとき、私は不覚にも眠ってしまい、隣席の高石大尉から背中をどやされ、「帰って寝ろ」と叱責された。言われたとおり私は静かにその場を退席して、ひと眠りさせてもらったが、無理がたたっての、この頃の失敗談の一つである。

ともあれ、五二一空は第一航空艦隊所属の部隊で、通称「鵬部隊《おおとり》」と呼ばれていた。当時、艦隊司令部はテニアン島にあり、司令長官は角田覚治中将であった。その麾下には各機種の航空隊が所属していた。

たとえば、陸爆（銀河）の鵬部隊（五二一空）、戦闘機（零戦）の虎部隊（二六一空）、陸攻（一式）の龍部隊（七六一空）、偵察の雉《きじ》部隊（一二一空）などで、そのほかにも艦爆艦攻の各部隊が所属し、きたるべき作戦に備えていた。各部隊は内南洋諸島のサイパン、テニアン、グアム島などを中心に、ヤップ、ペリリュー、ウルシー、さらにはフィリピン、とくにミンダナオ島のダバオやデゴス基地などに展開していた。

そのころ、米軍はニューギニアへの進攻に成功し、ホーランジア、フィンシュハーヘンなどを占領して、そこに航空機や艦艇を集結して、内南洋諸島攻略の機会をうかがっていた。それを阻止するため、わが日本海軍は万全の作戦を立てていたのである。すなわち「あ」号作戦である。

グアム島へ先発

昭和十九年四月にはいって、いよいよわが鵬部隊もグアム島に進出することになった。そのため、まず先発隊が編成された。松川主計中尉より私のほうが先任だったので、順序としては私が本隊にのこり、松川が先発隊要員になるはずであった。しかし、なんでも見て経験してやろうという気持のあった私は、「俺を先発隊要員にしてくれ」と松川に相談をもちかけたところ、気持よく聞きいれてくれた。そんなわけで、私が先発隊となったのである。とにかく初めて最前線におもむくというので、心がおどった。

横須賀・逸見の波止場から空母瑞鳳に便乗して、目的地のグアム島にむかった。到着したのは四月の上旬だったと思う。飛行機部品や魚雷、食料品などをおろす荷役作業は、まる二日かかった。その間、敵機の空襲におびえ神経をすりへらしたが、なんとか無事に終了した。そして最後に上陸したときは、ホッとしたものである。

グアム島は日本に占領されて「大宮島」と改名し、唯一の港町アガナを「明石」と呼んでいた。島の長さは約四十三キロ、幅は十五キロぐらいで、椰子林でおおわれていた。まったく、ここが最前線とはとても思えないような、のどかな島であった。島内には、かつて米軍が使用していた飛行場があり、たしか七五五空の基地になっていた記憶がある。

われわれの五二一空の基地は、島の中央の高原にあり、滑走路は一五〇〇メートルほどの長さがあった。リーフ状の上をきれいにけずった、比較的よい飛行場であった。海岸線から高原にかけては、陸軍部隊が点々と陣どっていた。その勢力は一〜二個大隊ぐらいではなかったかと思う。小型の戦車も十台から二十台はあったようだった。

アガナの町には、海軍の警備隊が駐屯していた。われわれ先発隊は上陸後、一刻たりともぼんやりすることは許されなかった。後発の本隊がくるまでに、宿舎はもちろん飛行場の整備をしなければならない。南国特有の炎天下とはいえ、掩体壕の設営、指揮所の建設など、連日、猛烈にあわただしい日々をおくった。ことに整備科の兵隊や木工科の全兵隊たちは、それにもめげず、じつによく働いたものである。

やがて、飛行科の先発隊と思われる銀河が五機、着陸してきた。そして翌日からは早ばやと索敵飛行に飛び立っていった。宿舎は飛行場よりさほど離れていない椰子林のなかにあり、緑色のトタン屋根の建物であった。そのうち、二、三機ずつ銀河が飛来し、高石主計大尉も到着した。

ミンダナオ島デゴス基地

ある日、工作科の分隊士が長さ一・五メートル、幅四十センチぐらいの厚い白木の板をもってきて、これに『鵬部隊戦闘指揮所』という文字を書いてほしいといってきた。墨《ぼっ》こん鮮やかに書ければよいがな、と思いながら筆をとった。まわりにはロシア舞踊の上手な、ひょうきんな整備の分隊長（技術大尉＝名前失念）や予備学生出身の田中中尉、それに主計科の巽主計兵長など、五、六名が私の手もとを見守っていた。

さて、書きおえてよく見ると、間違いが一字あることに気づいた。「しまった」と思わず声が出てしまった。「闘」と書くところを「闘」と書いてしまったのである。しかし、まわりの者たちは私をなぐさめるように、「いい、いい。心配せんでもいい。遠くから見ればわかりゃせん。まして敵さんの飛行機からなら余計わかりゃせん」といってくれた。

その人たちも後には、おそらく斬込隊となって米軍と戦い、最期をとげられたのではないかと思う。また私が書いた看板は、米軍の爆弾で吹きとばされたか、あるいは米軍の戦利品になっているのではないか、と案じられるのである。

私の部隊のちかくに他の航空隊の先発隊員がいたが、そのなかに私と同期の八城清高主計中尉（慶大）がいた。たがいに偶然の出会いに驚いたものだったが、その彼も昭和十九年八月二日に、このグアム島で戦死してしまった。

さて、五月の上旬か中旬だったと思うが、ある日突然、先発隊の先任将校から、ミンダナオ島デゴスの基地に行ってくれ、との命をうけた。

これは、同基地にわが銀河の一部が行くことになったので、随伴することになったのである。

私のほか軍医中尉（名前失念）や田部井分隊士（整備）、その他の者二、三十名が行くことになった。たまたま駆逐艦夕凪《ゆうなぎ》がグアム島に寄港していたので、これに便乗することになった。こうして敵の魚雷攻撃をさけながら、三昼夜ほどかかって、デゴス基地にはいった。

そして銀河がくるのを待った。

デゴス基地には一式陸攻がおり、これは七五三空（三代司令）の部隊ではなかったかと思

陸上爆撃機・銀河。高速急降下が可能な頑丈な機体で水平全速225ノット

う。

グアム島のものより立派な宿舎があり、まわりには椰子林が生い繁っていた。近くの山には米比軍の敗残兵がいるとかで、宿舎から一人で五百メートル以上はなれてはならない、と注意をうけた。

空にはときおり大蝙蝠《こうもり》の大群やイナゴの大群が飛びまわり、地上の草むらには「トッケー」と奇妙な声でなくトカゲ（体長二十〜三十センチ）がたくさん潜《ひそ》んでいた。

ここに滞在すること約二週間で、私と軍医中尉は即刻、グアム島の本隊に帰隊せよ、との指令をうけた。さっそく、グアム島行きの飛行機便を待つために、ダバオ基地にある航空隊におもむいた（デゴス基地はダバオ基地から南下すること約七十〜八十キロ）。このダバオには、海軍の水上機基地があり、私と同期の澄田（現松井）仁主計中尉がおり、懐かしく、いろいろと語り合ったものである。

ここには十日近くも滞在したであろうか。ようやくペリリュー島までいく鳩部隊の輸送機（ダグラス）の便があり、ひとまず、そこまで行くことになった。飛行すること三時間半ほどで、ペリリュー基地に到着した。これが昭和十九年五月下旬のことである。

江草隊長ペリリューに進出

ペリリュー島はパラオ諸島のひとつで、近くには燐鉱石で有名なアンガウル島があった。基地はまったくのリーフで、それをよく整備した滑走路があった。

そして「あ」号作戦のためか、さまざまな部隊が集結していた。各種の飛行機がひしめき、島の大きさにそぐわない多くの兵隊の姿が目についた。

その基地隊とは七六一空「龍」部隊で、司令は遠藤中佐であった。とにかく私と軍医中尉は、一刻も早くグアム島の本隊に帰隊する必要があったので、遠藤司令にかけ合ってみたが、そんな便はないという。これには非常に焦《あせ》ってしまった。

当時、パラオ本島には警備隊がおり、そこが日本航空の輸送機の運航をとりしきっているので、パラオに行って交渉してみてはどうか、といわれた。さっそく本島に行き、警備隊の副官部に問い合わせたところ、副官から「もう行く便はなかろう。なぜなら、敵機動部隊の艦上機によるサイパン、テニアン、グアム島にたいする攻撃がはじまっているからだ」と説明があった。

そこで、われわれは仕方なく、ペリリュー基地の七六一空に仮入隊して、しばらく様子をみることにした。これが六月上旬のことである。そのころ、ペリリュー基地にはすでに鵬部隊の一部がきていた。飛行科第一分隊長の河野章大尉（海兵六八期）や整備の大尉（名前失念）、それに山田整備兵曹長、高垣機関兵曹長、千葉主計兵長などをはじめ、飛行科の若い搭乗員や整備兵もそろっていた。御大将である江草隆繁飛行隊長も来ておられた。

飛行場の近くには、破壊されて窓枠もガラスも吹き飛んだ粗末な二階建ての建物があった。これは元日航のエアポートビルである。その後ろには、これまたお粗末な長屋式のあばら屋があり、これがわれわれの宿舎であった。

夜になると、まったくの暗闇となり、藪蚊が多かった。しかし、星、とくに南十字星のきらめく空はじつにきれいで、われわれの心をなぐさめてくれたものである。

ついでながら基地隊の七六一空は、一式陸攻が配備された「龍」部隊である。偶然にも、ここに私と同期の神作義二主計中尉（慶大）や斉藤主計中尉（東大）がおり、仕事をするうえでいろいろ便宜をはかってもらって、大いに助かったものである。また、七六一空の主計長は田中利夫主計大尉（京大、短現八期）で、一期先輩の福田主計大尉（東大、短現九期）もおられた。

私は自分の部隊の必需品や戦給品（羊羹《ようかん》などの酒保用品、無料で支給）などを、パラオ本島の軍需部にもらいに行き、帰りにはペリリュー島の港に着いたたくさんの品物を、神作中尉に言ってトラックを出してもらい、港から基地まで運んだこともあった。

六月にはいると、米軍のニューギニア基地の整備ができたためか、連日のように爆撃をうけた。その最大のものは六月九日の大空襲である。その日、暑さをしのぐために、習慣となっていた昼食後の昼寝を、飛行場のまわりのテントのそばでとっていたときである。ちょうど課業はじめの一時五分前ぐらいであった。

突然、コンソリデーテッドB24が、五十〜六十機の編隊で襲いかかってきたのである。私はどういうわけか、その時、ちょうど飛行場の中にいて、近づく爆音を耳にした。すぐにハッと気づいて、できるだけ飛行場から遠くへ離れようとした。

懸命に走った。おなじように山田整曹長も走っていたが、その逃げ足の速いのには驚いた。私も負けないように、それこそ文字どおり「必死」になって駆けた。もう駄目だ、と思いながら側溝のなかに身をふせた瞬間に、ダダン、ダダンと大きな音がした。爆弾の投下音である。シュルシュルシュルと爆弾の落ちる音がする。まったく、生きた心地がしなかった。

その爆撃がおわったので、私は千葉主計兵長とともに戦死傷者を調べに飛行場にもどった。無惨な光景であった。頭の吹きとんだ者、内臓のはみ出ている者、苦しそうに呻《うめ》いている者など、たくさんの被害者が出ていた。本人かどうかを確認してまわること十二、三名で、医者でもない私はついに気分がわるくなって、すわりこんでしまった。

それからというもの、連日、米機による昼間爆撃がつづけられた。

あるとき、私はアミーバ赤痢にかかってしまった。便所には時間をかまわず行きたくなる。空襲警報が出ているのにもかまわず催《もよお》してくる。ときには、便所に入っているときに爆撃がはじまったこともある。しかし、どうにもならない。これこそ本当に「ウンを天にまかす」

であった。雪隠《せっちん》づめであった。しかし、天はわれに味方したのか、何事もなく無事にすぎた。

また、あるときはデング熱にかかって高熱に苦しめられた。空襲がはじまると、ふらふらしながら千葉と一緒に逃げた。陸軍の陣地からは高角砲がガンガンと唸《うな》りをあげて射ち出される。仕方なく大きなタコの木の根のなかに逃げこんだ。

それでも、ものすごい爆風がおそってくる。まったく生きた心地がしなかった。もうこれで終わりかな、とさえ思ったものである。とはいえ、どうせ死を覚悟していた身であるから、恐怖感は思ったよりなかった。意外に、平静なものであった。

夜間になると、きまって十時ごろに一、二機が爆撃に飛来した。そのつど、われわれは壊れたエアポートの近くにあった、コンクリートの二階建ての建物の電信室に避難した。もっとも、馴れてくると敵機の爆音がいよいよ近くなるまで、二階の廊下で談笑していたものである。

そんな中で、ときには嬉しいニュースもあった。サイパンやグアム島とペリリュー島の中間にあるヤップ島にたいする米機の爆撃がつづいたとき、わが基地から飛び立った零戦が、三号爆弾をかかえて敵編隊の上から投下し、一度に五〜十機を撃墜するという大戦果をあげたことである。これなどはまさに「死中の活」のニュースであった。

一機も還ってこない攻撃機

昭和十九年二月十七日、わがトラック基地が米機により壊滅的な打撃をうけて以来、同方面の制海権をうばわれ、それにつれてサイパン、テニアン、グアムをふくむマリアナ方面の戦雲は、急速にきびしくなってきた。

六月十一日から十二日にかけては、数百機からなる米軍機がサイパン、テニアン、グアム島に襲いかかった。そのためペリリュー基地は俄然、忙しくなった。連日、一式陸攻やその他の飛行機部隊に攻撃命令が出て、雷装した飛行機が二機、三機とマリアナ方面にむかって飛び去っていった。

そのつど、陸上勤務のわれわれは、整列して武運を祈りながら「帽ふれ」で見送ったものである。攻撃機は、敵艦船の集結する現場へ到着するまで約三時間、帰りがまた三時間の、往復六時間の出撃行である。

若い予科練出身の二十歳前後の搭乗員は、張り切った姿で自分の搭乗機に走ってゆく。長時間の飛行経験をもつベテランの飛曹長クラスの搭乗員は、落ち着いた足どりで愛機の人となる。若い者もベテラン搭乗員も、そのとき、どんな気持であったろうか。

死地にむかって離陸してゆく搭乗員たちは、われわれの「帽ふれ」に笑顔で応え、手を振りながら遙かかなたの空に消えていった。彼らは「さらばペリリュー、さようなら皆さん」と死を覚悟して飛んでいったのではないかと思う。

攻撃機が帰ってくるのは、だいたい午後三時ごろであった。いまかいまかと東の空を見ながら待っている。しかし、爆音はいっこうに聞こえない。機影も見えない。出迎えの兵隊たちは、無言のまま兵舎に帰ってくる。ついに攻撃機は一機も還ってこなかった。そんな日が

出撃準備中の銀河。銀河は操縦、偵察兼爆撃、電信員の3座機で、前方と後上方旋回銃各1梃、雷撃も可能だった

何日もつづいたのである。

ある日、攻撃に出かけた七六一空の陸上攻撃機の一機が、被弾しながらも、幸運にも還ってきたことがあった。パイロットはほんとうに運の強い人であった。名前は忘れたが、ベテランの飛曹長であった。彼の話をそれとなく聞いたところによると、魚雷を発射したあと、海面上五メートルぐらいの超低空を飛んだそうだ。その間、敵艦のあいだをぬうようにして飛んだので敵艦の大きさがよくわかった、とのことである。

その彼も、おそらく、その後ひきつづいて行なわれた出撃によって、遂に還らざる人となったのではないかと思う。

五二一空本隊からのメッセージ

六月中旬、米軍はグアム、テニアンの両島にたいしては、とくに艦上機による攻撃をおこない、サイパンにたいしては昼夜のべつなく、熾烈な艦砲射撃をくりかえして、上陸の気配をみせていた。そのころ、わが鵬部隊にも出撃の命令が出たが、そんなある日、私のところに一人の航空隊付の戦場報道班員がやってきた。

「どちらの新聞社の方ですか」私が尋ねると、その三十歳ぐらいの人は、「朝日の者で斉藤といいます」と自己紹介してから、「いよいよ五二一空の出番ですね。ところで、この隊には昭和生まれ、すなわち十代の搭乗員はおりませんか。できれば、その人たちのことを記事にしたいのですが……」

「たしか三、四名はいるはずです」

彼は、攻撃隊のなかにいる十代の搭乗員が、華々しくお国のために散っていくことを記事にして、内地の新聞社に送るつもりであったのだろう。果たしてそんな記事が、六月下旬から七月、いや八月の内地の朝日新聞に載ったものかどうか。そのことは、いまもってわからないが。また、その記者さんが、果たしてぶじにペリリュー島から脱出して、内地へ帰還できたものかどうか。あるいは、上陸した米軍と一戦をまじえて、ついに還らざる人となったか。

さて、サイパン、テニアン、グアムの情勢は、日々きびしさを増してきた。私の本隊であるグアム島の五二一空はどうなったのであろうか。亀井司令、斉藤主計長、そして高石大尉、同期の松川中尉はどうしているだろう。大いに気がかりだった。私がグアム島にいたときは、基地づくりに多忙のあまり、防空壕の設営までは手がまわらなかったのだがと、そんなことが案じられるのであった。

そんなある日、一機の銀河がペリリュー基地に飛来してきた。なんとグアム島から来たのである。むろん、五二一空の銀河である。おそらく、グアム基地に無傷でのこっていた一機を、早朝に脱出させたものであろう。機長はたしか飛曹長（のち大竹飛曹長と判明）であった。

私は興奮して彼を迎え、「グアムはどうなっていますか」と息をはずませて尋ねた。その飛曹長は胸ポケットから一枚の紙片をとり出して私に手渡しながら、「連日、グラマンの攻撃をうけ、大変です」と悲痛な表情で語った。さらに「亀井司令は裸になって戦闘指揮所でけんめいに指揮しながら、ときには飛行機のあと押しもしています」と付けくわえた。

あと押しとは、飛行機を掩体壕にいれる作業のとき、その加勢をすることをいっているのだろう。なお、手渡された紙片には、「一同頑張っておる。貴殿の健闘を祈る」と書かれてあり、左下に斉藤大尉、高石大尉、松川中尉の三名の名前が寄せ書きされていた。この紙片は、おそらく銀河が敵機の合い間をみて発進するさい、機長に手渡されたものであろうが、いま考えても、目頭が熱くなる思いである。

と同時に、そのときの三人の気持がどんなものであったかが窺い知れる。それにしても、後にその貴重な紙片をどこかで紛失してしまい、まことに残念でならない。戦死された三人にたいしても申し訳ないことをした、といまでも悔やまれるのである。

グアム島の戦闘は激しいもので、米軍はあ号作戦発令とともに出撃した小沢艦隊をマリアナ沖で撃退したあと、グアム島に攻撃の矛先をむけた。そして六月下旬から七月中旬にかけて、艦上機のべ五五〇〇機をもって爆弾を投下し、艦砲射撃で一万八千発を射ちこんだ。

七月二十一日には、いよいよ上陸を開始し、わが陸海軍守備隊と戦闘をまじえた。完全占領は九月二十七日だが、それまで一ヵ月余の間、はげしい交戦がくりひろげられた。その間、亀井司令をはじめ、前出の三名の人たち、田中中尉、巽主兵長、その他、鵬部隊の各員は恐怖と戦慄のうちに、斬込隊となって敵陣に突入して、戦死されたのではないかと思う。

征く者、送る者

ペリリュー基地からは、つぎつぎとマリアナ方面の米艦船攻撃に出撃していった。五二一空の鵬部隊にも攻撃命令が出ていたようだが、その日時はハッキリしない。機数は十八から二十機ていどではなかったかと思う。

そんなある日、比島からだと思われる銀河が二機、着陸してきた。夕方近くであった。例の長屋式のおんぼろ宿舎は、江草少佐をはじめ、尉官、兵曹長クラスの搭乗員や整備の士官などで満員であった。おなじころと思うが、前司令の根来中佐もこられて、例のズングリし

十五試双発陸上爆撃機・銀河。全長15m、全幅20m、中翼単葉で、テスト中には時速556キロ、航続5371キロを記録

る。

た体で、「どうだ、元気か」と声をかけてくださったのも、懐かしい思い出として残ってい

そのにぎやかな士官宿舎（いや、本当はにぎやかではなかったのかもしれないが）の中に、背の高い、年のころ二十三、四歳の大尉の搭乗員がいた。色白で、飛行服の胸のあたりには、たしか十字架らしきネックレスをさげていた。その青年士官が、私に問いかけてきた。

「身体を洗いたいのですが、水はないでしょうか」

もうだいぶ日が暮れて、あたりは薄暗くなっていたときである。私はとっさに（この士官は明日か明後日には出撃命令をうけて、敵地に攻撃をかけ散ってゆく人ではないか）と思った。そこで「ここにはないが、近くに大きな水槽がありますよ」と答え、「私も一緒に行きましょう」と二人で出かけていったのである。

南方の島では水が出ない。そのため、大きな円形の水槽をつくって、その中に天水をためるようにしている。その水槽は、宿舎の横の道をへだてた近くにあった。彼は携帯用の洗面具から必要なものをとり出し、最後に安全カミソリで髭を剃った。それから、また宿舎にもどり食事をとった。

夕食後、彼は壊れた宿舎の軒下の板の間にすわって、まぶしいほどに輝く南国の夜空の星を静かにながめていた。他の士官たちは、何をするということもなく雑談に興じているふうであった。私はなんとなく彼のそばに行き、ならんで腰をおろした。そうやって、二人で夜空を見上げながら、「あれが南十字星ですよ。隣りにきれいに輝いているのが、ニセ十字星」

私は指さしながらいった。戦さの話はつとめてさけたい気持であった。また実際、そんな時にはしたくないものである。

「海兵出身ですか」さしさわりのない話をするため、私はそんなことを訊ねた。「そうです、海兵です」

「中学はどちらでした」「私は慶応の普通部から海兵にいきました」すると、彼は急に表情をくずし「そうですか、私は慶応から経理学校にいきました」

「そうですか、慶応ですか」といって、しばし懐かしそうに往時をしのぶ風であった。

いままで明日の戦いのことでも考えていたのであろうが、これで張りつめていた気持が一時的にもゆるんだようであった。それからは口も軽くなり、「木更津からきたのです」とか「ペリリューは初めてです」などと自分からいろいろと話しかけてきた。

——なお、彼の名前は後日、判明した。海兵七十期の矢島秀穂大尉で、五二一空の飛行科第三分隊長であった。やはり二、三日後（六月十七日）にマリアナ方面に出撃し、不帰の客となっている。

江草隊長出撃の時

六月十三日からは、サイパン島が米艦隊の艦砲射撃にさらされ、十五日には、ついに上陸を開始した。あ号作戦が発動されたころである。

鵬部隊の銀河隊にたいしても、いよいよ出撃が下令された。江草隊長以下、各編隊長が集合して作戦会議がひらかれた。気象士が呼ばれて、マリアナ方面の気象状況が説明させられる。飛行場で最後の整備に当たっていた整備分隊長からは、「整備完了」の報告がはいる。かくして、殺風景なエアポートビル内の士官室は、緊張した空気と重苦しい空気が交錯して、殺気をおびてくる。

攻撃発進時刻は、午前九時ごろのようであった。やがて会議が終わり、私たちは殺風景な部屋に机をならべて、その上に白い布を敷いた。出撃前のささやかな乾杯をおこなうためである。

基地隊七六一空の司令・遠藤中佐が、深刻な面持ちで入ってくる。つぎに飛行服に身をかため、襟元に白いマフラーをのぞかせ、髭の剃りあとも青々とした無表情の江草隊長が、無言のまま上座に立つ。もちろん、攻撃隊の総指揮官である。

つづいて銀河の搭乗員が、真剣な顔つきで救命袋を肩にひっかけ、寂として声もなく入ってくる。外からは、攻撃機のエンジンの始動がはじまっているのか、爆音が聞こえてくる。攻撃隊員一同は、緊張した表情で直立の姿勢で起立している。

おもむろに遠藤中佐が口をひらき、一同の成功と武運を祈る、との短い訓示があった。つづいて江草隊長より、おそらく今生最後とも思われる、全員にたいする注意のことばがあった。征く者も悲愴であるが、送る者もおなじようにひしひしと胸がしめつけられる場面である。搭乗員という宿命を負った者のみが、命令をうけて、死を覚悟で敵陣に殴り込みをかけねばならないというのは、なんと厳粛な事実であろうか。

緊張した江草隊長の顔は、いつものごとく無愛想ではあるが、「征ってくるぞ」との堅い決意がうかがわれた。他の搭乗員も、それぞれ三時間後に到達する決戦場のことでも想像しているのか、黙々と士官室を出て、自分の愛機の方にむかってゆく。

(頑張ってこいよ。しっかりやって、必ず還ってこいよ)と声をかけたい気持は山々だが、弓の弦《つる》をいっぱいに張ったときのように、はじきとばされそうな緊張感のなかでは、そんなうわべだけの声をかけることはできなかった。ただ、じっとながめて、部屋を出ていく搭乗員たちを無言で見送るのが精一杯であった。攻撃に出て六時間余にはまた会えるのだ、と自分にいい聞かせる反面、そうでない最悪の場合のことも、脳裏をちらりとかすめる。

私たち陸上勤務の者は「帽ふれ」に整列するために、滑走路のほうへ足をはこんだ。千葉主計兵長も一緒である。そのとき、飛行服に身をつつみ、救命袋を片手にさげて、自分の搭乗機のほうへ走ってゆく若い搭乗員がいた。

二、三十メートルほど離れたところを走っていたその若い搭乗員は、私を見つけると、「大和中尉、征《い》ってきます」と大声で一言いい、片手を振り上げながらどんどん自分の愛機のほうへ走ってゆく。私はそのときだけは思わず、「頑張ってこいよ」と大声で叫んだ。

彼はしばしば主計科のデッキにも顔を見せていたので、私にもことさら印象深かったのである。残念ながら、名前は忘れてしまった。彼は年齢の若いわりにはよく喋《しゃべ》る剽軽《ひょうきん》者で、おもしろいことを言っては、千葉たちを笑わせていた。予科練出身の一飛曹であった。年齢も、おそらく十九か二十歳ではなかったかと思う。

その彼も、江草隊長ともどもマリアナの海に身を沈め、いさぎよく散っていったのである。

銀河隊全滅の日

さて、私たちは見送りのため、滑走路にならんだ。発進時刻の九時がせまってきた。滑走路上にならんだ十数機の銀河は、爆音も快調で頼もしいかぎりである。やがて、発進の合図がでた。江草隊長搭乗の一番機が爆音も高く、滑走をはじめた。

われわれは声のかぎり大声で、「頑張れよ」と叫んだ。

つづいて二番機、三番機と発進していく。われわれはなおも帽子をふる、そして叫ぶ。しかし、その声は、おそらく飛行機にはとどいていないであろう。それでも機内からは、別れの手を振っているのが見える。

江草隊長、矢島大尉、そしてまた私に別れをつげて走り去った若い一飛曹をのせた各機は、上空高く舞いあがり、飛行場の上を旋回しながら、指揮官機を先頭に編隊を組むと、東の方、マリアナの決戦場にむかって消えていった。

見送りをすまして帰る兵士たちは、みな黙々としてゆっくりと足をはこんだ。ただひたすら、彼ら攻撃隊が戦果をあげてぶじに帰還することを、胸のなかで祈りながらである。

兵舎に帰ってくると、これからが、私たち主計科員が忙しくなるのである。すなわち攻撃隊がマリアナ方面の敵艦船を攻撃して還ってくるには、往復約六時間ぐらいかかるわけだから、早ければ午後二時半すぎか三時ごろには、帰投の爆音が聞こえるはずである。

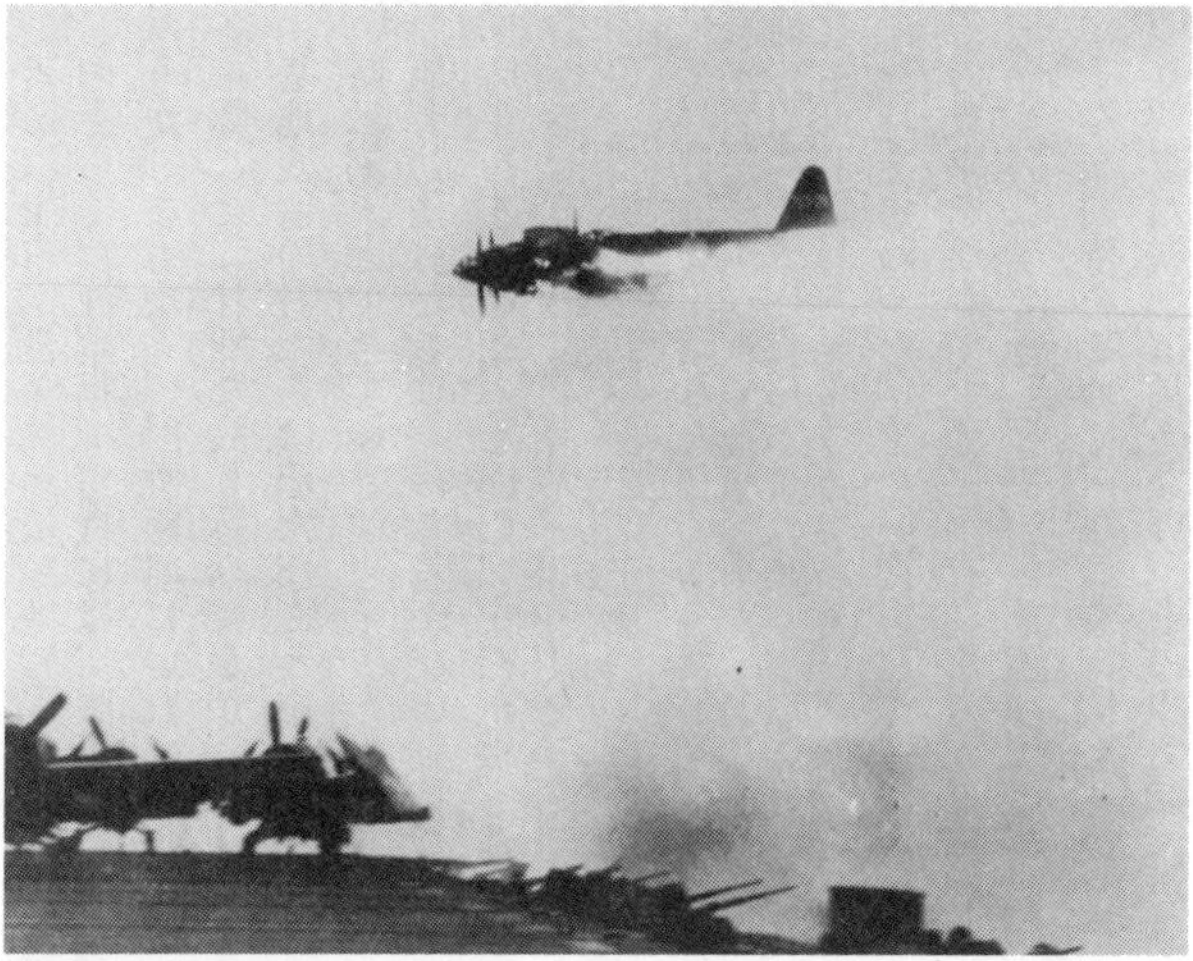

米空母に突入する銀河。ミンダナオ島デゴス基地発進の攻撃405飛行隊機

しかし、もし敵弾により損傷をうけ、敵グラマンに追われながら海面上すれすれにジグザグ飛行をしたとすれば、たっぷり六時間以上はかかる。

いずれにしろ、帰還した搭乗員たちから喜びに満ちた笑顔で戦果の報告が聞けるのは、二時半から三時ごろだと判断された。そこで、ぶじ帰還の接待を盛大に（といっても、あり合わせのものしかなかったが）おこなうために、わが隊の主計兵のほか、七六一空の主計兵の応援をたのんで、その準備にとりかかったのである。

つい先ほど、出発にさいして集合した粗末な士官室に、木製のテーブルをコの字型にならべ、その上に白布をかけて、全機ぶじ帰還を期待しつつ、五十人分ほどの接待準備をすませた。

やがて正午に近くなった。ちょうどマリアナ海域に進入した時刻である。おそらく、江草指揮官機には、眼下に敵機動部隊の諸艦船群が発見されたころではないだろうか。まもなく、射程距離にいれて、指揮官江草隊長の「全機突入せよ」の命令をうけて、各編隊ごとに壮烈な殴り込みにかかることであろう。基地残留の者たちはそんなことを考え、成功を祈りつつ緊張した面持ちで仕事をしていた。

時は刻々とすぎてゆく。

地上勤務員たちは、落ち着かない気持ながら、ぽつぽつと飛行場にあらわれて待機する。二時半をまわった。しかし、まだ一機も還ってこない。傷ついて還ってくる飛行機をぶじに着陸させるために、消火班は用具をそろえて待っている。おそらく、各員は「おそいなァ」と案じながら、東の空を見守り、耳をすましているのだろう。

その日はよく晴れた日であった。もしやケシ粒ぐらいの機影が見えやしないか、と必死の眼差しで空をあおいでいる。しかし、機影はいっこうに見えず、爆音も聞こえない。その間にも、時間は無情にすぎてゆく。

三時をまわった。まだ一機も還ってこない。しかし、もし敵戦闘機のグラマンに追われ、その攻撃をかわすために、有利な方向に迂回して飛びまわり、それで帰路についたとすれば、三時半をゆうに超えることも考えられた。

そんな期待をこめて、なおも待機していた。それでも時間は十分、二十分と無情にすぎてゆく。まだ機影は見えない。そのうち、誰いうともなく、「全機、駄目だったのかなァ」と、悲しい嘆息まじりの低い声がする。

江草隊長、それに他の搭乗員たちはどこを飛んでいるのであろうか。群がる敵戦闘機に追われているのではなかろうか。早く還ってきてくれ。――地上で待機している者は、みな祈るようにそう心の中で叫んでいたはずである。

ついに四時になった。まだ一機も還ってこない。やはり駄目だったのか。思えば数時間前までは、元気な姿で祖国防衛のため、雄々しく機上の人となり、攻撃に飛び立っていったのである。いかに死を覚悟のうえとはいえ、その十数機がただの一機も還ってこないのである。ああ、なんと酷《むご》いことであろう。

ついに今日の主客たちの姿は、士官室に見ることができなかった。白いテーブルの上に並べられた何十個という乾杯用のコップだけが、白々しく、わびしげに並んでいた。とうとう全機が未帰還となったのである。これであ号作戦のために、ペリリュー基地に配備されたわが五二一空の精鋭銀河は、一機もなくなってしまったのである。そして、五十名ちかい搭乗員は、いずれも南海の果てに散ってしまったのだった。

各機の搭乗員は、どんな戦いをしたのであろうか。また発射された魚雷は、みごと敵艦に命中したのであろうか――。

そして、その次の日も、またその次の日も、他部隊の残存の攻撃機は、マリアナの海へ出撃して、おなじように還ってこなかった。このペリリュー基地からの必死の掩護攻撃もむなしく、サイパン、テニアン、グアムはついに敵の手中におちた。テニアンには第一航空艦隊の司令部もあり、その最高指揮官である角田覚治中将は、同島カロリナス高地にあった米軍陣地に突入して、八月二日、ついに玉砕されたのである。

戦死者名簿と遺品

このように、わが鵬部隊の銀河全機が未帰還となったが、私には仕事がのこっていた。それは攻撃に征った江草隊長以下、戦死された人たちの遺品の整理、および戦死者名簿の作成である。

もちろん、先に米軍機により大空襲をうけたときに戦死した人たちの整理もしなければならない。私は千葉主計兵長とともに、その仕事にとりかかった。遺品は、銘々の落下傘収納袋にいれたと記憶している。わが五二一空の残務班が、たしか千葉県の香取海軍航空隊のなかにあることを知っていたので、それらの書類と品物を一刻も早くそこに送ろうとした。

しかし、なにしろペリリュー島周辺の情勢そのものが、非常に逼迫しつつあったときだけに、内地へいく飛行機もなければ、艦も入ってこないありさまであった。しかも、依然として、米軍機による空襲はつづけられていた。

かくて、あ号作戦完遂のため全力をふるった第一航空艦隊麾下の各航空隊は、ほとんどが壊滅状態となって、その機能を喪失した。そのためか、南方方面の航空隊の編成替えがあり、私は東印海軍航空隊に転勤することになった。これが七月の上旬のことである。

その航空隊がどこにあるのかわからなかったので、とりあえず、ミンダナオ島のダバオまで行け、とのことであった。私の部隊からは整備の分隊長と私と千葉主計兵長、その他の整備兵十二、三名が転出となった。軍医中尉も一緒である。

七六一空では田中主計長、同期の神作、斉藤の両中尉にも比島行きの命令が出ていた。だが、転勤命令は出たものの、比島へ行く手段がない。飛行機もなければ、フネも入らない。なるようになれ、という気持で日々を送っていた。ただ、その頃になると、米軍のマリアナ攻略が一段落したためか、こんどはペリリュー島周辺の情勢が危うくなってきた。米軍の上陸があるのではないか、という情報も入っていた。そんな予感が、なんとなく肌で感じられたのである。

ところで、飛行場ちかくにあったわれわれの宿舎とは反対の方向に、幅二〜三メートルのリーフの道が椰子林の中にのびており、それからさらに山のほうへ四〜五百メートルも歩くと、鍾乳洞があちこちに見られる岩山があった。

そのいちばん大きな洞窟の中には、海軍の警備隊司令部があった。湿気が多く、あまり快適とはいえなかったが、夜間爆撃などで眠れないときには、ときどき私もその洞窟に入って寝たものである。洞窟内の水気をふせぐため下に波トタン板を敷いて、その上に寝るのだが、朝起きると背中が痛くてたまらなかった。それでも、爆撃にわずらわされずに眠ることができるので「地獄のなかの極楽」といった感じがしたものである。

昼間は岩山を歩きまわって、敵が上陸したときの備えに、適当な洞窟をさがしてまわった。最後はそこにひそんで、ゲリラ的に戦うつもりであった。

私は拳銃を携帯しており、弾丸も五十発ぐらいはもっていた。敵と交戦するような場合には、この拳銃で岩山を利用して、敵兵の何人かは倒すつもりであった。しかし、一発だけは胸のポケットに入れておいた。むろん、最後の自決用のものである。

そのように、死を覚悟していたとはいえ、一方では生きたいという気持もあった。もし数人の兵隊と洞窟に入っているとき、米兵から投降の勧告があったなら、「ウエイト、ミニッツ、ヘルプアス、ノーウエポンズ」といって、白いランニングシャツを、自分か、あるいは誰か他の兵隊にでも振らせようと考えていたのである。まことに恥ずかしいことだが（こんなことは、いままで誰にも話したことはない）、しかし、この気持は誰の心にもあったことではなかろうか。

そのころのペリリュー島の情勢は、それほどに緊迫していたのである。公表されたものによれば、米軍は九月十五日に上陸して、激戦の末、十月二十七日に同島を完全占領している。

豪北空ケンダリー基地着任

相変わらず、米機の空襲をうける日々がつづいていたが、そんなある日（たぶん、七月下旬から八月上旬にかけてと思う）「ただいまから出発するから、出発要員はただちに集合せよ」との命令が出た。そこで山田整曹長、高垣機曹長らとわかれて、大発の出る港までいった。そこから岩礁のあいだをぬけ、敵機を警戒しながらパラオ本島にたどり着いた。

その港には、軽巡名取《なとり》が待機していた。われわれ一同は、さっそく同艦に便乗した。出港は午後二時ごろであったと思う。私はそのとき、先に整理した戦死者名簿と遺品を携行していた。艦はパラオ諸島の狭い水道のなかを、エンジンの音も軽やかに静かにぬけていく。途中、左手に赤くさびて、半分水没した工作艦明石《あかし》（?）の無残な姿が見えた。

水道をぬけて、いよいよ太平洋に出ると、一路、進路を西にとった。そして全速で比島へむかった。こうして、緊張につつまれた航海のつづくこと一昼夜の後に、ようやくミンダナオ島ダバオに到着した。私には二度目のダバオである。

ダバオ上陸後、私はただちにそこの基地航空隊におもむき、東印空の所在地をたずねてみた。すると、東印空は豪北海軍航空隊（本部セレベス島ケンダリー）に吸収されたとの返事である。私は宙に浮いた格好となった。さらに行き先を調べてもらうと、私の籍は豪北空にあるとのこと。しかし、その前に、できれば書類と遺品を五二一空の残務班（責任者は掌経理長）にとどけておきたいと思った。

ちょうどその頃（八月上旬から中旬にかけて）、連合艦隊から航空参謀が当地に出張してきており、ホテルに泊まっていると聞いたので、さっそく赴いて、名簿と遺品を内地にとどけたいから、帰らせてほしい旨を相談してみた。

すると、その参謀は「いま帰れば帰れるが、ふたたび任地には戻れなくなるかもしれない。どうも台湾がねえ」といい、さらに「豪北はいま主計科士官を必要としているから、気の毒だが戻らぬほうがよいのではないか」と慰留された。

それで、やむなく帰国を断念したのだが、あとから「しまった」と思った。その参謀には戦死者名簿だけでも託せばよかった、と思ったのだったが。

しかし同じころ、病院船の天王丸がダバオに入港したのを知り、これは天与のチャンスに思えた。さっそく、千葉兵長とともに書類と遺品をもって病院船をおとずれた。そして当直将校に、これらのものを香取基地にとどけてほしい旨をお願いすると、気持よく引きうけてくれた。まずはホッとした次第である。

天王丸は病院船であるから、国際法上、敵潜や敵機の攻撃をうけることはないはずであった。したがってそれらの書類や遺品は、ぶじに香取にとどけられたものと思う。もっともセレベス島で仄聞《そくぶん》したところでは、天王丸は元オランダ船で、それを日本軍が拿捕《だほ》して改装したものだという。しかも、ひそかに戦闘員を乗艦させていたとかで、結局は撃沈されてしまったという話を聞いてもいた。

それが事実かどうかより、私にはなによりも書類と遺品がぶじに内地に着いたかどうかのほうが、気がかりであった。しかし、それも後日、ぶじに内地に着いていることが判明し、ようやく安心したのである。

病院船に書類と遺品を託してから二、三日後、セレベス島ケンダリー基地まで要務でとぶ飛行機があるから、それに便乗せよと基地隊からいわれ、おかげで、ぶじ豪北空の本部へ着任することができたのである。私にとって、この昭和十九年四月から八月までのみじかい期間中に、通常ではとても味わえないさまざまのことを経験したわけである。

下駄ばき水偵 九三八航空隊の奮戦

昭和十八年四月編成から解隊まで二十ヵ月にわたるソロモン転戦譜

当時九三八空司令・海軍少佐　山田龍人

海軍兵学校の教官から第十一航空戦隊司令部付を命ぜられ、内地を飛びたったのは太平洋戦争の突入から丸一年たった、昭和十七年十二月二十九日であった。横浜からサイパンをへてトラックまでは、日本航空の大艇。トラックからは軍用機で、ラバウルについたのは大晦日《おおみそか》の日だった。機上から見るラバウルは、平和で美しい港であったが、同夜、さっそく夜間爆撃の洗礼をうけた。

山田龍人少佐

一夜あけた昭和十八年の元日、まぶしいばかりの南半球の初日《はつひ》をあびて約二時間、九六式陸攻で南東へ飛ぶと、ブーゲンビル島のブイン飛行場である。ここで出迎えの水上機に乗りかえ、所要時間二十分で、いよいよ目的地ショートランドに着水した。

水上機乗りとか水雷戦隊の人なら、だれひとり知らぬものはないショートランド基地は、ラバウルの南東二八〇浬《かいり》にあるショートランド島とポポラング島とにいだかれた、長さ約四千メートル、幅約一千メートルの天然の飛行場である。

水面は鏡のようであり、水底には色とりどりの熱帯魚が遊弋《ゆうよく》している。ここが連日連夜の死闘がくりかえされている激戦地とは、信じられないほどである。

水道をはさんで、ショートランド島岸に第十一航空戦隊（司令官＝城島高次少将）と第一基地（指揮官＝神川丸飛行長・江藤恒丸少佐）、ポポラング島岸に第二基地（指揮官＝第九五八海軍航空隊司令・上田猛虎中佐）がある。

ここで私は江藤少佐と交替し、神川丸飛行長を命ぜられたが、二月十六日、九五八空がラバウルに転進したので、第二基地にうつった。

島は水ぎわまで、マングローブという熱帯樹でおおわれているが、各基地の付近は椰子《やし》の樹がのびていて、砂浜は水上機には格好の場所であった。基地の設備はきめて簡単で、指揮所は椰子の葉をふいたバンガロー、宿舎は椰子林のなかのテントである。それも半年もたつとボロボロになって、雨もりもひどい。

連日空襲にさらされながら、防空壕は土をつめたドラム缶を二列に並べ、その上に椰子の丸太、そして土を盛った申し訳だけのものである。すぐに水が出るので、一メートルも掘ることができない。

それでもここはまだ上等の方で、さらに南東一八〇浬、ガダルカナルに近いイサベル島レカタ基地にいたっては、まさに喜界ヶ島である。まず水に乏しく、したがってジャングルが低く、テントを高く張るわけにはゆかない。テントの腐《くさ》りは早い。わずかな煙でも、たちまち敵機のじゅうたん爆撃をくう始末である。

サンタイサベル島西北端のレカタ基地は、ガダルカナル島方面に作戦する水上機隊の中継基地であった。夜中の整備、燃料の補給、昼間はたえまない空襲におびやかされ、夜間の過重作業のくりかえしは、並みたいていの苦労ではなかった。

ソロモンの夜の護り

昭和十八年四月十五日、ショートランド基地において作戦中であった神川丸飛行隊と、国川丸飛行隊とをもって、あらたに第九三八海軍航空隊（司令＝寺井邦三大佐）が編成され、同日付で、第十一航空戦隊は赫々たる武勲を残して解散した。

新編九三八空は、十一航戦の作戦任務をそのままひきつぐことになったが、上空警戒任務だけはのぞかれた。当時、すでに水上戦闘機はいなかったし、これまでのように、観測機を計画的に戦闘機がわりに使わないという配慮からであったと思う。

しかし、じっさいの場合、対潜警戒機だからといって、味方の艦が敵機の攻撃をうけているのに、知らぬ顔はできるものではない。対潜警戒の観測機が、敢然と敵機の攻撃を阻止し、味方艦船の危機を救った例は多い。

なお、航空作戦の重点が、ガダルカナル方面から、中部ソロモンのニュージョージア方面に移っていったのは、戦況の推移から当然のことであった。水偵隊の任務は、きわめて地味な、根気を要する仕事の連続で、その一つ一つをとりあげてみると、大したことはない。しかし、そのつど打ち立てた功績は、積もりつもって、じつに偉大なものであった。

　私の在ソロモン約三ヵ年の間、雨の日も風の夜も、水偵の飛ばなかった日は、数えるくらいしかなかった。所定区域の索敵哨戒、水上輸送協力、敵地の攻撃、魚雷艇の掃蕩、あるいは最前線にたいする緊急物件の空輸など、ほとんど連日連夜の出動であった。

　それもわずかしかない機数である。とくに作戦の後半、制空権が敵手におちてからは、どうしても夜間行動を余儀なくされ、搭乗員の苦労も倍加したが、いよいよ縦横無尽の活躍をした。いつしかソロモンの夜の護りは、水偵隊の双肩にゆだねられたような格好になった。

　連続飛んでいると、三度か五度に一回ぐらいは獲物にぶちあたる。たまに出かけて、大漁をしようなどとは、ほんとうの釣師ではない。思わぬところで魚雷艇などを発見する。ガ島、ニュージョージア間において、しばしば輸送船を血祭りにあげたことがある。

　大物を目の下にして、水偵の攻撃能力の足らなさを嘆《なげ》いたこともあった。もっと爆弾を積めたらと思い、魚雷もほしかった。仕方なしに、着水照明灯を敵船にぶっつけた飛行兵曹長もいた。またガ島攻撃のさい、一キロ演習爆弾を別にたたきつけた予備中尉もいた。えたいの知れない贈り物に、敵もさぞあわてたことであろう。

　ショートランドからガ島方面に行動する水偵は、つねに六〜八時間は飛んでいた。小型機の夜間飛行時間としては、はるかに限度をこえている。しかも当時は、機上、地上ともに計器飛行の装備がきわめて不安定な状態で、暗夜、南方特有のスコールをくぐったり、迂回したりの長時間飛行である。

いまから考えると、よくもあんな無茶なことをやってのけたものだと、不思議でならない。これが戦争というものであろうか。まさに夜の水偵にとって、怖いものは天候だけであった。敵の夜間戦闘機は航空灯《ちょうちん》をつけてくるので、軽く撒《ま》くことができた。

かくて、昭和十九年十二月十日、最後の一機が姿を消すまで、夜のソロモンの制空権はわが手中にあり、という意気込みだけは捨てなかった。

じっさいには、夜間だけの制空権というものはありえないのだが。

魚雷艇狩り

制空権がつぎつぎと敵側にうつるにしたがって、ソロモン、ニューギニア方面の友軍部隊にたいする人員および物件の輸送は夜間、しかも隠密に行なわなければならなくなった。そこで、敵はこれら地域の要所要所に、魚雷艇を待機または哨戒させておいて、わが輸送船、駆逐艦、潜水艦、海上トラック、大発などによる輸送作戦を、執拗に妨害してきた。

精鋭をほこる駆逐艦といえども、こっそり人員や物件をとどけるのが任務であるので、すばしっこい魚雷艇にとびかかられては、うるさくてしかたがない。うっかり油断でもしようものなら、ドテッ腹に穴があく。まして戦闘力のない輸送船や小型舟艇は、ひとたまりもない。

これら魚雷艇は、昭和十七年の末ごろから急にふえだし、この方面の沿岸を、ほしいままに跳梁していた。そこで、この海のチンピラギャング退治が、わが水偵隊の大きな任務の一つとなったのである。

ところが鈍重な三座水偵では、なかなか骨のおれる仕事である。

まず、発見がむずかしいのだ。高速航行中の艇なら、真っ白い航跡をひいているので、暗夜でも見つけることができなくはない。しかし、島かげや陸岸を背に、じっと潜《ひそ》んでいるやつは、発見が無理である。

それでも、月光をすかして見つけたことがある。あやしいと思ったら、吊光弾を落として確かめる。あるときなど、まだ見つけていないのに、敵は見つかったと勘ちがいして、美しい曳光弾の機銃弾を花火のように射ち上げてきたため、あえなくお陀仏となった、そそっかしいのもいた。

攻撃法としては、緩降下爆撃と機銃掃射であるが、水偵の七・七ミリ機銃は、もともと上方を射つようになっているので、下に向かって射撃するのはむずかしく、また魚雷艇の二〇ミリにたいしては効果が少ない。そこで魚雷艇攻撃用として、とくに二〇ミリの下方機銃を備えつけ、相当の効果をあげることができた。なお、魚雷艇はガソリンを燃料としていたので、命中すると、じつによく燃え上がった。

それにしても夜間、長時間の飛行後、超低空で急旋回をくりかえしつつ敵と射ち合うのだから、並みたいていのわざではない。搭乗員の苦労は、察するにあまりあった。

ある奇跡的な挿話

魚雷艇狩りについて、面白いエピソードがある。昭和十八年の九月ごろのこと、零式水偵一機が、チョイセル島南方海面において、航行中の敵魚雷艇四隻を発見し、交戦の末、その一隻を炎上させたが、こちらも被弾した。付近の海面に不時着すると、フロートに大きな穴があけられていたので、たちまち転覆、沈没してしまった。

これを見たほかの魚雷艇は、ものすごいスピードで、こちらに向かってくる。

搭乗員三名は、申し合わせて分散逃避をはかった。電信員の飛行兵長は猛射をあびたので、無我夢中でもぐったが、そう息がつづくものではない。そっと顔をあげてみると、すぐ目の前に、艇首がおおいかぶさっている。

さいわい手頃のところに、眼鐶《リング》がとりついていたので、灯台もと暗し、ここにつかまっていたら見つかりっこあるまいと、息を殺して、ヤモリのように吸いついていた。艇上では敵兵が、さかんにわめきちらしているのが聞こえる。しばらくあたりを見回していたようだったが、ついに見つかってしまった。

たぶん溺者救助用とおもわれる大きな手網をもった敵艇員は、わめきながら掬《すく》いあげようとする。掬われては一巻のおわりと、彼はぐっと舷側をけって水中深くふたたびもぐりこんだ。

やがて気が遠くなるころ、浮かび上がったが、そのとき猛烈に射たれたようであるが、そのまま気を失ってしまった。それからどれくらいたったか、はっきりしないが、彼は意識をとりもどした。生きていたのだ。後頭部がズキズキ痛むので手をやってみると、敵弾によるかすり傷らしい。

まもなく島岸に泳ぎつき、ジャングルの中を幾日か、足をささらにして歩きつづけ、陸軍部隊にたどりつくことができた。それから幾日かして、陸軍の大発に便乗して、帰ってくる途中、こんどは敵機に遭遇して交戦、その一機を撃墜したが、こちらの大発も沈没した。

ふたたび海中へ放りだされ、もう一度泳いで、ブーゲンビル島の西岸にたどりつき、またまたジャングルの彷徨をつづけること何十日かで、とうとう奇跡的に、ひょっこり本隊に帰ってきた。この世にもまれな幸運児は、かならず今もどこかで、幸運をひろいつづけていることであろう。

ブカへ一二〇キロの転進

わが方のガダルカナル撤退後、着々と反攻態勢をかためつつあった敵は、昭和十八年六月三十日、中部ソロモンのレンドバ島に上陸し、さらに十月二十七日、ショートランド島のとなりのモノ島を占領した。

いよいよこんどは、ショートランドかと思っていたら、十一月一日、ここを飛びこえてブーゲンビル島中部西岸のタロキナに大挙上陸し、またたくまに飛行場を完成してしまった。

そこで敵に追いこされたかたちになったので、同月五日、ブーゲンビル島北端のブカ水上基地に、転進を命ぜられた。

零式水偵。排気管には夜戦に備え消火器用カバー。魚雷艇攻撃用に旋回銃も強化され胴体下には爆弾も懸吊できた

ところで、タロキナの敵飛行場からみれば、ショートランドもブカも、五十歩百歩であった。しかも転進輸送のためにあてられた船は、海上トラック一隻である。やむなくこれに必要な基地物件を搭載し、脚をもった人間は、自分の機動力をもちいるよりほかなかった。

総勢三〇〇余名はリュックを背負い、飯盒をぶらさげ、河を渡り、ジャングルをぬける、一二〇キロの大移動を敢行した。陸軍にとってはなんでもないことであろうが、こちらは河童の陸あがりである。ともかく約十日間、一人の落伍者も出さず、移動をおえた。

ブカ基地では、ブーゲンビル島とブカ島のあいだにある海面を、飛行機の発着海面とした。潮の流れはそうとうに速かった。飛行機隊の移動とともに、敵の空襲はいよいよ強化され、また艦砲射撃もうけた。

なお基地で、水偵隊の参加した最大の作戦は、十一月一日のブーゲンビル島沖海戦であった。熾烈なる防禦砲火をくぐり、よく敵艦隊に触接をたもちつつ、味方攻撃隊の誘導につとめたが、残念ながらこちらも水偵一機の犠牲をだした。

敵飛行場のまぢかにある、むきだしの水上機基地が、長つづきしようはずはない。さんざんに叩かれる一方なので、ブカ転進後一ヵ月あまりで、さらにラバウルに移動することになった。

ラバウルまでは海路一七〇浬、こんどは歩くわけにはゆかないので、駆逐艦四隻に分乗し、十二月二十日夜、ブカ水道をでてラバウルに向かった。

途中、敵巡洋艦、駆逐艦おのおの数隻の敵艦隊と遭遇し、激戦をくりひろげ、敵の巡洋艦、駆逐艦をそれぞれ一隻ずつ撃沈したようであるが、こちらも一隻沈没の被害をうけた。なお隊員の乗った三隻は、無事ラバウルにつくことができた。

さっそくラバウル港の東南岸、松島に基地をおくことになり、庁舎、宿舎、防空施設は突貫工事で整備された。さすがラバウルは南東方面の大根拠地だった。港の西北岸、丸木浜には第九五八航空隊（司令＝飯田麒十郎大佐）があって、主としてニューギニア方面の作戦にしたがっており、おなじく水上機の本領を発揮して、大いに活躍していた。

当隊はひきつづき、中部ソロモンのニュージョージア方面の作戦に従事したが、片道四〇〇浬、しかも夜間、スコールをついての往復は、歴戦のベテラン搭乗員にとっても大変なことであった。とくに二座水偵は足が短く、夜間装備も不充分なので、ますます使用の機会が少なくなった。そこで二座水偵を零戦に乗りかえることを考えたわけであるが、これについては後述する。

タロキナ作戦に協力

昭和十八年十一月一日、ブーゲンビル島タロキナに大挙上陸した敵は、その後もひきつづき、厖大な物量と機械力にものをいわせ、すばらしい設備の飛行場を二つも造りあげ、そのまわりには、堅固な複郭陣地を構築し、不敗の体勢をうちたてた。

これに対峙している第十七軍（主力は第六師団）は、十一月八日から九日にかけて総攻撃を敢行したが、失敗した。そして、昭和十九年を迎え、つぎの総攻撃に向けて準備にはげむことになる。

ところで本作戦に、とうぜん協力を予定されていた海軍航空部隊の主力は、昭和十九年二月十七日、敵機動部隊のトラック大空襲により、ほとんど全滅にちかい被害をうけてしまった。残るは少数の陸攻と水偵である。

それだけに、わが水偵隊のウエイトが、いちだんと大きくなった。

作戦協力のため、わが九三八空は、ラバウルからふたたびブインに進出することになった。水偵隊の任務は、陸軍部隊の輸送船の警戒ならびにタロキナ敵陣地の攻撃であった。

さて、いよいよ三月初旬、総攻撃開始から数日間は、朗報また朗報の連続であった。わが水偵隊も作戦完遂に、その任務にはげんだが、あとひと息というところで、敵戦車ならびに迫撃砲の猛反撃にあって長蛇を逸し、ここに数ヵ月にわたる苦労が一朝にして水の泡と消え去ったのである。しかし、事は挫折したが、水偵隊の果たした役割は実に大きかった。

水上機隊の活躍は華々しかったが、なんといっても鈍重の三座水偵、足の短い二座水偵だけでは十分な戦果をあげることはできない。そこで、当時の飛行隊長・美濃部正大尉の意見をいれて、二座水偵パイロットを戦闘機にのせて、夜明けや月明を利用し、敵飛行場の超低空なぐりこみを計画した。優秀な零戦に、夜間行動能力のすぐれた水上機パイロットを配すれば、成功うたがいなしとの確信をえたからである。

さいわい、この意見具申はとりいれられたので、昭和十九年二月はじめ、美濃部隊長以下十名を戦闘機講習のため、第二十六航空戦隊（司令官＝酒巻宗孝少将）麾下の第二〇四航空隊（司令＝柴田武雄大佐）に派遣した。

ところが、まもなく第二十六航空戦隊は、いったんトラックにさがって訓練整備にあたることになり、講習員もこれにしたがった。そこへ前述のトラックが空襲をうけ、大打撃をうけたため、講習員はそのままとどまることになり、原隊復帰は不可能になった。

しかし美濃部隊長が、水上機魂をもった戦闘機隊をひきいて、しばしば偉勲をたてていることをつたえ聞き、うれしく思ったことである。

ふたたびブインへ進出

昭和十八年十二月二十日、いったんラバウルに引きあげていた九三八空は、前述のように、翌十九年三月十五日、ふたたびブーゲンビル島のブインに進出を命ぜられた。これより先、司令寺井大佐は病気のため内地に帰られたので、私が同隊司令を命ぜられていた。

ブイン進出の目的は、近く決行されるタロキナ作戦協力のためと、ラバウルにいては、ソロモン方面の作戦に、十分に応じられないからである。そこで私は即日、幹部若干名をひきいてブインに飛んだ。そして同地における基地員の主体、二〇一空、二〇四空、五八二空の残留員をかりあつめ、再編成することになった。

ブインには第八艦隊司令部（司令長官＝鮫島具重中将）、第一根拠地隊司令部（司令官＝武田勇少将）、佐鎮第六特別陸戦隊（司令＝町田喜久吉大佐）その他の部隊が、ジャングル内にそれぞれたむろしていた。

さて、人間はどこへでももぐれるが、飛行機の隠し場所にはずいぶん苦労した。タロキナからは戦闘機で十五分か二十分の距離である。機体の片鱗でも見せようものなら、それまでである。

そこで昼間は、機をジャングルで完全におおわれている入江や、川の中に引き込んでおいた。これまで、ときどき姿を見せていた鰐も、大きな翼をもった怪物におそれをなし、奥へ引っ越したらしくとんと姿を見せなくなってしまった。

この怪物は夜な夜な、ゴソゴソと這いだしては、敵飛行場や陣地の攻撃、魚雷艇の掃蕩など、思いきりあばれまわり、さっと隠れ家にもぐりこんでしまう。戦果をあげた翌朝は、かならず敵機の大群が仕返しにやってきて、荒れはてた陸上飛行場や付近のジャングルを盲爆する。まさか鰐の住んでいた川の中に、わが精鋭機がひそんでいようとは、敵も最後まで気がつかなかったらしい。

しかし、これだけのことを毎朝、毎晩つづけていくための整備員の苦労は、ひととおりではなかった。足場がわるい、飛行機は老朽化してくる、要具が足りない、部品がない、まことに悪条件がそろっていた。

ときには陸上機の残骸から、部品をとりはずしてくることもあった。このほかブヨの襲撃にも、弱らされた。服を着ていても、襟や袖口から侵入して喰いつく。この痒《かゆ》さはお話にならない。が、それもしだいに免疫になり、裸でも平気になった。

川の中の飛行機の出し入れも、難渋のひとつだった。水量のゆたかなときはいいが、少ないときは川口がふさがってしまうので、一鍬一鍬掘りひらきながら押しだし、そしてまた引き入れなければならない。そのほか食糧の自給自足のため、隊員一同、農耕作業にしたがい、ついに数十町歩の立派な大地主となることができた。

こうして作戦任務をつづけていくうち、一機また一機と消耗して、ついに昭和十九年末には最後の一機を失ってしまうにいたった。武勲にかがやく第九三八航空隊も、ついにその幕をとじ、新しく第八十五警備隊として生まれ変わり、もっぱら陸の護りにあたることになったのである。

三一二空ロケット戦闘機「秋水」と共に

未完の新戦闘機搭乗要員として特殊訓練に明け暮れた秋水部隊の日々

当時三一二空付・海軍中尉　高田幸雄

大村海軍航空隊元山分遣隊で戦闘機の訓練を修了した私たちは、昭和十九年八月、いよいよ第一線に配属されることになった。そして、つぎつぎと発令される勤務地に、「ヒデエーところに行かされる」とがっかりする者、ヤレヤレと安堵する者、いまだに行き先が決まらずいらいらする者などでごった返していた。

そんなさなかに、一通の電報が入った。私をふくむ十六名の名前と「Me163に充つ」とあるだけで、Me163が何なのか、何処へ行けばよいのかも、まったく不明だった。好奇心の塊りみたいな顔をした戦友どもが、Me163を肴《さかな》にあつまってくる。

高田幸雄中尉

「おい、Me163て何だ?」「知るもんか、でもMeといえばメッサーシュミットのことだろう」残念ながら当時われわれが知っていたのは、Me109、Me110ぐらいなものだった。「ひょっとして貴様たち、ドイツに助っ人に行くんじゃないのか、近頃どうもドイツの旗色がよくないからな」

はなはだ無責任なことを言いだす奴まであらわれる始末だったが、何処へ行って何をするのかわからない不安定な精神状態の者は、すぐデマにも引っかかるもので、「あるいは……」と、そっと十五人の顔を見まわしたが、幸か不幸か、ドイツ語のできそうな気のきいた顔は見当たらなかった。私にいたっては、ドイツ語はおろか英語でさえろくな点をとったことがないのは、先刻帝国海軍もご承知のはず。まずそんなことはあるまいと、ほっとする。

翌日になって、Ｍｅ163の十六名は横須賀へ行け、という電報がはいり、荷造りもそこそこに「帽振れ」に送られて朝鮮の元山基地をあとにした。横須賀海軍航空隊は略して「横空」の名で親しまれ、ごていねいにも、その上に「天下の」という言葉までつけくわえて呼ぶ人さえいた。その理由は横空は大正五年、最初に開隊された海軍航空隊で、のちに隣接して空技廠（海軍航空技術廠）が開設され、飛行実験部もあった。

また、中央にもっとも近いという地の利もあって、あらゆる新鋭機がズラリと並び、ベテランのパイロットがうようよしており、真の意味での海軍航空のメッカであった。したがって、横空に籍をおくことは、今でいうエリートコースでもあったわけだ。

その天下の横空に、私たちは八月二十五日に到着した。型通り着任の挨拶まわりをする。そのとき副長から夕食後に士官食堂の裏庭へこいといわれ、夕食もそこそこに裏庭に集合した。副長は十六人の一人一人の顔をのぞき込むようにしてから、あたりを憚《はば》かるような声で話しはじめた。

「君たちには重大な任務を遂行してもらう。日本の命運が君たちの双肩にかかっていると言っても過言ではない。ドイツ人にできて、日本人にできぬはずはない。しっかりやってもらいたい。詳細については明朝、担当の者から聞け。なお、明日から空技廠でおこなわれる事柄については、海軍部内の者といえども、いっさい他言無用のこと」

話を聞いてるうちに、夏だというのに、ぞくぞくと寒いものが身体中を駆けめぐり、副長の姿が植込みのなかに消えるまで、敬礼して見送っていた。

秋水搭乗適性テストに合格

第一飛行隊の所属となった私たちは、明くる八月二十六日、秋水の先任者である小野大尉に連れられて空技廠へむかった。私たちの隊長小野二郎大尉（海兵六四期）は、九〇式水偵から二式水戦まで、いろいろな水上機を経験されたベテランであった。

空技廠に到着した私たちは、これからの訓練の主務者である空技廠医学部の大島正光軍医少佐（戦後は宇宙航空医学の権威者）と三名の軍医大尉に紹介されたのち、今後われわれに関係のある廠内を案内された。低圧実験室、適性検査室、そして三メートル垂直風洞などである。

風洞実験室では、私たちの到着を待ちかねたように、スパン一メートルほどの模型をかか

秋水。昇降舵がエルロンを兼ねる無尾翼機。離陸後に車輪を落とし橇で着陸する滑空機で訓練

えた一人の技師が出迎えてくれた。

「これが秋水です」そう言って、その大きな模型を私たちの前にさしだした。一瞬息をのんだ。こんなものがまともに飛ぶのだろうか、まるでブーメランだ。おまけに、木を削ってニスを塗っただけの風洞模型だから、なおさらグロテスクに見える。

これが秋水との初対面だった。くだんの技師は私の驚きをよそに、「誠にくせのない、良好な錐揉みをいたします。お目にかけます」と言ってスイッチをいれ、その模型を風洞にいれた。模型は頭を下に、きれいな錐揉みをはじめた。

私たちには、この錐揉みで苦い思い出がある。大分基地で訓練をしていたころ、私たちは九六式艦上戦闘機を使用していた。この九六式艦戦は、零戦よりも戦闘機らしい戦闘機だったと私は思っている。それなりに、一癖も二癖もある奴だった。

その癖の一つに、フラットスピン（水平錐揉み）があった。これに入ると、まず回復はできないし、体は座席の片方に押しつけられて脱出も困難。満身の力をこめて運よく脱出しても、尾翼に叩かれたり、プロペラでチョン切られたりで、無事に脱出したのは、日本では三、四名しかいないと聞いている。

そのなかの一人に、同期の宮家愈少尉（戦後日産自動車で活躍）がいる。ドッグファイトの訓練中、彼の乗っている九六式艦戦がフラットスピンに入り、水煙をあげて別府湾に墜落した。その水煙のてっぺんに、パッとパラシュートがひらいて彼は生還したのだった。まさに危機一髪という言葉のサンプルのような光景だった。

そのような事故を目のあたりにしている私だけに、この風洞実験を真剣に見つめていた。ふつうの飛行機でも、廻っているうちにだんだん頭を上げてくる傾向があるが、癖の悪いやつは機首角度が四十度以下になると、フラットスピンになってしまうわけだ。しかし秋水の模型は、相変わらず六十度くらいの角度で錐揉みをしており、頭上げの傾向も見られなかったので、この点については安心した。

翌日からは、本格的な訓練（と思っていた）に入った。一日目は、まる一日かけての健康診断、二日目と三日目は飛行適性検査である。海軍中の検査機器をあつめたのではないかと思われるほどの、おびただしい数のテストをこなさなければならなかったが、なかには以前に経験したものもあるし、また現在のゲームセンターに置いてあるものに似たものもあって、みな結構たのしみながらやっていたようだ。

地上練習機による盲目飛行や、いわゆる嘘発見器にかけられて驚かされたり、こづかれたりして、その反応を調べたりして、二日間にわたる検査を無事終了した。

第四日目以降、待望の低圧実験がはじまった。実験室には大・中・小三種類の低圧タンクがあり、鋼製のタンクに外部連絡用のちいさな丸窓が数ヵ所あった。大の方は十名くらい入れただろうか。しかし、これは急上昇ができないので、のちに酸素マスクを着けないで高度六千メートルと同気圧まで減圧し、海軍体操をやらされたくらいで、あまり使われなかった。

もっともお世話になったのが、一万メートルと同気圧になるまで一分くらいで上昇できる中型のものだった。これは真ん中に小さなテーブルがあり、それを囲んで五人ほどがすわれるようになっていて、各自の前の酸素のソケットにマスクのコネクターを差しこめば、スタンバイ、ヨーソロということになる。

第一回目は、一万メートルまで二十分ほどかけて上昇する。二千メートルくらい上がると、突如として霧が部屋中に立ちこめて、一面のミルク色となる。いわゆる断熱膨張という現象だろうか、上昇するにつれ、この霧も消えてしまう。この現象は、いちばん小さい低温低圧タンクでは、さらにおとぎの世界を演出してくれる。

このタンクは内部が氷点下三十度くらいになっているので、氷の霧がキラキラ輝きながら私たちのまわりを乱舞し、われわれだけで見ているのが勿体《もったい》ないような光景だった。

さて、そんな呑気なことを言っているのもはじめのうちだけで、秋水とおなじ一万メートルまで三分で上昇する訓練がはじまった。いささか緊張の面持ちで、丸窓越しにＯＫのサインを送る。ゴーッというすさまじい空気の排出音とともに、精密高度計の針がくるくるまわり、例の霧もあっという間にあらわれ、そして消えてしまった。

われわれの方は、たえず唾を飲みこんでいないと鼓膜がおかしくなるので、酸欠の金魚のようにアップアップしている間に、一万メートルまで上がってしまった。

そんなことをして四、五日たったある日、「全員、秋水搭乗員適格」のお墨付きをいただいた。何のことはない、今までは試されていたわけだ。そして、翌日からは本格的な低圧実験室での訓練がくり返され、大島少佐考案の新型酸素マスク、与圧マスクを装着しての実験もあった。この与圧マスクは、いまの宇宙服の首だけのようなものだったが、視界がよくないことと、一万メートルではその必要もなかろうということで、二回ほど装着しただけで止めてしまった。

隔離状態での特殊生活

着任したとき、副長から厳重な緘口《かんこう》令を言いわたされ、えらいことになったと思ったが、まったくの杞憂にすぎなかった。というのは、私室も食堂もわれわれ専用のものが用意され、昼食は空技廠でとるため、副直将校や辺見まで通う内火艇のチャージの勤務につくとき以外は、ほとんど他の士官と顔を合わせることもなく、なかば隔離状態であったからだ。

そして、毎食毎食、当時では考えられないような豪華な献立が食膳をにぎわした。これを人呼んでこれを「秋水食」という。だが、にこにこして食べるわけにはいかなかった。これを食った以上、しなければならない義務があったからだ。

第一に、与えられた食事以外は水をのぞいて、一切の飲食を禁じられてしまった。第二に、尾籠《びろう》な話で申し訳ないが、大小便を毎日提出し、小便にいたっては回数まで報告させられた。第三に、低圧室での体調、ガス放出回数、献立にたいする感想などのデータを、毎日提出する等々であった。

ガスの放出回数というのは、たとえば繊維質の多いものを食べて急上昇をやると、一万メートルに達するまでに六、七回も放出することがある。放出できる人は幸せで、これを出さないと腹がパンパンになって、猛烈な腹痛に悩まされることになる。おかずに牛蒡《ごぼう》が入っていたときなど、十七人がかわるがわるブーブーやったのでは、さぞかし空技廠の空気も汚染されたことだろう。

美味しいものを食っては急上昇をする。一ヵ月にわたる訓練期間中、大島少佐をはじめ軍医の方々が、かわるがわる、必ず私たちと一緒にタンクに入ってくださり、日常の健康管理から高々度飛行に対処する体づくりまで、こまかに指導いただいたことは、本当に心丈夫であった。

これらの訓練とあわせて、航空力学、航空医学、気象学、そして秋水の構造、特呂二号ロケットエンジンなどについての講義もうけ、また隊長の話から、しだいに秋水の全貌が浮かびあがってきた。

恐怖の着陸操作

昭和十九年三月末、潜水艦U1224（ドイツから譲渡されたもので日本名は呂501）が日本へ回航するついでに、Me163、Me262その他の書類・設計図などを積んでドイツのキール軍港を出港した。

二週間ほど遅れて、同じ書類を積んだ日本の伊二九潜（伊号第二十九潜水艦）がフランスから日本にむけて出港したが、U1224の方は五月十三日、大西洋で敵の攻撃をうけて消息を絶ってしまった。

ひとり伊二九潜のみが喜望峰をまわり、ほとんど連続潜航で七月末、シンガポールにたどり着いた。フランスから同艦に乗ってきた巌谷英一技術中佐は、ここから一部の書類をたずさえて、空路東京へいそいだ。一方、残りの設計図を積んだ伊二九潜は日本に向けて出港したが、七月二十六日、バシー海峡で攻撃されて沈没してしまった。

巌谷中佐を迎えた航空本部では、さっそく空技廠で会議をひらき、私たちの小野隊長も会議に列席して秋水開発が決定するのだが、手許にあるのは巌谷中佐の持ち帰ったカタログていどの資料しかなく、ほとんど零からの出発であった。軍では十一月には一号機の試飛行、昭和二十年三月には一六〇機の秋水を生産する計画をたてていた。

秋水は無尾翼機なので、昇降舵がエルロンを兼ねている。どんな仕掛けで両者を兼ねた動きをさせるのか、大いに興味をもっていたが、聞いてみればコロンブスの卵で、操縦桿の下部にとりつけた菱形のパンタグラフで、操作につれて昇降舵の動きをしたり、エルロンの動きをしたり、あるいは両者の合成の動きをする簡単な構造だった。また、フラップは翼の中

昭和20年7月7日夕刻の初飛行に備える追浜基地の秋水一号機と地上員。
中央が犬塚豊彦大尉

ほどにあり、ふつうの飛行機のフラップの位置には、フラップを下げたときのモーメントを打ち消すため、上向きに作動する調整舵がついていた。

さて、秋水の模型をはじめて見たとき、まともに飛ぶのだろうかと、たいへん失礼なことを考えてしまったのだが、のちに秋水の滑空機を操縦してみて、そのすばらしいバランスに、すっかり惚れ込んでしまった。

もちろん私は実機には乗ったことがないから、高速での舵の利きは知らないが、滑空機にかんするかぎりでは、ちょっと重いなという感じはあったが、各舵の反応は良く、垂直旋回や宙返りなどもスムーズにこたえてくれて、そこらのヘンな飛行機より扱いやすかった。

ただ、どうにも我慢できないのが着陸だ

った。

離陸するときに車輪は落としてしまうので、橇《そり》で着陸するのだが、六十ノット（約一一〇キロ／時）で滑空してきて、ガガーッと橇が地面をこする音が聞こえたとたんに、外の景色はなにも見えなくなってしまう。見えるものは床板ばかりで、初めてのときなど、とんぼ返りをしてひっくり返ったのではないかと思うほどのショックだった。

特呂二号というロケットエンジンは、甲液（八〇％のオキシフル）と乙液（水化ヒドラジン）の化学反応によって推力を得るもので、甲液を電動ポンプで蒸気発生器に送りこみ、触媒（角砂糖大のセメントに過マンガン酸カリ、重クロム酸カリなどを浸みこませたもの）によって発生した蒸気で、両液圧送ポンプに直結されたタービンをまわす。

圧送された両液は、発停弁、均衡弁（両液の比率を調整する弁）をへて、燃焼室の十二個のノズルから噴射され、ここではじめて両液が出合って爆発するというものである。

全力で一トンの甲液と〇・五トンの乙液をわずか十分（最初は十三分と言われていた）で消費してしまうが、ノズルを三個、六個、十二個と使い分けできるので、水平飛行に移ってから、三個あるいは六個のノズルを使えば、もっと航続時間を増すことも可能だったと思う。

さて、恐ろしいのが甲液で、ピペットにとった液を一滴、床に落とすとパッと燃えあがる。これは甲液が爆発するのではなく、床にある微細なゴミが一瞬にして燃えあがるためだ。だから、木材の上に液を落としても、じわじわと黒コゲになって燃えはじめる程度である。

要するに埃りが恐ろしいわけだ。また、これが皮膚につくと火ぶくれになり大火傷をするが、すぐに水で洗えば大丈夫とのことだった。そのような危険な燃料を積んでいるので、「着陸時に燃料が残っていたら全部捨てろ」「車輪が落ちなかった場合、決して車輪をつけたまま着陸するな」とうるさいほど言われた。

車輪をつけたまま着陸すると、トレッドが狭いうえに、車輪落下装置のケッチがオープンになっているかもしれないので、転覆して大爆発の可能性があるというのだ。本家のドイツでも、こうした地上での事故が多発しているので、充分に注意しろとのことだった。

また、ある日、甲液をタンクにいれて、機銃で射撃する実験をしたことがある。一発命中すると、爆発を起こして跡かたもなく吹き飛んでしまった。「あれを見たとき、俺はえらいものと付き合ってしまったなあと思ったよ」とは、先日お会いしたときの小野隊長の述懐である。

初飛行時の悲劇

話を空技廠にもどそう。一ヵ月余の低圧訓練をおえた私たちは、横須賀海軍航空隊百里ヶ原派遣隊となって、百里ヶ原基地へ移動した。隊長以下十六名の少尉と、整備関係四十余名という小部隊だったが、士官搭乗員ばかりというのが、隊長のご自慢だったようだ。隊名もあまり長いので、秋水隊と呼ぶことにした。

初めてのことが多いので、隊長を中心に、あとから分隊長として着任された犬塚豊彦大尉（海兵七〇期）とわれわれ十六名で夕食後しばしば研究会をひらき、九三中練の滑空比の割出しや、レーダーと共同しての誘導法、攻撃方法などについてディスカッションをおこなった。

訓練は九三中練、光六二型ソアラーをもちいての滑空定着、零戦による対大型機攻撃・射撃・高々度飛行などをおこなったが、B29と秋水の相対速度の関係から、標的は九三中練に曳航させた。また背面攻撃は、零戦のエルロンのフラッターによる危険がともなうが、実行に移そうということが研究会で決まった。

さっそく翌日から実施した。前下方に吹流しを曳航した九三中練が見えてくる。頃合はよしと、くるりと背面にする。鹿島灘が頭の上にひろがり、逆さになった九三中練が近づいてくる。そのまま真逆さまに突っこんでいったが、大した過速にもならず、ただ大きなGに悩まされるくらいなもので、回をかさねるにつれ、正確に攻撃できるようになったが、この方法での射撃は、命中させるのがむずかしかった。

こうした訓練の合間をぬって、小野隊長は技術部との打合わせや基地設営で飛びまわっておられたが、ついに十一月下旬、胸膜炎のため、横須賀海軍病院に入院されてしまった。しかし、十二月二十六日には秋水軽滑空機が、そして翌二十年一月八日には重滑空機が、天山艦攻に曳航され、犬塚大尉の手によって試飛行に成功した。

昭和二十年二月五日付で、秋水隊は柴田武雄司令をお迎えして、第三一二海軍航空隊となった。そして私は、三月一日付で中尉に進級した。

三月三日、私は中練機をうけとるため鹿屋基地へ出張を命ぜられたが、私の留守のあいだに三一二空は霞ヶ浦へ移動した。三月十五日、前夜の空襲で燃えさかる神戸の上を飛んで、霞ヶ浦へ着陸して驚いた。いつの間にか、何百人の大部隊にふくれ上がっていたのだ。

それからが忙しかった。午前は後からきた者の教官、午後は自分の訓練、そして夜は夜間飛行の訓練と、飛行時間を稼ぎまくった。五月の中旬だったたか、特呂二号の地上試運転をやるから行ってこいといわれ、御殿場線の山北から迎えの車で実験場へむかった。

どこをどう走ったのか思い出せないが、川のほとりにある農家が実験場だった。着いてみると、どうも調子がよくないとのことだ。翌朝になっても、今日中に運転するのは無理だという。仕方がないから、裏の川をせきとめて掻い掘りをやって、晩飯のおかずの魚を獲ってきた。夜になると、当分試運転の見込みが立たないことがわかり、毎日魚獲りをやっているわけにもいかないので、残念ながら霞ヶ浦へ帰ってしまった。

六月十二日、一号機試運転成功の報に接した。

昭和二十年七月七日午後四時五十五分、秋水の第一号機は、関係者の拍手をあびて離陸した。私は離陸滑走距離の測定にあたっていたので、滑走路の横に腹ばいになっていた。滑走距離は、計算よりやや短い三二〇メートルだった。

しかし、秋水は数秒後にエンジンが止まり、滑空しながら燃料を放出し、やがて飛行場に機首をむけた。充分、飛行場にはいれる高度だった。だが突如として秋水は迂回をはじめた。そのため、高度を失した機体は見張小屋に右翼をひっかけ、もんどり打って場内に墜落した。エンジンが停止したのは、高速と急角度の上昇のため、燃料がタンクの後部に片寄ってしまったためだった。

　では迂回したのは、何故だろう。

最初に飛行場に機首をむけたコースで着陸すれば、滑走路ぎりぎりに接地しただろう。しかし、甲液が残っているかもしれないのに、滑走路に降りるのは危険だ。滑走路の左側には、機材や大勢の関係者がいる。右側には誘導路や駐機している飛行機がいる。とすれば残された着地点は、多少横風をうけても、飛行場のエンドの空地を斜めに使うしかなかったと思う。

　これはあくまで私の推測にすぎないが、海上に出て甲液を放出する心づかい、大勢の人を危険から守ろうとする思いやりの心、そんな人柄の犬塚分隊長を知る者にとっては、当を得た推測ではないだろうか。

　人は言う「秋水は失敗だった」と。しかし、私はそうは思わない。ほとんど無から出発した技術陣の努力によって、立派に飛んだと思う。だが秋水とは、今日の優秀なロケット技術開発の過程の中から、戦争なるがゆえに芽ばえたひこばえであったのかもしれない。

鹿屋空〝翼なき桜花〟地上爆裂隊異聞

母機なき桜花を車輪付架台にのせ地上発進爆走兵器に改装した男たち

当時 鹿屋空「桜花」分隊士・海軍整備兵曹長　伊藤久男

伊藤久男整曹長

昭和二十年も五月の葉桜のころになると、もう桜花の母機の一式陸攻もだいぶ減少して、桜花の命脈も目に見えない落日の譜につらなる凋落《ちょうらく》の一途をたどっていった。

もし母機が完全になくなってしまったら、一体どうなるのか。残余の桜花をかかえたわれわれの前には、大きな課題が生じた。壕内にむなしく眠る残った桜花をいかに処理するか？　飛ぶに飛べない桜花をどのような方法で実戦に利用するか。戦意だけはだれにも劣らないわれわれも、すっかり頭をかかえこんでしまった。

このころには硫黄島もすでに落ち、日本本土はどこも米機による重爆撃の明け暮れのさなかにあり、そのうえ沖縄の戦況もいまや瀕死の状況で、どう贔屓目《ひいきめ》にみても日本軍の旗色はさえず、いや最悪の事態を迎えつつあると判定せざるをえなかった。

もし、敵が日本本土に肉薄して上陸を敢行するようなことになり、わが〝波打ち際作戦〟が発動されることにでもなれば、一体われわれはどう防戦すればよいのであろうか。いまのわれわれには翼をもたない桜花のみで、むかしの屯田兵のように寸鉄の武器もないのだ。たとえ鉄片を研《と》ぎ、竹槍をしごいてみても、しょせん敵《かな》わぬ空《から》いばりで、とんと物の用に供せるはずもないのである。

そこで私は、かねての試案を小隊長にはかってみた。それは、桜花の新しい試用方法であった。この私の意見具申をきっかけとして隊でも、班長以上を集めてさっそく研究会みたいなものが持たれることになった。そして数日にわたるこの研究会のあと、考えにかんがえた隊員たちからは、いろいろの案がとび出してきた。

なかには奇想天外の珍案もあったが、つまるところ五つの案にしぼられた。

①射出方法をそのまま利用して発進させ、至近距離の敵を攻撃する方法

②高隈山や桜島などの高所にひっぱり上げて、滑走を利用して発進させ、攻撃する方法

③敵の上陸地点とおぼしきところに埋めこんで地雷化し、爆裂させる方法——その着火法としては被覆電線を長く伸ばして使用し、敵の到達した時点で点火する、という仕組であった。

④震洋艇のような短艇の頭部に装着して海岸肉薄戦となったときに発進、攻撃する方法

⑤運搬車の架台と車輪の大型化をはかり急速運搬と出動の迅速を可能として、近くの敵に対してロケットを噴射させ、車輪走行にて敵中に突撃、爆裂する方法

しかし、射出滑空を主体とする桜花を、地上兵器として使用することには根本的に無理があった。とはいえ、空中で使用できないのであるから、なんとしてでもこの地上で有意義に使うほかはない。それはもう理論や理屈ではなかった。そこで以上の五つの案をさらに検討して、その実用化に一歩でも近づこうと懸命になった。

①の射出機を利用することは、すでに戦局がすすみすぎて、それを利用する機械、機器がそろわない。つまりカタパルトそのものが得られない。

②の高所からグライドする仕組は、桜花本体があまりに重すぎるために高山への運搬が不便。しかも滑走をはかるために相当の角度を必要とするが、天険の利用とその適要地が得られない。

③案は、敵軍が押し寄せてくるとおぼしき海浜に埋めるというが、もし上陸地点が変更になれば、これもまた不可。

④の短艇の頭部に装着する案は、実現可能なようであるが、肝心の短艇の入手が困難である。すでに陸海各兵団はそれぞれ一隻でも多くとばかり舟艇を手中におさめており、桜花を搭載するといってもすでに余分は一隻もないはずだった。

結局、四つの案はそれぞれに発想はよかったのであるが、実現不可能という結論に達した。そこで最後にのこった⑤案をとり、まず運搬車の改良と車輪の拡大をはかり、それも軽量化を優先してすすめ地上滑走兵器として再登場させよう、ということになった。

それには、次のようなことが満たされなくてはならなかった。
一、すばやく運搬、発進ができる
二、多人数を要しない
三、移動と隠ぺいが可能
四、敵の上陸地点に向かっても、また、いかに上陸地点の変更があったとしても、直ちにその方向にむけることができ、また海岸でも山野でも攻撃にうつることが可能
以上のことが解決されれば一応、実用兵器として使用できるであろう。その場合、まず想定する場面が起こったとき、桜花を曳《えい》行して装備のロケットに点火、地上滑走のあと敵中で爆裂させ上陸軍に大打撃をあたえたあと、わが桜花隊員はいっせいに斬込隊となって白鉢巻をまいていっきに突入、玉砕するという寸法である。

出現した異形の特攻兵器

この間にも桜花の発進は、数少ない母機によって行なわれていた。五月十一日の発進時は、折りから第六号菊水作戦の真っさい中であったが、この戦いで桜花は、よく敵空母バンカーヒルに命中、大戦果をあげたという久々の快報もあり、ともすれば沈みがちなわれわれ隊員の愁眉をひらかせたのであった。
しかし一方では、海軍記念日の五月二十七日のように笠ノ原一帯が大空襲をうけ、同時にわが一式陸攻もつぎつぎと被爆し、さらに残存機の一大減少を聞かされる一幕もあった。

そうこうするうち七月一日になると、ようやく待ちにまった九九艦爆の車輪が二対、軍需部倉庫から受領することができた。つまり地上発射用の桜花二基分である。

これを、あらかじめ作られていた特殊架台に装置して、さっそく桜花を搭載させてみると、いかんせん重心が前方へ七〇パーセントもかかってしまった。これでは相当のバランスを後方に置かないかぎり、頭部は前方につんのめってしまう。どうやらタイヤの直径が大きすぎたためらしい。

とにかく、九九艦爆用の車輪の主軸のうえに桜花を搭載するのであるから、どうしても高姿勢になるのはやむをえない。それでも動かすには二輪のせいもあって、非常に具合がよい。だが、水平に保持するためには、架台に尾輪かソリをつけて三点姿勢としなくてはならない。そこで従来の運搬用架台の尾部をとりつけて、三点姿勢とした。

なかでもとくに大変だったのは、その重心点をひろい出すことであった。それでも苦心惨憺の末、やっと二基を運搬できるまでに作り上げた。さあいつでも、どこへでも急きょ出動はできる、まさに「スタンバイよろしい」である。

ドス黒い架台にのった桜花は、仰角を持たせると陸軍式の大きな臼砲のような感じであった。まさに〝空飛ぶ桜花〟はいま〝地上発進の桜花〟に変わったのである。これが自力で飛べたらなあ——とはだれもが思い、この異形の特攻兵器を、切ない想いでながめたものであった。

ときは七月、われわれ桜花隊のたむろする通称〝南の谷のグランド〟は、むせるような暑さの中にあった。もちろんわれわれにも、学理的にほど遠いこの〝地上桜花爆走車〟が最大の威力を発揮するとは思われず、断末魔のような中で果たしえた精一杯の苦肉の策の兵器にしかすぎなかったのだが、それでも隊員一同の心意気を示すシンボルみたいなものであった。そして、いざ出撃ともなれば、敵の上陸してくる地点に急行して、地の利を最大に利用して発進させ、信管を引きぬいて敵を爆砕するという、確率からみれば余りにもささやかな夢ではあったが、われわれにとっては「これしかない！」という心の拠《よ》り所でもあったのである。

すでに沖縄も完全に米軍の手中に帰している。今度こそ敵は本土に上陸してくるに違いない。それもすぐ目前に迫っているのだ。

終日、鹿屋上空を乱舞するB29や、P38の爆音を耳にしつつわれわれは、半狂乱のようになって闘魂を燃やしつづけた。しかし、それと反比例するようにわが頼みの友軍機の、空をかける音はしだいに減少していったのであった。

零戦の足をもらった桜花

すぐる六月二十二日の菊水十号作戦をさかいにして、「空飛ぶ桜花」の命脈は完全に終止符を打たれた。そして〝一式陸攻と桜花〟はこのとき以来、まったくべつべつの運命の中に生死を分かつこととなったのである。

と同時にわが桜花隊員には、意を決して、かねての試案を本格的に実行しなくてはならな

桜花11型。爆薬1.2トンに強力なロケットエンジン。全長6.07m、全幅５m

い時がきた。なにはともあれ、地上で奮戦できる信頼のおける桜花にしなくてはならないのだ。その名も「桜花地上爆裂隊」の、いよいよ発足する日である。

さっそく隊長は、軍需部に九九艦爆の車輪をまわしてくれるように交渉に当たり、われわれは存在する桜花のすべてをその車輪に適合できるように、シャフトの作製にはげんだ。しかも一切は極秘のうちにすすめなければならず、したがって一般隊員にはあくまで「運搬車修復改修」という名目でおしとおされた。

要員のなかの鍛冶経験者には軸を鍛《う》たせ、また頑丈な木部架台もくみ上げられた。角止め金具も、胴体の固縛帯も帆布と操縦索を使用して最強のものをつくり上げ、曳行用のロープも麻の二重撚《よ》りを探しもとめて使うことにした。

ところが七月三十日になると、桜花一族の一大転機というべき意外な出来事がおこった。「司令部は大分方面に陣地を変更せよ」というのである。わが隊長もともに移動するという。やっと地上車が二基でき上がっただけというのに、これでは突撃隊を編成して「桜花地上爆走車」を中心にして、敵に殴り込みをかける特攻戦法の総指揮や、指示はだれがやろうというのだ。

——よし、もうこうなったら我々だけでもやるほかはない！　和倉少尉以下われわれ末輩までの三十余名は奮起一番、以前にもまして第三、第四の地上車の製作にはげんだ。

しかし、その後まもなく鹿屋基地は、航空基地から地上鉾《ぼこ》部隊と名称が変更されて、いよいよ〝空〟とは無縁になっていったのである。

やがて八月の声をきくころ、壕の外は一面の蝉しぐれと化していた。この間にも和倉少尉は、さかんに軍需部に車輪の受け入れ交渉にかようが、なかなか難しいらしく入手がうまくいかない。そこであり合わせの車輪ならなんでもよいということになり、いまは旧式となった九七艦攻の車輪をさがし出してきてはそれを一対とし、さらに破壊された零戦の中からもようやく一対をさがしだした。

しかし、それからが大変であった。

なんといっても主軸とタイヤの寸法がそれぞれ異なるので、まずそれらの不具合な点をみな、同規格の寸法になおさなくてはならず、この作業はそうとう難しいことであった。

あげくのはて、やっと主軸と車輪とを合わせ、完備することができたのは九七艦攻の車輪一基と、零戦の車輪の一基、以前に完成していた九九艦爆の二基、つごう四基だけであった。

なかでも、零戦用車輪のタイヤが小さいために、どうしても床上寸法が短くなり、このままでは起伏のおおい山野や丘陵地では腹部（主軸）が地面につっかえて、いざ曳行とか発進時になると、大きなトラブルを起こすおそれがあった。同時に、桜花本体の位置がひくくなるので、架台の上方に枕木をつけたりしてみた。

こうして桜花本体の高さは、他機とほとんど同じくらいになったが、主軸下の寸法だけはどうすることもできなかった。したがって、いざ走行させてみると極めて不安定であったが、どうにか走行と発進の可能性は克服できたのであった。他の三基はわりあい高架式の搭載方法をとることができたので、運搬はきわめて容易であった。

そうこうするうちに、七月二十五日の南九州、四国、中国地方への大空襲につづいて、清水、浜松方面の艦砲射撃までがくわわり、七月三十日の司令部の転進のあと、いよいよ八月六日には広島に原爆が投下された。このような大変事が次からつぎへ報じられるころ「決号作戦」が発動され、ついに本土決戦という決定的な瞬間がやってきた。つまるところは全員による玉砕戦法というわけである。

ほかに手榴弾があるのみ

さて、こうして四基の「車輪つき桜花」ができ上がったのであるが、問題はこれを引いて進撃、突撃する決死隊の編成であった。

これで先に桜花とともに大空の果てに散っていった幾多の神雷特攻隊の霊魂につづくこと

ができるのだ——そう決意した私は極秘のうちに、和倉少尉や同室の小野や北園たちとはかって、その編成案の作成にとりかかった。

しかしながら、五個小隊分の決死隊員を全員の中から選びだすことは不可能に近かった。なぜならだれを選択し、どの人をはずすという状態ではなかったからである。彼らは文字どおり死を恐れぬ筋金入りの桜花隊員ばかりであったのだ。

すでに、この編成作業のことは隊員にもれているかも知れないが、しかし、ようやくにして決定した配置員の名簿だけは、いよいよという最終場面まで発表するわけにはいかなかった。もし公表するとなると、隊の維持ができなくなってしまう恐れがあったからである。

こうして、まがりなりにも人と機はそろった。そこで突撃発進用特殊架台の整備をすますと、それぞれに相番符号を記入して、桜花本来の正規架台にうつし、これまで通りの壕にもどした。一方、苦心の作である特殊架台は、別六番壕の格納壕にひそかに隠蔽し、あとはもう決定的瞬間を待つのみであった。

つぎは発進のさいの搭乗法であるが、これは従来のような神雷隊の母機の手をわずらわせなくて済むことであるから、だれにでも出来ることである。つまり、操縦桿を引いて、フットバーを左右にただして方向を定め、ロケットのスイッチを入れて点火すれば桜花は轟然と火を放って発進するはずである。もし敵前に曳行する途中で小隊長に不運があれば、つづいて次席、参席が搭乗して発進突入すればよい。

そして各部署は次のようにきめられた。

小隊長、曳番手、左右番手、後方番手の計四名を搭乗順列として、これを一小隊とする。つまり、小隊長＝士官以上一、下士官三、兵五の計九名をもって一戦闘単位とし、これを四個小隊編成にする。またべつに、伝令斥候隊をもうけて配置した。すなわち桜花四基・四個小隊と、ほかに伝令の一個小隊、つごう五個小隊の配置である。

もちろん各自の兵装は、桜花とともに敵の目前で突入爆裂するという玉砕を目的とするのであるから、軽装そのものである。

ただ手榴弾だけは、各自三個あて携行することにしていた。これは桜花の突入につづいて、これを敵に投じながら肉弾で突入、玉砕する手はずだったからである。そのため小野整曹長などは、砲術科倉庫から手榴弾をもらいうけるために日参していたほどであった。

かくて狂気の日々は終わった

この頃になると、われわれには生いしげる夏草の匂いよりも、みずからの青春は儚《はか》なく遠い昔のように思われて、荒涼たる戦いの息吹きのみが体中をかけめぐっている、といったような心境であった。たとえ身に寸鉄をおびずとも、桜花の炸裂とともに殉ずることこそ本望と、ただそれだけを願っていた。

ただ兵員の一部には鉄片を研ぎ、竹をそいで〝武器〟をひそかにつくっている者もあったが——。

八月十二日——この日の航空総隊の訓示は、つぎのようなものであった。

ソ連ノ参戦ニヨリ一層国家ノ危急ニツキ最後ノ一兵マデ戦エ。世論ニマドワサレズ編制ヲ完ウシテ国策ニ含致スルヨウ努力ヲセヨ。是ハ強固ナル決定ニツキ既定ノ作戦ヲ強行スベシ

ここまで追いつめられた隊員たちにはもう、他に活路など見いだす余裕や、判断はさらさらなくなっていた。壕内の要具庫の鍛冶工場などは、いまでは〝鬼器〟工場さながらと化して、ありとあらゆる素材を使用しての〝凶器〟づくりが続けられていた。それらはもはや兵器などといえるものではなく、子供のケンカ道具のようなものであった。しかし切羽つまった彼らにとっては、この作業が無上の心の拠り所となっていたのである。

また、要具庫の片隅では飛行機用の張り線でつくった、幾条かの槍の穂先がにぶい光を放っていた。おそらく班単位でやっているのであろうか、鍛冶場のフイゴの周辺には、幾組かの金属鍛冶の音がさかんにしていた。

その立ちのぼる赤いフイゴの光の先では、どこかであさって来たとみえる鉄片を伸ばしては打ち、焼いては打っている。その赤い炎と、壕外からさしこむ外の光とが交錯して、あたりをまるで怪奇小説の舞台のように映し出していた。

だれがつくったのか、細身で長い一本の〝日本刀〟が目にはいる。まだ研ぎもかけられていなかったが、よく見ると、その鍔《つば》もとには、下手なタガネで「長舟」と銘が刻まれてあった。

なかには真顔で、真剣に竹の〝強弓〟をつくっている兵長もいた。その兵長の姿は、まったくもって非科学的なという表現も通りこして、すでに正気の沙汰ではなかった。その彼が、

薄暗い壕の片隅に立って見つめている私のそばへ、そっと寄ってきたかと思うと、声をひそめて、

「桜花の突撃隊の編成には、必ず私も入れてくださいよ、頼みますよ分隊士さん」

彼は何度もなんども、私をおがむようにして頼み、念をおした。きけば彼は九州筑紫の海辺の生まれということであった。

運命の日——ついに八月十五日がやってきた。そして、すべては一朝にして画餅と化した。こうして桜花が〝空中発進〟をはじめた三月から数えて百八十日目、彼らが多くの悲劇的な歴史の一コマを残して去ったあと、残余機で続行された地上発進の日はついにきたらず、地上での修羅場にも相まみえることもなく、海浜に待機することも、山野に死せることもできないまま、われわれの血と汗の結晶である「桜花地上爆走車」は、隠蔽壕のなかで、日本の落日とともにほろびていったのであった。

※本書は雑誌「丸」に掲載された記事を再録したものです。執筆者の方で一部ご連絡がとれない方があります。お気づきの方は御面倒で恐縮ですが御一報くだされば幸いです。

単行本　平成二十八年九月　潮書房光人社刊

NF文庫

海軍航空隊

二〇二一年十月二十日　第一刷発行

著　者　橋本敏男他

発行者　皆川豪志

発行所　株式会社　潮書房光人新社

〒100-8077　東京都千代田区大手町一-七-二

電話／〇三-六二八一-九八九一代

印刷・製本　凸版印刷株式会社

定価はカバーに表示してあります
乱丁・落丁のものはお取りかえ
致します。本文は中性紙を使用

ISBN978-4-7698-3234-8　C0195

http://www.kojinsha.co.jp

NF文庫

刊行のことば

第二次世界大戦の戦火が熄《や》んで五〇年――その間、小社は夥しい数の戦争の記録を渉猟し、発掘し、常に公正なる立場を貫いて書誌とし、大方の絶讃を博して今日に及ぶが、その源は、散華された世代への熱き思い入れであり、同時に、その記録を誌して平和の礎とし、後世に伝えんとするにある。

小社の出版物は、戦記、伝記、文学、エッセイ、写真集、その他、すでに一、〇〇〇点を越え、加えて戦後五〇年になんなんとするを契機として、「光人社NF（ノンフィクション）文庫」を創刊して、読者諸賢の熱烈要望におこたえする次第である。人生のバイブルとして、心弱きときの活性の糧《かて》として、散華の世代からの感動の肉声に、あなたもぜひ、耳を傾けて下さい。

＊潮書房光人新社が贈る勇気と感動を伝える人生のバイブル＊

NF文庫

写真 太平洋戦争 全10巻〈全巻完結〉
「丸」編集部編
日米の戦闘を綴る激動の写真昭和史――雑誌「丸」が四十数年にわたって収集した極秘フィルムで構築した太平洋戦争の全記録。

通信隊長のニューギニア戦線 ニューギニア戦記
「丸」編集部編
阿鼻叫喚の瘴癘の地に転進をかさね、精根つき果てるまで戦いをくりひろげた奇蹟の戦士たちの姿を綴る。表題作の他4編収載。

パイロット一代 気骨の戦闘機乗り深牧安生の航跡
岩崎嘉秋
太平洋戦争までは戦闘機搭乗員として一三年、戦後はヘリ操縦士として三四年。大空ひとすじに生きた男の波瀾の生き様を辿る。

海軍航空隊
橋本敏男ほか
紫電・紫電改の松山三四三空や雷電・月光の厚木三〇二空など勇名を馳せた海軍航空基地の息吹きを戦場の実情とともに伝える。

日本の飛行艇
野原　茂
日本航空技術の結晶〝フライング・ボート〟の魅力にせまる。めざましい発達を遂げた超大型機の変遷とメカニズムを徹底研究。

零戦搭乗員空戦記 乱世を生きた男たちの哲学
坂井三郎ほか
圧倒的な敵と戦うゼロファイターは未来を予測した。零戦と共に戦った男たちが勝つための戦法を創り出して実践した空戦秘録。

＊潮書房光人新社が贈る勇気と感動を伝える人生のバイブル＊

NF文庫

スナイパー入門　銃の取り扱いから狩猟まで
かのよしのり
めざせスゴ腕の狙撃兵。気分はまさに戦場。獲物の痕跡を辿って追いつめ会心の一撃を発射する。シューティング・マニュアル。

陸自会計隊 昇任試験大作戦！
シロハト桜
陸自に入って4年目を迎えたシロハト士長——陸曹昇任試験に向け会計隊を挙げての猛特訓が始まった。女性自衛官の成長物語。

第二次大戦 残存艦船の戦後　生き残った150隻の行方
大内建二
終戦時、大半が失われていた帝国海軍の主力艦や日本の商船。難を逃れた一握りの船のその後の結末はいかなるものだったのか。

伊号第一〇潜水艦 針路西へ！　潜水艦戦記
「丸」編集部編
炸裂する爆雷、圧潰の脅威に打ち勝つ不屈のどん亀乗り魂。海底ふかく〝鋼鉄の柩〟に青春を賭した秘められたる水中血戦記録。

シベリア強制労働収容所黙示録
小松茂朗
ソ連軍の満州侵攻後に訪れたもうひとつの悲劇——己れの誇りを貫き、理不尽に抗して生き抜いた男たちの過酷な道のりを描く。

海軍水雷戦隊
大熊安之助ほか
駆逐艦と魚雷と軽巡が、一体となって織りなす必勝の肉薄魚雷戦法！ 日本海軍の伝統精神をになった精鋭たちの気質をえがく。

＊潮書房光人新社が贈る勇気と感動を伝える人生のバイブル＊

NF文庫

提督の決断 山本五十六　世界を驚愕させた「軍神」の生涯
星 亮一
空母機動部隊による奇襲「パールハーバー攻撃」を実現し、米国最大の敵として、異例の襲撃作戦で斃れた波乱の航跡をたどる。

飛龍 天に在り　航空母艦「飛龍」の生涯
碇 義朗
司令官・山口多聞少将、艦長・加来止男大佐。傑出した二人の闘将のもと、国家存亡をかけて戦った空母の生涯を描いた感動作。

海軍空戦秘録
杉野計雄ほか
全集中力と瞬発力を傾注、非情なる空の戦いに挑んだ精鋭たちの心意気を伝える。戦う男たちの搭乗員魂を描く迫真の空戦記録。

満州国崩壊8・15
岡村 青
崩壊しようとする満州帝国の8月15日前後における関東軍、満州国皇帝、満州国務院政府の三者には何が起き、どうなったのか。

海軍めし物語　艦隊料理これがホントの話
高森直史
戦う海の男たちのスタミナ源、海軍料理はいかに誕生し、進化を遂げたのか。元海上自衛隊1佐が海軍の栄養管理の実態に迫る。

大砲と海戦　前装式カノン砲からOTOメララ砲まで
大内建二
陸上から移された大砲は、船上という特殊な状況に適応するためどんな工夫がなされたのか。艦載砲の発達を図版と写真で詳解。

＊潮書房光人新社が贈る勇気と感動を伝える人生のバイブル＊

NF文庫

補助艦艇奮戦記　「海の脇役」たちの全貌
寺崎隆治ほか
数奇な運命を背負った水上機母艦に潜水母艦、機雷や防潜網が武器の敷設艦と敷設艇、修理や補給の特務艦など裏方海軍の全貌。

ドイツの最強レシプロ戦闘機　Fw190D&Ta152のメカニズム徹底研究
野原　茂
図面、写真、データを駆使してドイツ空軍最後の単発レシプロ戦闘機のメカニズムを解明する。高性能レシプロ機の驚異の実力。

液冷戦闘機「飛燕」　日独融合の動力と火力
渡辺洋二
日本本土初空襲のB－25追撃のエピソード、ニューギニア戦での苦闘、本土上空でのB－25への体当たり……激動の軌跡を活写。

帝国海軍士官入門　ネーバル・オフィサー徹底研究
雨倉孝之
海軍という巨大組織のなかで絶対的な力を握った特権階級のすべて。その制度、生活、出世から懐ろ具合まで分かりやすく詳解。

海軍軍医のソロモン海戦　南海に散った若き軍医の戦陣日記
杉浦正明
哨戒艇、特設砲艦に乗り組み、ソロモン海の最前線で奮闘した二二歳の軍医の青春。軍艦の中で書き綴った記録を中心に描く。

設計者が語る最終決戦兵器「秋水」
牧野育雄
驚異の上昇能力を発揮、わずか三分半で一万メートルに達する日本初の有人ロケット戦闘機を完成させたエンジニアたちの苦闘。

＊潮書房光人新社が贈る勇気と感動を伝える人生のバイブル＊

NF文庫

零戦の真実
坂井三郎
日本のエース・坂井が語る零戦の強さと弱点とは！　不朽の名戦闘機への思いと熾烈なる戦場の実態を余すところなく証言する。

ドイツ軍の兵器比較研究　陸海空先端ウェポンの功罪
三野正洋
第二次大戦中、ジェット戦闘爆撃機、戦略ミサイルなどのハイテク兵器を他国に先駆けて実用化したドイツは、なぜ敗れたのか。

駆逐艦物語　修羅の海に身を投じた精鋭たちの気概
志賀博ほか
車引きを自称、艦長も乗員も一家族のごとく、敢闘精神あふれる駆逐艦乗りたちの奮戦と気質、そして過酷な戦場の実相を描く。

海軍空技廠　太平洋戦争を支えた頭脳集団
碇　義朗
幾多の航空機を開発、日本に技術革新をもたらした人材を生み、日本最大の航空研究機関だった「海軍航空技術廠」の全貌を描く。

ドイツ最強撃墜王　ウーデット自伝
E・ウーデット著　濵口自生訳
第一次大戦でリヒトホーフェンにつぐエースとして名をあげ後に空軍幹部となったエルンスト・ウーデットの飛行家人生を綴る。

工兵入門　技術兵科徹底研究
佐山二郎
歴史に登場した工兵隊の成り立ちから、日本工兵の発展とその各種機材にいたるまで、写真と図版四〇〇余点で詳解する決定版。

＊潮書房光人新社が贈る勇気と感動を伝える人生のバイブル＊

NF文庫

大空のサムライ 正・続
坂井三郎
出撃すること二百余回——みごと己れ自身に勝ち抜いた日本のエース・坂井が描き上げた零戦と空戦に青春を賭けた強者の記録。

紫電改の六機 若き撃墜王と列機の生涯
碇 義朗
本土防空の尖兵となって散った若者たちを描いたベストセラー。新鋭機を駆って戦い抜いた三四三空の六人の空の男たちの物語。

連合艦隊の栄光 太平洋海戦史
伊藤正徳
第一級ジャーナリストが晩年八年間の歳月を費やし、残り火の全てを燃焼させて執筆した白眉の〝伊藤戦史〟の掉尾を飾る感動作。

英霊の絶叫 玉砕島アンガウル戦記
舩坂 弘
全員決死隊となり、玉砕の覚悟をもって本島を死守せよ——周囲わずか四キロの島に展開された壮絶なる戦い。序・三島由紀夫。

『雪風ハ沈マズ』 強運駆逐艦 栄光の生涯
豊田 穣
直木賞作家が描く迫真の海戦記！ 艦長と乗員が織りなす絶対の信頼と苦難に耐え抜いて勝ち続けた不沈艦の奇蹟の戦いを綴る。

沖縄 日米最後の戦闘
米国陸軍省編
外間正四郎訳
悲劇の戦場、90日間の戦いのすべて——米国陸軍省が内外の資料を網羅して築きあげた沖縄戦史の決定版。図版・写真多数収載。